嫡女大業

1

文創風
730

千江水 著

目錄

序文

千江水

臺灣的朋友們大家好，這是第三本繁體書啦。第一本也是在狗屋出的，書名叫做《嬌寵小妻》。

轉眼就是四年了，這四年我完成了大學學業，進入社會，心境的改變很大。寫《嫡女大業》之前，有一段非常長的準備期，我希望能將書中的各種人物交織起來，構成一個精采跌宕、壯觀闊麗，包含命運起伏、人世無常的故事。

所以《嫡女大業》，是我所有書中主人物最多的一本。

在這本書靈感初成的時候，正是秋季，我走在路上，秋風蕭瑟，捲起地上的銀杏落葉，我就想到了這樣一個女子，她最終將一步步，慢慢地走向她的高位，得到屬於她的尊榮。

而這並不是靠了誰，是她用努力換來的。

她雖然身居高位，卻不被世人理解，被人世間的命運愚弄。愛她的人和她所愛的人，都在一個局裡糾纏不開。當一切水落石出、真相大白的時候，是痛的極致，也是痛的末尾。

從此她將徹底擺脫前世的桎梏，成為真正的丹陽縣主。

這是一個結局皆大歡喜的故事，請大家放心享用。

此致，謝謝大家。

第一章

宮中今日發生了一件大事。

徐貴妃那進宮探望她的妹妹，遇到丹陽縣主的小姪女蕭靈珊，兩個人起了爭執，蕭靈珊砸傷了徐貴妃妹妹的額頭，破了相。

徐貴妃拉著妹妹到皇帝跟前哭訴。但丹陽縣主蕭元瑾只是說：「她犯下這等禍事，是我們疏於管教，萬望徐貴妃多擔待。日後不管令妹嫁予何人，我都給令妹添一倍的嫁妝，以示歉意。」

徐貴妃很不甘心，這破了相的事，是用銀錢就能解決的嗎？

但又能有什麼辦法？蕭靈珊雖然身分普通，但丹陽縣主蕭元瑾卻不一般。她父親是名震邊關的西北侯，姑母是當今攝政太后，她自小就由太后養大，身分貴重，就連皇帝也不會輕易得罪她，只能勸徐貴妃大事化小、小事化了。

徐貴妃離開後，元瑾帶著姪女回到慈寧宮。

西次間裡燃著奇楠熏香，元瑾靠著寶藍瀠綢迎枕喝熱湯，她心裡正生氣，便瞧也不瞧蕭靈珊。

蕭靈珊則跪在地上，低垂著頭，小聲地哭。

元瑾沒有理會她，而是放下湯盅，示意宮婢把太后要看的摺子拿來。

宮婢們半跪在地上，用黑漆托盤盛放奏摺，等縣主替太后將重要的摺子挑出來。

元瑾分好了摺子，才問蕭靈珊。「這次的事，妳可知錯了？」

「靈珊何錯之有！」她說話仍然帶著哭腔。「若不是她挑撥在先，靈珊也不會和她們起爭執，分明就是她們不對！」

元瑾聽到這裡更氣，她怎地這般倔強？她語氣一冷。「這便是妳打人的理由嗎？」

蕭靈珊被元瑾如此一喝，氣焰頓時減了不小。

元瑾嘆了口氣，繼續道：「我當著外人的面，自然要護著妳。但即便妳和她有口角之爭，也不能平白動手，傷了人家的臉！今日是徐貴妃的妹妹，倘若哪天是個郡主或公主，我怎麼幫得了妳？」

元瑾當真是生氣，她這邊正和進宮的國公府小姐賞花，聽到這樁事心急如焚，匆忙趕過去，就看到徐貴妃的妹妹坐在地上大哭，額頭上裂了寸長的口子。

砸得真是狠，若是再用些力，怕就不是破相，而是毀容了。

她當時看到都驚訝了，想著靈珊怎麼下如此狠手？

「她實在刁鑽刻薄，說姑姑是別人不要的，還比不得小門戶的女子。我聽了氣不過……」蕭靈珊仍然覺得委屈，聲音卻小了很多。「姑姑這般好，長相貌美，身分尊貴，喜歡姑姑的人不知道有多少，她們憑什麼這麼說您！」

聽到蕭靈珊複述這些話，元瑾也是有些無言。

原來還是怪她那樁親事。

她自小就有個婚約，是母親在她三歲那年定下的，定的是魏永侯世子爺顧珩。後來母親雖然去世，這門親事卻一直存在。

這位世子長大後不僅俊朗出眾，還跟著祖父在戰場上立下赫赫戰功，升為都督僉事。太后見他如此上進，就準備將她嫁給他。

不想在太后提起時，那顧珩竟然當場拒絕，說自己早就心有所屬，要廢了這樁婚約。太后震怒，差點撤去顧珩的官位。而顧珩的家人則是誠惶誠恐，進宮給她請罪，讓她不要生氣，他們定讓顧珩回心轉意。

結果宮內外就開始傳聞紛紛，說她非顧珩不嫁，用盡手段逼人家娶自己不可。

再後來元瑾聽說，顧珩是因在山西看上了一個小門戶的女子，為了她一直不娶，不惜得罪權勢滔天的西北侯家和攝政太后。

這事越傳越烈，甚至有戲班子將這事改編成戲文，她自然是那個棒打鴛鴦的惡毒女子。太后一怒之下，罰顧珩去邊疆守城門。但這件事已經讓她成了滿京城的笑柄，再怎麼說也沒用了。

元瑾想起這件事也很無奈，畢竟蕭靈珊是想護著她的，只能教育她一通，讓她含淚認了錯，才叫宮婢帶她下去休息。

西次間的人都退了下去，元瑾的貼身宮婢珍珠看著燭火下一張玉白的容顏、略薄的唇瓣，低垂的長睫微微顫動，只是臉上略帶疲態，也有些心疼。

縣主這般貌美，倘若那魏永侯爺看過，必不會再反對，定會心甘情願迎娶縣主過門。

珍珠道：「縣主的風寒還沒完全好，又為了靈珊小姐的事煩心，還是喝了藥早些睡吧。」

元瑾卻搖頭道：「今日靖王回宮，姑母怕是有得忙，我得為她看著些。」

她的姑母，也就是當今太后，二十三歲被封為皇后，在先帝駕崩後收養了當今皇上，繼承皇位。但皇上庸懦無能，故仍是姑母主持朝政。

朝中禮部尚書、戶部侍郎等人一直主張太后還權於皇上。且皇帝非太后親生，早就蠢蠢欲動想要奪回攝政大權。不過皇帝不足為懼，真正可怕的其實是他的親弟弟——西北靖王。

靖王是個極有才華和能力的人，所在的封地兵力強大，幾乎可以匹敵整個北直隸。此人一直在西北按兵不動，只博個儒雅溫和的名聲。如此強橫的藩王，又是皇上的同胞弟弟，惹得姑母大為忌憚。

元瑾曾安排過錦衣衛臥底此人身邊，但還沒接近他，就被人暗中無聲抹去。靖王表面溫和，背地裡做的事情卻又毫不留情，這是能成大事的人。
他時常讓元瑾深刻體會到，聰明與智謀還是有很大差距的。
珍珠看她勞累，有些不忍心。不論縣主如何聰慧，始終只是個十七歲的少女罷了。縣主不僅是西北侯家的縣主，還是她外家保定傅氏的指望。家族中不知道有多少人渴望靠著縣主飛黃騰達，而這些人也都不是省油的燈。
縣主身分尊貴，在外界看來是高不可攀，實際內憂外患危機不少。
珍珠替她披了件外衣，這時外頭傳來請安的聲音，是三皇子朱詢來了。
一個高大的青年走進來，一身玄色長袍，長相英俊，有種龍章鳳姿之感。
「姑姑。」他先給元瑾行禮，聲音低沈。
朱詢的生母原是個位分極低的才人，在他出生後不久就撒手人寰，元瑾見他可憐，將他從偏宮中帶出來，自八歲起一直跟在她身邊。
元瑾笑了笑。「都這個時候，你怎麼過來了？」
「聽到靈珊的事，所以過來看看您。」朱詢看到藥碗未空，眉頭微皺。「您怎地藥也不喝完？」
他將藥碗端起來，勺子遞到她的嘴邊，元瑾卻別過頭避開了。
朱詢笑容一僵，元瑾才頓了頓說：「你如今身分不同了，不能像以前那般行事。」
朱詢只能笑了笑，放下碗。「靈珊雖然蠻橫，做事卻不無道理。誰敢對您不敬，必得讓她好看才行。不過此事的源頭終歸是顧珩，是他背信棄義，姑姑難道就此放過他不成？」

元瑾雖然不在乎這樁婚事，但也不代表別人可以如此侮辱她。

她淡淡地道：「姑母罰他去大同做參將，大同是父親的任地，到時候自然會有人教訓他，與我無關。」

朱詢微微一笑。「還是姑姑思量更遠。」

他看著她的側臉，朦朧的光暈照在她雪白的臉上，清冷而妖異，竟隱隱有層如玉光輝，那真是極美極美。

他不由看了一會兒，才輕輕地說：「不過姑姑不必愁心此事，是他配不上您。」

元瑾轉過頭，才發現他竟然一直看著自己，目光一時極深。直到她看他，他才別過頭。

元瑾才道：「不說這些了，你去給我拿書過來吧。」

反正是人家不願意娶她，她還能怎麼樣，她又不能殺了他。

朱詢將放在旁邊的茶遞給元瑾。「姑姑先喝口茶吧，我去找給您。」

等到朱詢拿著書過來，元瑾已經靠著迎枕睡著了，他站在旁邊，靜默地看著她的臉，又伸出手，將元瑾臉側的亂髮理好。

這樣容貌的女子，本應該被人保護、疼愛，而不適合這些腥風血雨、爾虞我詐。倘若她不是縣主，沒有如今尊貴的身分，怕是會淪為某些權貴的禁臠。自然，若是她聽到這樣的話，肯定會將說這種話的人亂棍打死。

正是因為如此，她才又讓人敬畏。

宮婢進來的時候，看到他在，立刻就要請安，朱詢做了個噤聲的手勢，輕聲道：「不必。」

隨後他跨出宮門，侍衛正等著他。

他披上鶴氅，與面對元瑾的時候不一樣。此刻的他面無表情，透出幾分冷意。

「一切都已經準備好了。」侍衛低聲說。

「知道了。」朱詢淡淡道。「我在縣主的茶中放了安神藥，一時半會兒不會醒。記得派人守在慈寧宮外，定要護住她。」

姑姑可不是個簡單的人，她對太后來說有多重要，大家心裡都有數。她如果在，這件事會非常棘手。

而且他也怕她會因此受傷，畢竟她已經無力改變局面了。

侍衛有些猶豫。「殿下既疼惜縣主，何不告訴她此事？以縣主的身分，只會成為咱們的助力。」

「告訴她？她對太后極為忠心，發生了還能慢慢接受，若是知道了，只能等她和你魚死網破了。」朱詢語氣冷淡。「太后對我極為戒備，議儲一事提也不提，若不是如此，恐怕我這輩子都沒有機會入主東宮了。」

只能暫時對不起姑姑了。但只要他登大寶，一切……便都由他的心意了。

朱詢走了之後，元瑾睡了很久才醒。

屋內燭火跳動，四周格外寂靜。元瑾揉了揉眉心，竟沒察覺自己睡了這麼久。門簾一挑，珍珠同伺候太后的太監劉治進來了。

劉治行了禮。「縣主，您醒了。」

元瑾洗了把臉，這才徹底清醒，看了看周圍。「姑母可回來了？怎麼這宮中如此安靜？」

劉治低聲說：「太后仍在乾清宮和皇上商議政事……但方才傳來消息，說靖王進入午門後，徑直帶著人朝乾清宮去了，奴才覺得似乎有蹊蹺。」

元瑾皺了皺眉。太后怎麼會與皇帝商議到這個時辰，又怎會讓靖王闖入？此事定有古怪！

「你隨時注意乾清宮，有異動就來告訴我。」元瑾吩咐劉治，心中難免忐忑起來。她怎麼會睡了這麼久！

元瑾面色凝重，坐在太師椅上等著。

另一個宮女給她端來一碗芝麻湯圓，湯是蜜棗、枸杞燉出來的，香甜可口，讓人非常有食慾。

「縣主吃些吧。您方才睡著，連晚膳都沒吃呢。」

元瑾雖然擔心姑母的事，但畢竟也餓了，便吃了兩口。

宮婢們見她愛吃，便哄她多吃幾個。

元瑾正想說她已經吃不下了，突然腹中劇痛，她臉色蒼白，捂著腹部弓起了身。

珍珠也嚇到了，連忙上前扶她。「縣主，怎麼了？」

「叫……」「太醫」二字還沒說出口，元瑾就覺得一股腥甜湧上喉嚨。

有人毒殺她！

京城的大街小巷都傳著一樁趣聞，丹陽縣主蕭元瑾因為吃湯圓被噎死了。

之所以是趣聞，是因為她死得太不體面。

不僅如此，丹陽縣主去後一個月，皇太后也因為思念縣主過度，薨於壽康宮，西北侯家的榮華富貴從此不復存在。

皇帝宣佈為太后守國喪一個月，京城人人譁然，太后把持朝政多年，突然病逝，實在讓人深思。

說不是陰謀，恐怕也沒有幾個人相信。

朝堂風雲變幻，因靖王佐政有功，皇上親政後，幾乎將整個西北都賜給靖王。同時三皇子朱詢也被皇上器重，正式冊封為太子。

一個時代的逝去，必然伴隨著另一個時代的興起。

這些人，成了站在權力頂峰的人。

皇太后和丹陽縣主，已經成為很多人都不想提起的往事。

此時，薛府裡。

十三歲大的薛四娘子，正嚓嚓地剪著手裡的鞋墊。

一群小娘子圍在一起做針線活，其他幾個都在說著這樁趣事，唯獨薛四娘子神色漠然，徑直剪著她的鞋墊。

「妳們可聽說了？那被魏永侯爺拒親的丹陽縣主死了。」

「我聽說是被湯圓噎死，多不體面的死法……」

「還不是因為跟著妖后作惡太多，才被菩薩給收了。」

一直沒有人注意的薛四娘子突然道：「宮裡的湯圓每個只有龍眼大，怎麼可能噎死人？她是被人毒殺的。」

聽到她說話，其他幾個娘子像趕蒼蠅似的伸手揮了揮。「去去，誰讓妳說話了？大家都是這麼說的，難道還有假不成！」

幾個姊妹把做針線的東西收了收，懶得和薛四娘子玩了。

薛四娘子嘆了口氣。她就是知道啊！

了。

說是借屍還魂也好、半路投胎也罷，反正等她睜開眼睛，就已經是這位薛四娘子薛元瑾

在她們面前的就是丹陽縣主本尊，討論她的死法，還不讓她插嘴？

自己是怎麼死的，她還不知道嗎？

第二章

日頭已經西斜，金色的夕陽光輝落在屋簷上。

元瑾抬頭看著金烏西沈。

在她死後，太后薨逝，父親因貪墨被斬首。西北侯家過往的權勢滔天，也不過是現在別人茶餘飯後的話題罷了。

而被她救回來、自小養大的朱詢，卻在這場浩劫後成了太子。發生了什麼事，昭然若揭。

他背叛她和太后，換得如今的榮耀。甚至說不定，她便是被他親手殺的。

他們都活得好好的，唯一改變的是她和太后，以及西北侯家罷了。

如今他們是人上人，享受名利、權貴，而她不過是個低微的庶房小嫡女，想要報仇，還要掂量、掂量自己如今的身分。

雖然她也絕不會就這麼放棄。

身後半大的小丫頭杏兒低聲提醒。「四娘子，咱們該回去了，再晚些，太太該說您了。」

元瑾嗯了一聲。提起小竹籃走在前面。

元瑾如今所在的薛家，是太原府一個普通的官宦家庭，家裡最大的官是長房的大老爺，不過是正五品。而她的父親薛青山是庶出，謀了個地方苑馬寺寺丞的官職，沒有實權。

元瑾現在的母親崔氏則是並州一個鄉紳的女兒，沒讀過什麼書，亦是個普通的婦人。

元瑾剛踏進西廂房房門，就看到崔氏迎面走來。

崔氏三十出頭，穿了件丁香色十樣錦褙子，明明是初夏的天氣，她卻拿著把團扇搧風，看來火氣很盛，一見到元瑾就瞪眼。「妳怎麼這時候才回來？」

元瑾把小竹籃放下，才道：「今天教針線的嬤嬤來得晚。」

崔氏拿起竹籃裡繡的牡丹花樣看，忍不住道：「妳繡得這樣歪歪扭扭的，誰敢拿來用？妳如今也十三了，好好給娘省點心，將女紅練好些，以後談婚論嫁，媒人也有個說頭。」

聞言，元瑾只是喝著水。

崔氏見她不聽，一手抓住她的耳朵。「為娘說的，妳可聽到了？」

元瑾的表情繃不住了，被揪得耳朵疼，立刻說：「我聽著呢！」

崔氏放開後，她才揉著自己泛疼的耳朵一陣陣氣惱。這要是放在以前，誰敢這麼對她？虎落平陽被犬欺！

她身為丹陽縣主時，就從沒有學過女紅刺繡，倒是詩詞書畫都懂，精通兵法，對政治時局也能解一二。

但在崔氏眼裡，這些加起來都比不過會做一手針線活。

「妳還小，哪裡知道嫁個好夫婿的重要？當初娘便是嫁了妳爹這個庶出的，現在在妳嫡出的幾個伯母面前，才低了一頭。」崔氏拿自己的切身體會教育她。「妳出身不如妳幾個堂姊，努力把女紅針黹練好些，博個賢慧的名頭，以後才能嫁得好。」

元瑾並不想聽這個話題。

畢竟之前能和她談婚論嫁的，都是京城屈指可數的世家公子，現在告訴她嫁人改變命運，實在是很難感興趣。

更何況崔氏太天真了，有個賢慧的名頭並不能讓她嫁得好。雖然如今這小姑娘的模樣也極美，小小年紀靈秀婉約，肌膚勝雪，雖還未完全長開，卻比之她前世也不差，可若沒有出眾的家世，一切都是空談。

她問崔氏。「您找我究竟有什麼事？」

崔氏被女兒一提醒，這才想起正事，面露喜色對她道：「娘是要同妳說，明日定國公家開遊園會，咱們府裡的女眷都受了邀請！」

元瑾聽到這裡思忖片刻，這定國公府她倒是知道的。

太原府只有一個國公，便是定國公。這位定國公驍勇善戰，被封為一等公，又有兵權在手，所以權勢極盛。且這位定國公，似乎與靖王極為交好。

沒想到薛家竟還和這種豪紳家族有關係，她還以為薛家當真普通呢。

「太原府裡頭，得是有些頭臉的人家才能去，得虧咱們家算是定國公府的旁系，這才受了邀請。我給妳做了身新衣裳，一會兒妳試試合不合身。」崔氏叫丫頭把剛做的衣裳抱出來給元瑾。

「她配得上穿什麼新衣服！」

這時外面傳來一個稚嫩的男聲，一個七、八歲大的男孩帶著人走進來。他小小年紀，臉蛋還肉乎乎的，長著一雙與元瑾相似的杏眼。

此人是元瑾的親弟弟薛錦玉。由於崔氏只得這一子，故十分嬌寵，性格驕橫，目中無人。

他坐到崔氏身邊，拉著崔氏的手，撒嬌道：「娘，晚上我要吃冰糖肘子！」

這親弟弟很愛和她過不去，平日時常冷嘲熱諷的。元瑾看著他肉肉的小臉，調侃他道：「都這麼胖了還吃呢。」

薛錦玉最聽不得別人說他胖，立刻就跳起來。「我哪裡胖了？昨兒個嬤嬤做的栗子紅燒肉，還不是妳把肉吃了！」

元瑾是吃不胖的體質，對於這樣的指責，只是轉過頭繼續喝她的水。

崔氏護子，抱過薛錦玉哄道：「你姊姊跟你開玩笑罷了，男孩子就是要長得壯一些才好。」

崔氏好不容易又親又抱地把小祖宗勸住，瞪了元瑾一眼。「惹妳弟弟做什麼，趕緊去把妳的鞋墊做好才是要緊！」

元瑾不再說話了。崔氏這麼寵男孩，只會把薛錦玉養廢。如果換作是旁人，幾頓板子就能把薛錦玉打得服服貼貼的，但崔氏太護兒子，根本不會容許別人插手，她現在也暫時沒有這個閒心。

崔氏仍然生氣，對著門口跟薛錦玉一起進來的人說：「你傻站在那兒做什麼，還不快進來！」

元瑾抬頭，看到門口跟著薛錦玉一起進來的孩子。

他一直沈默地站著，肩膀極瘦，身上穿的衣袍已經舊了，臉龐極為瘦削精緻。雖然年紀不大，但膚色雪白，眉宇雋秀。

這人是薛元瑾庶出的弟弟，薛聞玉。

崔氏本人凶悍，所以薛青山一直不怎麼敢納妾，薛聞玉是元瑾唯一庶出的弟弟。薛聞玉的生母在他很小的時候就去世了，崔氏對他很一般，畢竟不是從自己肚子裡出來的，派了個老媽子照顧他的日常起居，便不怎麼管了。

這個庶弟自小就有些不正常，他不愛說話，似乎是神智有些問題。

薛聞玉聽到崔氏叫他，只是日光微閃，卻沒有上前，還是被身後的嬤嬤拉著，帶到桌前準備吃飯。

見人都到齊了，崔氏讓翠洗將每樣菜都挑出來給薛青山留一些，便帶著三個孩子開始吃飯。

雖然薛家不是大家族，但也是官宦之家，伙食水平自然不差。兩碟炒肉、一碟韭菜蝦仁，還有薛錦玉要吃的冰糖豬蹄、一份小菜、一碗素湯，只是對比元瑾之前所吃的山珍海味，自然遜色不少。

但也不知道是自己本來就口味低俗，還是越來越習慣這些家常菜，元瑾竟然吃得比以前還多，飯後還要加一碗湯。

元瑾喝著湯，看著坐在她身側的薛聞玉。

她這才發現他挾菜的手似乎有些不對，動作僵硬。她眉一皺，問薛聞玉身後的宋嬤嬤。「四少爺的手怎麼了？」

宋嬤嬤也疑惑。「奴婢也不知道……」

薛聞玉似乎沒有聽到，繼續挾菜。元瑾卻越瞧越覺得不對，站了起來，一把將他的手拉過來看。

他似乎想往回縮，但元瑾豈容他縮手？打開一看才發現他的手心傷口縱橫交錯，有些地方的血還沒止住，仍然有血流出。

薛元瑾一看，眉一皺，又問宋嬤嬤。「這是怎麼弄的？」

宋嬤嬤猶豫了一下，才說：「下午小少爺說要和他玩，便弄成了這樣……」

元瑾面色一冷，看向薛錦玉。「這是你弄的？」

元瑾知道薛錦玉一直對這庶兄不好，說不好都是輕的，他簡直以欺負薛聞玉為樂。曾經大冬天將他推進池塘，凍得高燒四、五日才退，又曾將他騙到柴房關起來。如此調皮荒唐，但在崔氏眼中自然沒把庶出的薛聞玉當回事，睜一隻眼閉一隻眼，每次都算了。

但在元瑾看來，薛聞玉本就和正常人不同，無法表達自己的喜悲痛苦，欺負這樣一個庶子，這不就是恃強凌弱嗎？

她之前身分雖極高，卻最討厭這樣的人。有本事便去欺負厲害的，欺負個小孩算什麼本事？

更何況這樣的事要是傳出去，人家在背後指點他們家苛待庶子，對誰的名聲都沒有好處。崔氏就是從來沒把這種事放在眼裡，心粗得可以，所以一家子都碌碌無為，毫無上進。

薛錦玉很少看到姊姊這樣嚴厲的神情，一時竟然真的被震懾住了。

薛元瑾平時和他鬥嘴，不過只是逗他玩而已，從沒有真正和他計較過，他其實是知道的，但她此刻的神情卻讓薛錦玉意識到，姊姊和往日不一樣。

薛錦玉忍不住有些心虛。「是他自己非要玩匕首，傷著了自己，跟我沒有關係……」

元瑾聲音嚴厲了一些。「你再說與你無關試試？」

薛錦玉立刻看向崔氏。「娘……」

崔氏也很少見到女兒這樣。女兒一向隨和，說什麼就是什麼，她也不反駁，可一旦女兒嚴厲起來，她還真的不好駁斥她。

崔氏打著圓場。「妳弟弟也不是故意的，我看他似乎傷得有些重，妳先帶他去上藥吧，我叫丫頭把晚飯送到妳屋子裡去。」

元瑾冷笑。就是因為崔氏不在意這種事，所以才放任薛錦玉至此！

第三章

「娘，您可知道，這虐待庶子的名聲要是傳出去，無論咱們家到哪裡都會被人說閒話，甚至可能影響到父親的仕途。」元瑾道：「更何況聞玉本身便神智不好，他如此欺凌弱小，長大了還得了！」

崔氏卻道：「不過是沒看到受了些傷罷了，錦玉也未必虐待他了。」

她哪裡不知道崔氏是祖護薛錦玉，何況她也真的不重視這個庶子。

繼續跟崔氏說也不會有什麼結果，元瑾先帶著薛聞玉回到自己住的西廂房，叫杏兒點了油燈放在桌上，她拿來紗布和藥酒，抓著薛聞玉的手腕要他坐下。他又想往回縮，似乎覺得有些不安全，卻被元瑾緊緊按住。

「不會有事的。」元瑾說。

她給他搽上藥酒，並包紮傷口。

他的手指細長，骨節分明，臉也長得極好看，高挺的鼻梁、薄薄的嘴唇，五官十分精緻。

單看這孩子的外貌，便能猜測他母親是何等的美人。

「你這傷究竟是怎麼弄的？」元瑾問他。

薛聞玉低垂著頭不說話。

元瑾淡淡地道：「諒你也不會答我。但你也這麼大了，他若是欺負你，你可以告訴旁人，何必任他欺負？」

元瑾沒有聽到回答，便抬頭看他。「你可知道了？」

她才發現，薛聞玉生了雙淺棕色的眼睛，正靜靜地看著她。這樣的瞳色看人的時候，竟顯得格外專注。

發現她抬頭看自己之後，薛聞玉才別開了眼睛看別處。

她覺得他年紀小，就揉了揉他的頭。「姊姊說的話，你可聽到了？」

薛聞玉沒有躲開她的手，似乎因她的撫摸愣了一下。

元瑾叫杏兒收起藥酒，一邊想著她之前聽太后說過此症。

有人生下來就是如此，有的是幼年時遭受過虐待，所以變得自我封閉，不知道薛聞玉是哪一種？聽說崔氏也請大夫來給薛聞玉看過，吃了幾服藥不見好，就沒有下文了。

「四少爺實在可憐。」杏兒看著薛聞玉，同情地道：「打小沒娘，又常被小少爺欺負，太太偏偏不管。」

元瑾房裡另一個大些的丫頭柳兒正給元瑾擰毛巾，聞言道：「杏兒，妳這嘴沒遮沒掩的，怎地排揎起太太了？」

元瑾房裡的丫頭不多，兩個小的一個叫杏兒，一個比杏兒還傻的叫棗兒，大的便是柳兒，算是她房中的管事丫頭，性格比較沈穩。

杏兒輕輕扯了下元瑾的袖子，小聲說：「娘子，四少爺能跟著咱們住嗎？西廂房還空著兩間呢，您看著些，也免得小少爺欺負他。」

柳兒又說：「男女七歲不同席，四少爺都要十三了，怎能和娘子一起住！」

杏兒急了。「四少爺又不是旁人，而是娘子的親弟弟，更何況還神智不清楚，怎麼不能一起住了？」

元瑾接過毛巾擦臉，看兩個丫頭爭得熱鬧，沒有說話。

她當然不會帶薛聞玉一起住。

她雖然地位尊貴，但其實異常容易心軟，尤其是對小孩。

當年朱詢在冷宮被太監踹打，傷痕累累，她從冷宮外經過看到，把朱詢帶回慈寧宮，從此朱詢跟她住在一起，像個小尾巴一樣怎麼都甩不掉，若是一天不見她，便會哇哇大哭到處找她。

她那時候也不過比朱詢長半歲，像帶弟弟一樣帶著他。朱詢開蒙得晚，她還親自教他《論語》和《詩經》。朱詢一字一句跟著她背，總是要緊緊地依偎著她。

但後來呢？

他還不是為了權勢背叛她，成為太子，甚至因此害死她生命中最重要的兩個人。

人長大了都是會變的。

一想到這裡，元瑾便對自己當初的好心非常痛恨。現在在同樣的情景裡，她甚至不想做同樣的選擇。

「去叫宋嬤嬤來，帶他回外院歇息了吧。」元瑾吩咐柳兒。

柳兒得了命，便立刻出門去找宋嬤嬤了。

她又跟薛聞玉說：「你先坐著，宋嬤嬤一會兒就來帶你走了。」

薛聞玉看了看她，自己坐到炕床上，將自己抱坐成一個球的樣子，似乎這樣很好玩。

夜深人靜，旁邊又坐著一個什麼動靜都沒有的悶葫蘆，元瑾等得有些無聊，便將桌上放的兩個棋盒打開，叫杏兒將棋盤拿出來。

成了薛四娘子後，元瑾平日的生活便百無聊賴，除了學女紅外沒別的事做。當年在宮裡，她對圍棋十分癡迷，太后還曾請翰林院掌院學士教她下棋，她在棋藝上極有天分，少有對手，所以現在無聊的時候，她便和自己下棋。

她自己落下白子後，又換個棋盅下黑棋。

薛聞玉的目光又放在元瑾身上。

她站在桌邊凝視棋局，姣好玉白的側顏，面頰帶著淡粉色，更顯得少女如花嬌嫩。未綰的髮束滑到胸前，油燈下有種如絲綢一般的光澤。

他看著她下棋許久，似乎很好奇她在幹什麼。

元瑾正要下黑子的時候，突然有兩根細長的指頭按住她的手，元瑾抬起頭，就看到薛聞玉的臉，隨後他從棋盅裡挾起黑子，放在棋盤上。

他居然會下棋？元瑾一怔，先看了眼棋局。

薛聞玉並沒有學過圍棋，他不是會下棋，落下的子是一個死棋，那他是想幹什麼？

元瑾試探地又落了一個白子，看到薛聞玉又從黑色棋盅中拿出一粒，落在離她不遠的地方，然後抬頭看著她，似乎是示意她也趕緊下。

難道是見她一個人下棋，所以陪她下棋？元瑾又覺得自己想多了，這可是你叫他十句都不會回一句的人，或者是他覺得下棋很有意思？

「這是一處死棋。」元瑾將他剛下的那枚黑子拿起來，告訴他。「你要放在能讓棋活，氣息連通的地方。比如這裡。」

細手挾白玉子落子，輕輕一聲，珠玉輕響。

這聲輕響，彷彿觸動了某個微妙的地方。

元瑾又把黑子遞給他，輕聲說：「你覺得該下在哪裡？」

元瑾發現薛聞玉竟然還挺喜歡下棋的，非常專注，雖然中途經常需要她指正，但他卻越下越好，直到柳兒帶著宋嬤嬤走進來，宋嬤嬤笑著說：「四娘子，奴婢要把四少爺帶回去休息了。」

正好元瑾也有點累了，便讓宋嬤嬤帶薛聞玉回去。

宋嬤嬤走過來喊薛聞玉回去，他卻是繼續下棋，紋絲不動，似乎根本沒有聽到宋嬤嬤喊他。其實他這樣的做法，只是表示他並不想離開。

宋嬤嬤有些不知該怎麼辦，過來想拉他走，薛聞玉卻更不高興的樣子，將她的手甩開。

還是元瑾摸摸他的頭，對他道：「你先回去歇息，咱們明日再下，好不好？」

薛聞玉僵持了片刻，看了看元瑾，最後還是放開手指，任元瑾拿去他的棋子，被宋嬤嬤帶著離開了。

元瑾這才叫丫頭端水來洗臉、洗腳。今天太累，她幾乎是倒頭就睡著了。

第二天卯時，精神抖擻的崔氏帶著丫頭走進西廂房，將元瑾從炕床上揪起來。

「妳幾個堂姊寅正就起床梳洗打扮了，妳倒睡得天都亮了還不醒，怎地這麼疲懶！」一邊說，一邊指揮婆子給她穿上昨天新製的衣裳。

元瑾睡眼惺忪地任由崔氏折騰她，直到她被人推到妝檯前，看著銅鏡中的自己，這才徹底清醒過來。

崔氏拿了壓箱底的嵌紅寶石金簪給她戴，還給她戴了一朵粉色絹花，與身上茜紅色的海棠花杭綢褙子相映襯，整個人花團錦簇。

崔氏很滿意地看著女兒姣好如明月的面容，嘆道：「幸虧妳長得像妳爹，生得好看，壓得住這身衣裳。」

元瑾看著鏡中的自己，沈默後問道：「娘，您覺得這好看？」

她年紀小，應該穿些嫩黃粉紅的才能新嫩好看，崔氏卻偏偏把她打扮得異常富貴。

「自然。」崔氏很滿意，催促女兒。「馬車都已經套上了，妳還是別耽擱了。」

但她穿成這樣根本走不出去！

在元瑾的堅決反對之下，崔氏很不滿地勉強同意她換了另一件粉色瓔珞紋褙子，取下金簪絹花，來不及再試別的，便這樣不戴髮飾出門了。

影壁已經停著好幾輛馬車，幾位少女正百無聊賴地坐在車上等著。一看她這打扮，其中一位粉衣少女先笑了一聲。「四妹平日打扮得花團錦簇，怎地今日如此素淨？」

另一位少女也捂唇笑。「四姊這打扮太素，如何能吸引得到如意郎君的目光？」

這兩位是二房的嫡女，大的是薛元珊，小的是薛元鈺。

元瑾一臉漠然，跟著崔氏上了最末一輛青帷馬車。相比其他四輛馬車，只是顯得更簡樸了些。

薛家一共有四房，她雖說是嫡出，卻是唯一一個庶房的嫡女，爹又沒有出息，故整個四房在家裡都不受重視。

那粉衣少女卻繼續笑。「四妹好生無禮，都不理會姊姊的話。」

「行了。」前頭一個轎子傳來威嚴的聲音，只見是個華髮老婦人坐在裡面，頭戴眉勒，穿檀香色團雲紋褙子。「胡亂說什麼，都給我閉嘴。」

這位便是薛老太太了。

兩個姑娘被老太太一訓斥，才縮回了頭，放下車簾。

薛老太太朝元瑾的方向看了一眼，沒有說話，閉上了眼。

進了轎子的崔氏也非常哀怨，欲言又止好幾次，才道：「妳要是聽娘的，穿成剛才那樣多好！」

崔氏一路抱怨，直到元瑾終於忍不住了。「您別說話了。」

崔氏根本就不懂，在這種場合，出身好的、才情好的不知有多少，穿得太張揚，卻只是個庶房的小嫡女，只怕更惹人非議。更何況這個年紀的少女，長得又美，根本不需要珠寶、綢緞來襯托，清純稚嫩就極好了。

反正不管如何，總比剛才那樣好！

第四章

馬車行了半個時辰，來到一處巷子，停在一扇黑漆銅環門前。

崔氏咳嗽一聲，似乎有些緊張，整理了三回衣襟，又給元瑾拉了兩次裙子，免得一會兒見到定國公府的人失了禮數。也沒有人敢挑開簾子往外看，生怕露出一副鄉巴佬的樣子叫人瞧不起。

「一會兒跟著妳幾個堂姊，她們做什麼妳就做什麼，知道嗎？」崔氏還是不放心地再次叮囑。

馬車停了下來，只聽外頭有個聲音響起。「請各家太太、娘子下來吧！」

崔氏帶著元瑾下去，薛家女眷個個都有些緊張，就是薛老太太也一臉鄭重，叫大太太周氏扶著，帶著自己的兒媳、孫女，朝定國公府氣派的二門進去。

走進二門是座大花園，草木葳蕤，假山疊石，兩側的走道各站了許多丫頭，一個年長的嬤嬤在前面引路，又進了一扇月門，才看到兩個丫頭挑起竹簾，裡面飄出些禮佛的檀香味道。

薛府眾人皆小心謹慎，生怕自己行差踏錯，還是薛老太太最鎮定，帶著眾女眷走進去。只見裡頭是博古架隔斷，琳琅滿目的翡翠擺件，五蝠獻壽漳絨毯，踩上去悄無聲息。那張黑漆紫檀羅漢床上，正坐著一個頭髮花白的老婦人，由丫頭服侍著喝茶。

老婦人一看是薛老太太，便紅了眼眶，似乎有些激動，叫她來身邊坐下，兩個人講了許多話。

元瑾在旁聽著，才知道這位老婦人秦氏原住在並州，前幾日才搬到太原。似乎秦氏和薛老太太在沒出嫁前，是家裡最要好的一對堂姊妹，雖然都是嫁到姓薛的家中，一個是定國公府，一個卻是毫無名頭的旁系，想來是很多年沒有見過了。

薛老太太與秦氏契闊了一番，才介紹起自己的兒媳、孫女們。

她最先介紹的自然是大房周氏，也是她最喜歡的兒媳。「這是我大兒媳周氏，這是她所生之女元珍。」

周氏與薛元珍上前行禮。薛元珍也是個妙齡少女，溫婉嬌柔地道：「給堂祖母請安。」

周氏是太原府知府之女，出身是所有媳婦中最好的，所以她在薛家的地位也最高。薛元珍是其獨女，自然也是薛府中最嬌貴的，有良好大家閨秀的教養。

秦氏只是微笑著點頭。

薛老太太見了，笑容一淡，又介紹起二房的太太沈氏和兩位娘子，便是剛才笑話元瑾的薛元珊和薛元鈺，兩人規規矩矩地給秦氏行禮。

三房的太太姜氏，卻是個八面玲瓏的人精，還沒等薛老太太介紹，便先帶著女兒向前一步，笑著給秦氏行禮。「免得娘費口舌，我先自己說了。我是三房的媳婦，這是小女薛元珠。」

薛元珠是幾個姊妹中最小的。

秦氏的目光最後落在元瑾身上，笑了笑說：「這便是妳家庶房的那位娘子吧？」

她會注意到元瑾，是因為方才一起進來的薛府眾人裡，不論是薛元珍或周氏，甚至是薛老太太本人，都難以掩飾對定國公府奢華的驚訝。唯有這個小姑娘，她進來時環顧四周，表情是那種司空見慣、寵辱不驚的平靜。

這樣的小姐，只有那些真正的權貴之家才教養得出來。

但怎麼會是薛家一個庶房的小娘子？

「正是呢！」崔氏連忙揚起笑容，連忙在背後輕推了元瑾一把，示意她上前請安。

元瑾也上前，屈身行禮問安，既不謙卑也不諂媚。畢竟她之前所見之人皆為人中龍鳳，對定國公老夫人自然不覺得有什麼特別的。

秦氏又多看了她兩眼，笑道：「這娘子倒是大氣，像妳親身教養的嫡親孫女了。」

這話一出，大太太周氏和二太太沈氏臉色微變，三太太姜氏卻仍然保持微笑。

隨後秦氏似乎有話要單獨和薛老太太說，便叫嬤嬤先帶她們去賞蓮，只留下薛老太太在屋中。

走出來的人難免好奇。

沈氏出身書香門第，因此和大太太周氏比較要好，小聲問向周氏。「娘和定國公老夫人要商量什麼呢？神神秘秘的……」

周氏淡淡道：「兩人多年未見，左不過是說些體己話吧。」她走在前面，似乎不想多說。

崔氏落在後面，對元瑾小聲說：「嫡親的姊兒都沒誇，獨獨誇了妳一個，今兒真是給娘長臉了！」

元瑾可沒有把秦氏的誇獎當一回事。秦氏就算誇她，對她來說有什麼好處嗎？若是秦氏都不誇就罷了，偏生誇她個庶房出來的，幾個嫡房的向來心高氣傲，現在覺得庶房的壓了自己嫡出女兒的風頭，自然會不高興了。

但她什麼也沒說，只是跟著眾人往前走。

嬤嬤領著她們到了一片荷花池，曲折的迴廊落於荷花池上，有幾家小姐已經坐在亭子裡了。

微瀾蕩漾的湖面上盛開著紫色、黃色的睡蓮。這季節荷苞才露頭，睡蓮卻已經繽紛綻開，鋪滿大半的湖面。亭邊又有細柳垂下，倒真是極美。

薛府眾人又是感嘆，平日雖然見過不少荷花池，卻沒見過這麼大的，這樣花開成一片才叫真的好看。

「今兒便是宴請了各家太太和娘子在此處開遊園會，還請各位娘子先入座。」定國公府的嬤嬤有禮地微笑。「太太們若是坐不住，還可以去花廳先打會兒葉子牌，等咱們老夫人與薛老夫人說完了話，再去正廳開席。」

由此幾個太太就和姑娘們分開了，元瑾則跟著進了亭子坐下。

涼爽的清風拂面，初夏的天氣十分舒服。

薛元珍坐在另一頭，薛元珊姊妹倆立刻跟著坐下，叫丫頭泡了茶上來。

薛元珊笑著說：「方才倒是四妹在定國公老夫人面前露臉了呢。」

「露面又有何用，庶房出的就是庶房出的。」薛元鈺輕聲說。「爹也只是個養馬的罷了。」

薛元珍只是笑著聽，倒沒有說一句話。

對她而言，薛元瑾的父親官位太低，母親家世上不得檯面，與她一個天一個地，她根本不想把自己和薛元瑾相提並論。

她們說話也並沒有避諱，所以元瑾聽得清清楚楚。薛元鈺之所以說她父親是養馬的，那是因為她這父親是地方苑馬寺寺丞，管的就是並州的軍馬供養。元瑾對這種小女孩般的鬥嘴並不感興趣，所以並不搭腔。

倒是一旁的薛元珠哼了聲。「三姊這話說的，要不是有四叔這個養馬的，二伯如今這官位還得不來呢，妳還能坐在這裡喝茶嗎？」

薛元鈺瞪了瞪眼，無話可說地轉過身。

薛元珠說的這事，元瑾也知道。

聽說當初是二伯偷偷拿了自己父親的文章，得了當時任山西布政使的許大人賞識，因此平步青雲，如今在外做知州。後來大家知道這事，卻也沒什麼好說的。人的命途難測，這也是各自的命罷了，但二房卻的確因此對不起四房。

「多謝六妹了。」元瑾低聲對旁邊的薛元珠說。

薛元珠卻把頭扭到一邊。「我就是和她不對盤，跟妳沒關係！」

元瑾一笑。「那我也要謝妳啊！」說著揉了揉元珠的包包頭。元珠還梳著丫髻。

薛元珠因此紅了臉，有些結巴。「妳做什麼摸我的頭髮！」說著還不解氣。「妳這人真是的！」

元瑾一笑不說話。

薛元珠卻坐到她的身邊，過了好久才說：「我這次就勉為其難，不怪妳了。」

「好啊。」元瑾答應了她，元珠這性格還挺可愛的。

幾人說完話不久，來的石子路那邊就傳來喧譁聲，隱隱是少年說話的聲音。

涼亭中的各家娘子們自然竊竊私語，不知道這是誰在定國公府的院子裡，也不知道該不該避？但看她們微紅的面頰，就知道根本不想避開，只張望著等著看是誰來了。

嬤嬤也笑了笑。「娘子們不必避開，進國公府的都是親眷，與在座娘子也算是親戚了，繼續吃茶吧。」

隨後那些人越來越近，大家都張望起來，看向石子路的方向。幾個少年結伴而來，為首的是個面如冠玉的清秀少年，穿著一身藍色衣袍。見到此人，有個娘子立刻道：「這不是衛三公子衛衡嗎？」

聽說衛家也跟定國公府是親戚關係，且比薛家更近。這衛三公子是家中年輕後生的佼佼者，身分非常尊貴。

見著是他，小娘子們更是好奇，眼睛水亮，臉頰微紅。畢竟這衛三公子也是位難得的美男子。

「原來是咱們四妹喜歡的衛三公子？」薛元珊笑著看向元瑾。「四妹，妳要不要去打個招呼？」

元瑾則是一頭霧水。薛元珊在說什麼？

「上次在家宴上一見，四妹便對人家一見傾心。」薛元珊道。「還幾次偷偷想見人家，一片癡心，只可惜人家未曾理會四妹。」

元瑾嘴唇微抿，頗有些無言。她之前喜歡過衛衡嗎？

衛衡那邊，旁邊的少年正好捅了捅他的手肘。「衛三你看，那不就是之前喜歡你的女子嗎？」

衛衡本來沒注意，朝這邊一看，這才看到了正在吃茶的薛元瑾。

他差點沒認出來，因為之前見到她的時候，她總是穿得大紅大紫。今兒只穿了件粉色褙子，更是半點髮飾也沒有，只留青絲垂在肩頭，突顯出少女姣美明淨的一張臉，雪白中帶著一絲稚氣，氣質似乎……也有些不一樣。

原本她雖長得好看，卻不知怎地並不讓人驚豔。如今配上這樣冷淡的神情，以及玉白的臉蛋，莫名讓人有容色攝人之感。

「你上次不是說是個樣貌普通的姑娘嗎？」旁邊的少年又道：「這也叫普通，衛三你是不是要求太高了？」

「該不會是聽到你來，所以也來參加遊園會吧？」有人打趣他。「可惜沒有這樣貌美的姑娘喜歡我，衛三你好福氣啊！」

衛衡皺了皺眉，輕聲道：「別胡說了！」

他邁開步子，向亭子這邊走過來。他們本來就是準備在亭子裡吟詩作對的。

只是他們要去的亭子，會經過元瑾所在的亭子。

元瑾看到他們朝這邊走來，頗有些頭疼，她根本不想面對這樣的事。

而旁邊薛元鈺已經露出興味盎然的表情。

元瑾並不想跟這個人有什麼交集，便別過頭看旁邊，只當自己根本不認識衛衡。

衛衡走到她面前的時候，竟稍微停了一下。

他本也想假裝沒看到薛元瑾，誰知道旁邊有個姑娘卻捂唇笑道：「四姊今日怎麼了，換作往日，不已經巴巴地湊上去了嗎？」

元瑾喝了口茶。「五妹再這般口無遮攔，祖母聽了可是要罰的。我對衛三公子沒別的意思。」

這關乎女子名聲的事情，哪裡能亂說？

她看也不看衛衡，反倒惹得衛衡身邊的人又笑起來。「衛三，這美人為何不理你了？可是你一直不回應，人家惱了你？」

衛衡清俊白皙的臉微微一紅。他之前覺得薛四姑娘的身分配不上他，可不知道為何，他總覺得今日的薛四姑娘比往日要好看許多，若一開始便是這個人喜歡他，他未必能拒絕得了。

但她突然又對自己不屑一顧，他也不舒服。之前不是喜歡他喜歡得不得了，為何今天又這副樣子？

衛衡走到元瑾面前，頓了頓說：「薛四姑娘。」

元瑾抬起頭看他。

衛衡繼續輕聲道：「不管妳是因何種目的來到這裡，又說了什麼話，我只是想告訴妳，妳我並不相配，往日的那些事便算了，從今日起切莫糾纏我。」

元瑾聽到這裡便笑了笑。

她的笑容有些奇異，既輕緩又美麗，似乎帶著幾分嘲諷。

這衛三公子倒也算優秀，但元瑾是什麼人？這些年權貴們在她眼裡猶如過眼煙雲，別說是個小小衛三，就算把侯爺、太子送到她面前來，她也看都不想看一眼。

小元瑾怎麼會看上這麼個人！

即便小元瑾當真喜歡他，難道他就能如此當眾羞辱人不成？今天在這兒的是她，倘若是別的姑娘，該如何自處？

「衛三公子是不是誤會什麼了？」她的語氣淡淡的。「我在這裡賞花，既沒有擾旁人，也未曾擾公子，什麼喜不喜歡的，卻不知衛三公子從何而來？」

「妳……」衛衡哪知這薛四姑娘嘴巴還如此厲害，臉色不禁一紅。

她現在的神情，似乎真的和以前有如天壤之別。

就在這時，石子路上跑來一個小廝，朝衛衡叫著「三少爺」，氣喘吁吁地在他耳邊說了什麼。

衛衡聽完，臉色一變，來不及跟元瑾說什麼，匆匆幾步走出亭子。

本來看著好戲的幾個薛家姑娘面面相覷，不知發生了什麼事？

那小廝也跑到管事嬤嬤旁邊說話，管事嬤嬤也鄭重起來，招來亭子中的娘子們。「有貴客路經此處，請娘子們先隨我去花廳。」

見管事嬤嬤催得急，眾娘子趕緊起身，紛紛走出涼亭。

只見石子路上走來一群人，數十個護衛在前開道，簇擁著一個頭戴銀冠、身著飛魚服的男人。他嘴唇微抿，眉眼間有些陰鬱，卻是一種陰鬱的俊秀。

元瑾一看到他，幾乎控制不住地臉色微變。

衛衡卻已經走上前，對他行禮。「舅舅要來，怎地不提前告訴我一聲，我也好去接您。」

「只是有私事罷了。」這人聲音也十分冷清。

在座的小娘子們已經猜出他的身分，好奇地盯著他看，話也不敢大聲說，只能小聲地討論。

「此人是誰？排場竟然這樣大。」

裴子清。

元瑾的手慢慢握緊。

她第一次見到裴子清時，他不過是個失意的青年罷了，雖然出身世家，卻只是個沒有人重視的卑微庶子。那時他飽嘗世人冷眼，什麼苦沒有吃過，哪裡有什麼排場，不過是個沈默低調的人罷了。

後來是她賞識他的才華，把他扶持起來，又推薦給太后。

元瑾待他不薄，他倒也頗有才華，竟一路做到錦衣衛副指揮使的位置。她對他極好，從來都是當成心腹看待。

沒想到他最後卻背叛了她和太后。

現在他是錦衣衛指揮使了，越發地權勢在手。

朱詢背叛她是為了太子之位，她也一直知道，太后並不喜歡朱詢，從未想過要將朱詢議儲，一直想立的是六皇子。

倘若朱詢從小就是個心機深沈的人，怎麼會沒有存異心？

但是裴子清背叛她是為了什麼呢？

她一直想不通，她一直以為自己對他是有知遇之恩的，一直以為，就算誰都會背叛她，但是他不會。

現實卻給了她重重一擊。

裴子清淡淡地問道：「你混在這脂粉堆中做什麼？」

衛衡答道：「不過是小事而已。」

裴子清看了一眼後面站著的那些小娘子們，小娘子們都被他看得臉色微白，心中忐忑。

衛衡再怎麼長得好看，畢竟也只是個後生，但裴子清可就不一樣了，他可是位比定國公的錦衣衛指揮使，正二品的大員。

「你也到了成親的年紀，若是有喜歡的，便帶回去給你娘看看，免得你娘為你操心。」裴子清道：「方才似乎聽到你在和姑娘說話，是哪家姑娘？」

聽到這裡，元瑾心一緊，表情卻仍舊漠然。

衛衡一時不知道該不該回答。

這種時候，薛府的幾個姑娘自然也不會開口，但總有剛才看到又好事的娘子，將元瑾指了出來。「便是這個，薛府家的四娘子！」

裴子清的目光落到她身上。

元瑾沒有抬頭，他只看到她眉眼姣美，清嫩秀雅，素得幾乎只剩一對丁香耳釘，柔軟的髮絲垂在雪白的面頰兩側。

其他娘子都面露好奇或懼怕，唯有她表情平靜，甚至有幾分冷淡。

嬤嬤見裴大人沒有說話，先趕緊讓娘子們跟著她去花廳，元瑾也跟著走在後面，但沒想元瑾剛走了幾步，就聽到後面傳來一個陌生的聲音。

「方才那姑娘，我們裴大人讓妳等等。」

元瑾只當自己沒有聽到，越發快走了幾步，但後面很快走來兩個護衛，將她攔住。「姑娘留步，裴大人讓妳稍等。」

元瑾不能再躲，只能停下腳步轉過身。她內心感覺非常複雜，既仇恨又冷漠。

他叫住她幹什麼？難道還能看出她是誰了不成？那又能如何，是找出來再把她斬草除根嗎？還是送給皇帝處死，換取更高的地位？

裴子清又將她看了很久，才低聲問：「她是誰？」

衛衡不知道舅舅為何要問她，只能說：「她是薛家的四娘子。」

裴子清仔細看她的樣貌，這姑娘雖也極美，卻和縣主的樣貌並不相似，但方才那個神態，卻又極為相似。

薛家？不過是個沒有聽過的小家族。

他在想什麼，怎麼會覺得這姑娘有幾分像她？

她怎麼會像蕭元瑾！

那個人是他心裡最特殊的存在。當初她給了他榮耀和權力，給了他隱密的盼望和溫情，但由於某種原因，他背叛了她，這麼多年，再也沒有第二個人能留在他心裡，以至於成了他的業障。

丹陽縣主蕭元瑾，沒有一個人能真正忘記她，無論是背叛還是其他更複雜的情緒。

「妳方才在和衡兒說什麼？」裴子清問她。

元瑾想了片刻，輕聲道：「不過是衛三公子和我說了幾句寫蓮的詩罷了。」

裴子清笑了笑，少男少女們相互有傾慕之意是再正常不過的。他的語氣徹底淡漠了來。

「妳走吧。」

把這樣的女子認成她，是對她的侮辱。

元瑾不置一詞，裴子清是她一手選的人，脾性她最了解不過。此人才高八斗，最善於察言觀色，在他面前，最好就是少說少做，免得讓他猜出心思。她這麼一說，他勢必覺得她是和衛衡有什麼私情，只會看低她幾分，更加不屑於理會她罷了。

她行了個禮，頭也不回地走了。

到了傍晚，吃過晚膳，薛府的人才趕著馬車回家。

薛元珊幾人上了馬車，正和太太們說今天發生的事。

「有的人癩蝦蟆想吃天鵝肉，也要看人家看不看得上妳。」薛元鈺見元瑾走出來，冷笑著說：「憑出身，給人家做妾都勉強，遑論還想做正室，巴巴貼著也沒人要！」

元瑾一言不發，徑直上了馬車。

這種人，妳反駁她她倒更帶勁，再者她現在也沒有心情計較。

她只恨自己那時候手裡沒把劍，仇敵就在她面前，她都沒辦法報復。不僅不能報復，反而還要裝傻，讓她忍得很難受。

薛元鈺見元瑾不理自己，果然沒了興趣，縮回了頭。

崔氏難得看出自己女兒的不痛快，以為她是因為薛元鈺的話，便安慰說：「妳二伯家兩個閨女說話就是如此，妳別在意就是了。」

元瑾看向她，雖然她不在意薛元鈺，卻也不喜歡崔氏這話。崔氏這樣的人就是如此，色厲內荏，面對子女拿得出款來，可若真讓她對外面的人使威風，那是半點也不敢的。

「那您就不在意嗎？」

崔氏道：「怪只怪咱們是庶房，妳爹又沒出息，妳娘我……也不是正經官家的女兒，不能和人家比。」

元瑾一笑。「二伯當年是冒領了父親的文章，才拜入山西布政使名下。若沒有這段過往，如今他怎能做到知州的位置？現在他兩個女兒倒是挾恩報仇，全然忘了。」

崔氏又嘆道：「人家如今是知州，妳父親只是個地方寺丞，又能有什麼辦法？」

元瑾發現，崔氏其實是個非常認命的人。

那她認命嗎？她自然不了，她若是認命，那些害死她的人豈不是作夢都要笑醒了！她會抓住一切的時機成長，這些對不起她的人，她最終會一個個地報復回去的。

「不會總是這樣的。」元瑾淡淡地道。

她挑開車簾，看著外面漸漸消逝的黃昏。

第六章

回到薛府時天已黑透，各房正準備回去休息，薛老太太卻把大家都叫到正堂，還叫上府中的男眷們，說是有事情要囑咐。

薛老太太先是喝了口茶，又看了看窗外的夜色，才開口道：「福春，去將正堂的門關起來。」

正堂中的人越發疑惑，面面相覷，究竟是什麼事情，搞得如此神秘？

關上門後，薛老太太才面色鄭重地掃屋內的眾人。

「把你們留下，是有一件大事要說。在說之前，我必須先跟大家說明白，今兒個誰要是把這件事說出去，便按家法伺候，絕不會留情面，你們可聽明白了？」薛老太太的聲音陡然嚴厲。

在座諸位紛紛表示明白，卻越發好奇，什麼事要如此大費周章？

崔氏先道：「娘，究竟有什麼要緊事，您還是趕緊說了吧！弄得我這心裡提心吊膽，怪不踏實的。」

薛老太太看了崔氏一眼，才慢慢說：「你們可知道，今日為何定國公府請我們去遊園？」

這大家自然不知道。

薛老太太倒也不賣關子，繼續往下說：「定國公府雖然強盛，卻向來子嗣艱難。老夫人本就只有一個老來得的獨子，便是定國公，卻一直不曾有後。原配的夫人病死後，定國公更悲痛至極，無心於此。今日老夫人告訴我，定國公前幾個月在和北元的戰事中受了傷，再無子嗣的可能了。」

元瑾聽到這裡，抬起了頭。

薛老太太為何突然跟大家提起定國公府的子嗣？

沈氏先是震驚了片刻，才道：「如此一來，定國公府豈不是就絕後了？」

「定國公府自然不能無後。他們打算從旁系中過繼一個男孩過去，記在定國公名下做嫡子，繼承定國公之位。」薛老太太頓了頓。「咱們家老太爺當年與老國公爺是堂兄弟，同是一族，便是有了入選的資格，所以老夫人才告訴我，她想從我們家的男孩中挑一個過繼過去。」

薛老太太話音一落，有人甚至忍不住驚呼出聲，又是驚喜又是震撼。周氏都繃不住了。「您的意思是，老夫人要從咱們府中挑一個男孩，繼承定國公府？」

薛老太太頷首。「另外，還要再挑一個姑娘一起過繼，既是作個伴，也是給老夫人承歡膝下，充作定國公府的小姐養大出嫁，親的最好，堂姊妹也行。」

原來定國公府是想從薛家挑兩個孩子過繼過去。

那可是定國公府！

別說這太原府了，就是整個北直隸，定國公府也是數得上數的豪紳貴族，選過去的孩子可是要作為定國公世子繼承定國公府，女孩也是飛上枝頭變鳳凰，作為定國公小姐養大出嫁，薛家這樣的小門戶是完全不能比的了。

假如能從薛家挑一個男孩過繼到定國公府，就是整個薛家也會為之改變。

隨便落在哪一房，都是天降的大運！

元瑾也震驚了片刻。沒想到薛家這樣的小家族，竟然攤上如此的運勢！

當然，她又迅速冷靜下來，想繼續聽薛老太太說更多。

薛老太太繼續道：「不過這事也沒有這麼簡單，定國公府的旁系不止我們一家，若不是我在出嫁前，當真與定國公老夫人是同真姊妹一般的情誼，也不能得到這個先機。」

「是、是。」姜氏先笑了笑。「我們還是沾您老的福氣，否則哪有這番造化！我只是想問問您，這選繼子有沒有什麼條件？」

薛老太太便說：「第一，歲數不能過大，也不能過小。老夫人說了，五歲到十五為佳。第二，必得是個聰慧伶俐的，且就算我們送了人選過去，他們還得從中選出幾個合適的，相互比較，最後再決定，上報禮部正式請封。不過老夫人已經同我說了，她最屬意我們家，多半是從我們府上挑。」

幾房竊竊私語許久，一個個精神振奮，恨不得趕緊回去讓兒子們加緊準備。

還是周氏先說：「那您現在可有主意，咱們府讓誰去了？」

薛老太太已經有了主意，她一聽到時就在思索了。年歲符合又聰明伶俐的，她選了大房的二少爺薛雲海、二房的三少爺薛雲濤，三房的薛雲璽雖年歲有點小，恰好在五歲的當口上，倒也可以去試試，更何況薛雲璽從小就生得聰明，類似其母。

而四房……

沒有人提一句選四房的誰去試試，好像四房的兩個兒子根本就不存在一般。大家都在討論怎麼讓薛雲海、薛雲濤去應選，關注的都是這兩個人，那熱鬧欣喜，彷彿已經選上似的。

天色已經很晚了，薛老太太讓大家散了，大房、二房還在討論，崔氏和薛青山就帶著元瑾回四房了。

等進了家門，薛青山先坐下歇息，他剛從並州回來，身子還有些乏累。

他問了崔氏幾句家中怎麼樣，崔氏說一切都好，隨後就叫丫頭打水、鋪床，兩人彷彿當今晚的事沒有發生，就準備要睡了。

元瑾雖一路按捺著心情沈默，實則是思緒連連。她在想這件事四房能有什麼應對，還以為崔氏和薛青山是想回屋再談，沒想到兩人連談論的意思都沒有，她忍了一會兒，終於忍不住開口。

「今日祖母說的事，你們難道就沒有什麼想法嗎？」

崔氏被女兒問得一愣。「什麼想法？」

元瑾道：「祖母說定國公府要從咱們府中選一個男孩過繼，你們就不想讓四房也去試試？」

崔氏和薛青山面面相覷。

正所謂人沒有夢想，活著和鹹魚有什麼區別？而薛青山和崔氏，還真的是兩條非常鹹的魚。

薛青山咳嗽一聲，勸元瑾道：「咱們也不要癡心妄想了，妳看妳弟弟那個樣子，哪裡能和妳兩個堂兄比？人家定國公府如何看得上？我看雲海、雲濤還有些可能，他們倆自小就聰慧。」他官位低，平日在家裡也謹小慎微，生怕得罪了誰。

崔氏聽了，有些不滿。「你這話說得，我兒子怎麼了，是比別人缺條胳膊還是少根腿了？」

但的確也沒有說什麼讓薛錦玉去試試的話。

薛青山對妻子無言片刻，又勸元瑾。「妳還是別想這件事了。明兒個不必學針黹，妳便在家裡好好做女紅吧。」

他們竟連半分想法都沒有。

這世上有人費盡心機向上走，自然也有人心中毫無青雲志；有人絲毫受不得氣，有人卻慣於逆來順受。崔氏和薛青山就是這樣的性子。

文章被拿走充作別人的，別人還因此平步青雲，平日備受人家欺負還不能還手，皆是因他們這個性子。

可這樣的機會擱在眼前，元瑾是絕不會坐視不理的！

她若說大房和二房的人聰明，不過是矮子中拔將軍而已，根本無法和她前世遇到的那些人精相比。至於她自己，宮中、朝堂種種爾虞我詐的爭鬥，她何曾退縮、畏懼過？這些豪紳世家她又都瞭如指掌，何至於在一個小小薛家的幾個嫡房面前退讓？

雖然憑她現在的力量想報仇雪恨，還是早點洗洗睡比較現實，但人往高處走，難說就不能成呢！

不過有一點崔氏和薛青山都有很清楚的認知，那就是薛錦玉和他另外兩個堂兄比起來，雖然的確沒有缺胳膊少腿，但是真的挺蠢的……

薛元瑾陷入沈思，但並沒有打算去睡。

她甚至想立刻將薛錦玉抓來試試他有沒有這個天分。

萬一薛錦玉其實是個天縱奇才，只是被崔氏和薛青山埋沒了呢？

第七章

想現在試薛錦玉自然是不可能的，他已經在崔氏床上睡得跟小豬一般，還發出輕微的鼾聲，連他們說話都沒有將他吵醒。

薛青山發現女兒朝薛錦玉的方向看，輕輕嘆氣。「父親也明白，妳是為了咱們家好，但知子莫若父，妳叫他吃喝玩樂、略讀些書行，若妳想讓他去和雲海、雲濤爭，那是決計不可能的。」

其實父親說的，元瑾也明白。

別看薛青山寡言少語，處世低調，其實他是個非常清醒的人。

即便她再怎麼聰慧，若是想要調教一個扶不起的阿斗，恐怕也是無能為力的。

難道……只能這麼算了？

經歷今日的情緒波折，她實在有些累了，元瑾回到房裡，發現一道細瘦的影子還坐在炕床前等她，竟是薛聞玉。

「四少爺怎麼在這兒？」元瑾問杏兒。

杏兒道：「您昨日說要和四少爺繼續下棋，他從辰時就坐在這裡等您，一直等到現在。」

那豈不是等了近六個時辰！元瑾眉頭微皺。「妳們怎地不勸阻？」

杏兒有些委屈。「娘子您不知道，咱們哪裡勸得動四少爺。」

元瑾便走過去，溫聲對薛聞玉道：「聞玉，今天天色太晚，我叫嬤嬤送你回去，好不好？」

薛聞玉看著她，白玉般的臉面無表情。他沈默很久，開口說道：「妳說的，下棋。」

他很少說話，因此聲音帶著一些沙啞。

這明明是平靜的語氣，卻讓元瑾生出幾分騙了小孩的愧疚。人家都等了她六個時辰，她卻一回來就讓人家回去，還算什麼姊姊？不就是陪他下幾盤棋，有什麼大不了的。

元瑾叫柳兒拿來棋盅，坐下來，將黑子放到他面前。「那好吧，你要黑棋，你先走。」

薛聞玉這才接過棋盅，卻沒有開始下，而是把她的白棋盅也拿過去，從兩個棋盅中拿出子放在棋盤上，擺出一個棋局。元瑾原以為他是胡亂擺的，但等她仔細一看，才發現這棋局有些眼熟，竟是……他們昨晚下的那盤棋！

元瑾有些不敢置信，再仔細看，的確是他們昨晚下的那盤棋。

她在棋藝方面天分超群，這是不會記錯的！元瑾看了薛聞玉一眼，將棋局再次打亂，對薛聞玉說：「你再擺一次我看看。」

薛聞玉大概不明白她為什麼要把棋局打亂，但還是一子子將它們擺回原位。

他當真記得昨晚的棋局！

薛聞玉，常人眼中的一個癡傻人，竟然有過目不忘之能！

元瑾久久不能說話，她重新鄭重地打量她這個弟弟。他雖然長得非常好看，卻很沒有存在感，因為他幾乎不怎麼說話，由於長期的孤僻和木訥，跟人接觸也顯得有些不正常。

薛聞玉皺了皺眉，可能是等得太久了，把白子放到她的手裡。「下棋。」

元瑾深吸了口氣，決定先同他一起下棋。

她昨天教薛聞玉怎麼下棋，他今天便能按照她說的路子，一步步隨她下。雖然跟她比還有很大的不足，卻是天賦異稟，竟能接得住她的棋，且還能反堵她的棋。

元瑾終於確定，這個弟弟不僅過目不忘，恐怕還聰明常人數倍。就是她當年教朱詢下棋，他也沒有聞玉這樣的天分。

這讓她內心突然生出了一個想法！

這絕對是一個荒謬的想法，恐怕旁人聽了，都要笑她瘋了。

這次定國公府選繼子，她能不能……讓薛聞玉去試試？

薛錦玉的資質是肯定不能入定國公府的眼了，別說定國公府，薛老太太這關都過不了。

但是薛聞玉卻未必，他有如此天分，難說不會有機會。

她看著薛聞玉，雖然他仍是那副無悲無喜的樣子，但她卻有些按捺不住內心的想法了。

薛老太太並非是個重嫡輕庶的人，實際上她日常還是很照顧庶房的。何況這次不光只有薛家一家人去選，倘若是為了增加入選的可能性，薛老太太是絕不會拒絕帶上薛聞玉的。

元瑾心中念頭百轉，最後才定下了思量。「聞玉，如果姊姊交給你一件事，你願不願意去做？」

薛聞玉卻沒有反應，似乎根本沒有聽到她說話，靜靜地繼續下他的棋。

元瑾等了很久，都沒有聽到他的回答。

她又覺得自己的想法太過荒謬。薛聞玉就算智力超群又如何，他連基本的與人交流都做不到，難道還能去爭奪定國公世子之位嗎？

正當她想讓下人帶薛聞玉去休息，他卻看著棋局，突然開口了。

「想我做什麼事？」

他說話竟然很正常。

元瑾這才知道，原來薛聞玉能理解別人的意思，他只是從來不表露罷了。也許是周圍人的反應，他也從來不需要。

元瑾並沒有把他當孩子，而是在他對面坐下來，頗為鄭重地跟他說：「一件非常重要的事，這件事未必會很好玩，甚至可能有些危險，但它會讓你得到權勢地位，以後再也不會有人欺負你。而姊姊會保護你去做這件事。」

他嘴角微微一扯。

「若是幫妳，有什麼好處？」他繼續問。

他是在問她要好處？元瑾頭一次把這個弟弟當成正常人，知道他其實是能流利完成對話，且思維清晰的。

元瑾問他。「權勢地位還不夠的話，那你想要什麼好處？」

薛聞玉輕輕問道：「妳剛才說，會保護我？」

元瑾道：「這是自然的，否則你一個孩子豈不是太危險？」

他想了想，放下棋子。「我答應了。」

這盤棋其實已經下完，元瑾贏了。

「聞玉！」元瑾見他似乎要走，又叫住了他，她還有個問題想問問他。見薛聞玉停下腳步，她才開口道：「你其實不像旁人說的那樣神志不清，為何平日從不表示？」

薛聞玉卻是沈默了很久，但並沒有回答她。

「如果你要和姊姊一起去做這件事，你就不能這樣繼續下去。」元瑾告訴他。

他聽到這裡才說：「……知道了。」

等薛聞玉的身影離開，元瑾沈默了片刻，其實她也應該知道是為什麼。對薛聞玉來說，無論是周圍的人還是事，也許他都覺得沒有應對的必要了，因為這周圍從來沒有一個人與他相關，也從沒有一個人對他有過期許。

他在薛家活了十多年，卻只像個影子，從來沒有人真正注意到他。

他應該……就是這樣的心境吧。

第八章

隔天一大早，薛元瑾到了外院薛聞玉的住處。

既然打算扶持他去試試能不能選上，她自然也得對薛聞玉有更多了解才是。

她到的時候，薛聞玉已經起來了，正伏在案前，手指蘸了茶水在桌上亂畫。窗外植了一叢湘妃竹，明亮的陽光透過竹葉，宛如揉碎般落在桌上，照出斑駁的影子。

這孩子看著身體就不大康健，他的手指白得都有些透明了。

元瑾在他旁邊坐下來，柔聲問道：「聞玉，你這畫的是什麼呀？」

薛聞玉又不答，看來昨晚說那麼多話的確是個奇蹟。

元瑾牽著他的手，將他帶到桌邊坐下。「我聽說你曾跟著家裡幾位兄長讀書，那可認得字？」

他卻仍然盯著桌上的水跡，彷彿很想回去接著畫。

元瑾語氣柔和而堅定地繼續問：「家裡的人可都認得全？知不知道祖母、大伯母這些人？」

聞玉恍若未聞。

見他這般，元瑾輕嘆一聲，只得問他。「我是誰？」

薛聞玉的眼睫毛動了動，終於輕聲說：「姊姊。」

好，不管他是不是知道這些人，總算還是認可她這個姊姊。

「昨天我們商議的事你可記得？是什麼？」元瑾問他。

薛聞玉道：「要幫妳做一件事。」

見他還記得，元瑾便讓薛聞玉繼續畫他的畫，然後把伺候薛聞玉的宋嬤嬤叫過來問話。

「我知道聞玉的心智與常人不同，卻不知道他究竟是什麼情況。妳既是從小把他帶大的，想必他有什麼情況妳也清楚，跟我仔細講講吧。」

宋嬤嬤是當初崔氏為了照顧薛聞玉，從廚房提起來的一個嬤嬤。人很樸實，照顧薛聞玉這麼多年，雖說不是無微不至，總也沒讓他受過苦就是。

雖然不知道元瑾為什麼突然關心起薛聞玉，但宋嬤嬤還是仔細地和她講起來。

「奴婢也不知道這是個什麼症，但四少爺打小就顯得有些不正常，時常自己坐在桌前用水畫畫，一畫就是一、兩個時辰，若是被人打擾，四少爺還會不高興，甚至會發脾氣，也不像別的孩子那樣調皮愛玩。

「五歲之後，老爺就把四少爺送進家中的書房讀書，但四少爺從不聽先生的話，不答問題。因為行事太古怪，還受到其他幾位少爺欺負。故八歲起也不去書房了，便這樣養著。」

元瑾聽到這裡，眉頭一皺。她知道有一個人好像也是這樣的情況。

前朝有位皇帝愛做木匠活，平日不理朝政，也不喜歡與人交流。但這位皇帝實則記性異常好，能鉅細靡遺地說出哪天他身邊的太監跟他說了什麼話，甚至還能完整背出他幾個月前看到的一本摺子。所以雖然這位皇帝從不上朝，卻也能將國事料理妥當。

聞玉……是不是也是類似的病症？

興許他病得更嚴重些，畢竟在他長大的過程中，從沒有人引導、照顧他，外界還總是嘲笑、欺負他，只會越病越嚴重。

「那他還有沒有別的異常？」

宋嬤嬤想了想。「倒還真有，四少爺其實記性非常好，甚至也很聰明。太太有時候對管家的帳子，四少爺在旁看一眼，就知道對不對，還能一條條地再背出來。可惜了四少爺這個性子，否則還真是個天才。」

宋嬤嬤又嘆息。「可這又能如何？四少爺這病，就算真的科考進了官場，恐怕也是舉步維艱。」

元瑾頷首，她大概知道薛聞玉是什麼情況了，的確沒有她想的那麼簡單。這個病想要矯正，恐怕不是一朝一夕的事，她打算將薛聞玉的住處挪到她這邊來，既免得薛錦玉欺負他，也能時刻照顧他。

不過當務之急是要帶薛聞玉去見薛老太太，讓薛老太太同意他一起去選。明日他們就要去定國公府讓秦氏過目，再不去就來不及了。

這時柳兒從旁邊走過來。「奴婢看了四少爺的衣櫥，不是短了就是舊了，要不就是些顏色、花樣不好看，實在是找不出合身的。」

元瑾道：「今兒是來不及了，不過咱們得給他做兩身像樣的衣裳。聞玉每個月有多少月例？」

宋嬤嬤答道：「太太說，少爺吃住全在家裡，所以就用不著月例。」

元瑾嘖了一聲，崔氏真是摳門。不過去問崔氏要錢，那是別想的，她就是個一毛不拔的鐵公雞。

元瑾同柳兒道：「妳去同管採買的嬤嬤講一聲，讓她明兒下午帶一疋寶藍色的杭綢回來。」

柳兒低聲問：「娘子，那買杭綢的錢怎麼來？」

「從我的月例中出吧。」元瑾道。

柳兒聲音更低了一些。「娘子，您一個月八錢月例，似乎不夠買一疋杭綢啊……」

元瑾沈默片刻，她來了之後還不知道自己的月例。八錢銀子……以前她身邊普通宮婢的月例都有三兩銀子，她真的快被自己窮到了！

「那不要杭綢，普通綢布可夠？」

柳兒點頭。「夠倒是夠，不過接下來一個月，咱們屋中恐怕都得過得緊巴巴了。」

「先這樣吧。」元瑾見請安的時辰要到了，便先帶著薛聞玉出門。

與仿江南建築的定國公府不同，薛家是很典型的晉中建築。薛家大院中，一條寬闊的石道穿過大院，將大院分為南、北兩排，一頭是門樓和大門，另一頭就是薛家祠堂，與大門遙相對應。

元瑾帶著薛聞玉從南院穿出來，她一路都牽著他，薛聞玉則握緊她的手。

「聞玉害怕嗎？」元瑾問他。

薛聞玉沈默。

他不是第一次走在這條路上，只是頭一次由另一個人牽著，走在這條路上。

彷彿有什麼東西就此不同了。

他不是怕，他只是不喜歡這種不確定。

「不用怕，凡事姊姊會幫你的。」元瑾也不管他是不是怕，低聲安慰他一句。

北院正堂是薛老太太的住處，跨進描金砌粉的門檐，再走過一條乾淨的石子甬道，就看到了正堂。

薛老太太身邊的徐嬤嬤將二人引入正堂。

平日元瑾若是這時候到的話，正堂是人影子都還沒有的，可今天幾房人卻早早地就來了，正按齒序坐在正堂上喝茶。

大房周氏身邊站著的是薛雲海和薛元珍。薛雲海身著菖蒲紋直裰，身量頗長，長得倒也清俊。據說從小讀書天分就極高，明年要下場鄉試了，很是讓周氏覺得驕傲。薛元珍今兒穿了件青織金妝花十樣錦褙子、雪白月華裙，襯得她容貌秀美，精緻貴氣。

二房沈氏帶著她的兒子薛雲濤。沈氏也是書香門第出身，據說父親還是兩榜進士，做過翰林學士。薛雲濤正站在那裡同兩姊妹說話，長得很是俊俏，小小年紀就有幾分風流相。

三房姜氏帶著五歲的兒子薛雲璽。薛雲璽還是一副白生生的包子模樣，立在母親旁邊強打著精神。

四房覺得今天沒他們什麼事，除了元瑾帶著薛聞玉來了以外，一個都沒來。

元瑾正好帶著薛聞玉坐在姜氏旁邊，姜氏是個極聰明又八面玲瓏的人，笑著看薛聞玉。「今兒聞玉也來給祖母請安啊？」

薛聞玉自然是喝他的茶，也不看人。

元瑾就道：「三伯母莫見怪，他不愛說話。」

四房這個傻兒子，大家都有所耳聞，姜氏倒不見怪。她只是有些好奇，薛元瑾帶薛聞玉過來做什麼？

而薛元鈺已經看到元瑾帶著她的傻弟弟，笑了笑說：「四妹怎地帶著傻子來，是想讓他也去試試不成？」

薛元珊輕輕拉了妹妹一把，低斥道：「這個時候妳說這些幹什麼！」

平日跟四房鬥鬥嘴取笑就罷了，現在要緊的是選定國公府世子的事，而不是四房這個傻兒子。她這妹妹一向不知輕重、不分場合，讓人頭疼。

薛元鈺卻不滿姊姊說她。「妳以前還不是如此，說我做什麼？」

沈氏回頭瞪了兩個女兒一眼。「老太太就要出來了，妳們給我安靜些！」

果然不過片刻，薛老太太就被攙扶著出來了，見有這麼多人等著，便道：「怎地都來了？」

周氏笑道：「這不是還想跟娘了解清楚一些，也好有個應對，畢竟是這樣一件大事，咱們也不敢馬虎。」

薛老太太點頭，對大兒媳的態度很滿意。「有準備便是最好。」

她坐了下來，先將薛雲海叫到跟前，仔細問過之後，十分滿意他的準備和應答。

周氏見兒子被誇，也是暗暗得意。其實在她心裡，二房、三房那兩個人無論如何都比不過自己兒子。再說女兒薛元珍也出挑，雖說上次去定國公府時，秦氏誇的是四房那個小嫡女，但畢竟也只是庶房而已。

因覺得薛雲海入選的機會最大，所以昨晚沈氏連夜找她商量過了，兩人決定先聯手擠掉一個再說，免得被別人搶先。

她與沈氏對看一眼，沈氏便站起來，咳嗽一聲道：「娘，我覺得這次去應選，雲璽恐怕是不合適的。」

姜氏聽到這裡，笑容漸收。

她跟大房、二房的出身不同，她出身商賈之家，平日跟這兩個書香世家出身的妯娌就是交人不交心，沒想到沈氏突然來這一齣，她一看周氏靜靜喝茶不說話，便知道兩個人這是合夥了。

「二嫂何以這麼說？我雲璽年歲是夠的，沒理由不去選。」

沈氏笑了笑。「三弟妹先別生氣，畢竟咱們薛家裡，無論哪一房選上都是一樣的。」

姜氏心裡先啐了沈氏一口，既然說選誰都一樣，那她倒是別讓她兒子去應選啊！

「娘，雲璽年歲尚小，正好卡在五歲的當口，這就已經不合適了。再者，雲璽自生下來起就大病小病不斷，身子不大康健，這樣的人選送過去，定國公老夫人見著是個病秧子，恐怕也不會高興的。」沈氏說。

薛老太太卻只是聽著喝茶，並沒有表態。

姜氏不慌不忙地站起來，先行個禮。「娘，雲璽雖然是卡在五歲的當口，但老夫人既然定了五歲，便是不嫌棄的。更何況雲璽年紀還小，孩子小的時候，誰沒個頭疼腦熱的，雲璽雖然一直不大康健，卻也沒有病得下不了床過。倒是雲濤……」說著頓了頓。「雲海敏而好學，頗具才華，媳婦是沒有什麼意見的。」

元瑾在旁聽著，還是三伯母這回應得體有涵養，還不動聲色地挑撥了一下大房和二房，水準比沈氏高多了。

果然，薛老太太聽了姜氏的話後，合上茶蓋，說道：「老二媳婦，你們幾房我都是要一碗水端平的，既然雲璽符合條件，總也帶去看看的好。至於成不成，也只看定國公府那邊的意思。」

沈氏見沒能成功說動薛老太太，示意了周氏一眼。

周氏自己卻是不會開口掉自個兒身分的，既然已經到了這分兒上，就笑了笑。「娘說得對，哪一房不去都不公平。」

沈氏聽到周氏不但不幫她，還圓了場，心裡自然也不舒服。大家明明約好排擠三房，卻好像只有她才是惡人一般。她有些憤憤不平地坐下，等薛老太太問她有沒有意見時，只能說自己沒有意見。

這次三房互撕便這樣不歡而散，雖然大家離開時都面帶微笑，心裡怕是已經罵對方的祖宗十八代了。

元瑾看著有點懷念，竟然讓她想起了往日在宮中，看著那些大小妃嬪在太后面前勾心鬥角的樣子。

三個女人一臺戲，正好可以唱開。

經過這場紛爭，薛老太太也有些累了。這件事往後恐怕會鬧得家裡更雞犬不寧，她要好好養精蓄銳盯著才行。只是眾人都走光了，才看到原地還留著兩個人，竟是四房的薛元瑾，以及她的庶弟薛聞玉。

薛老太太對自己這個庶房的孫女原來印象不深，最近會印象深刻還是因為秦氏的那句誇獎。

「元瑾可還有事？」薛老太太問道。

元瑾便站起來。「祖母，孫女能否借一步說話？」

薛老太太沈默片刻，便帶著元瑾進了次間。

屋子裡陳設著檀木圍屏，鏤雕四季花卉、八仙獻壽，炕床上鋪著萬字不斷頭紋綢墊。薛老太太被徐嬤嬤扶上炕床，示意孫女坐在自己對面的繡墩上，問道：「妳有什麼要緊事？」

元瑾上前一步，屈身道：「方才聽祖母說，您要每一房的水都端平，孫女是十分敬佩的。孫女今天帶聞玉過來，便是想問問您一件事，四房能不能也出個人選？」

薛老太太聞言，眉頭一皺。

其實對她來說，並不重視四房的嫡庶之分。薛青山雖然是庶出，但他姨娘早亡，其實是跟在她身邊長大的。薛青山因此感激她的養育之恩，一貫對她極好，甚至比親兒子還孝順幾分，只不過薛青山自己官位太低，比不得嫡房的三個兄弟，難免就越來越不得志了。

薛元瑾說是要出個人，難不成是想出她弟弟薛錦玉？

之前才覺得這小孫女還算聰明，如今看來，卻是被定國公府的榮華富貴沖昏了頭，就算把薛錦玉帶去，也只會徒增笑話而已。

薛老太太的語氣難免就有些冷淡了。「並非祖母偏心不讓錦玉去選，而是錦玉長這麼大，的確是學業平平，沒什麼天分，性子也教妳母親慣壞了，就算帶去定國公府，也不會入選的，妳還是回去吧。」

元瑾又笑了笑，淡淡道：「祖母，四房並非想帶錦玉去，而是想讓您帶聞玉去試試。」

薛老太太聽到這裡，難免有些驚訝，但很快就掩飾過去。她看著站在元瑾旁邊的薛聞玉，皺了皺眉。「妳莫不是在和我開玩笑？妳這弟弟……」

薛聞玉是四房的傻庶子，這誰都知道，據說連人也不會喊。

「祖母，聞玉其實並非外界傳聞的癡傻，您看了就明白了。」元瑾摸了摸薛聞玉的頭，對徐嬤嬤說：「府中可有不用的帳本？能否煩勞嬤嬤替我拿一本來。」

薛老太太阻止了徐嬤嬤，她倒是想看看薛元瑾想做什麼，於是從抽屜中拿出一本帳本遞過來。「便用這個吧。」

元瑾接了過來，見這是家中才剛出的帳本，便道：「多謝祖母。」又隨便翻到一頁遞給薛聞玉。

薛聞玉垂眸看了片刻，就輕輕對元瑾點頭。

元瑾將帳本還給薛老太太。「祖母，您可以隨便考他，只需問他第幾行寫什麼內容即可。」

薛老太太接過帳本，半信半疑。這才一瞬的工夫，誰會記得？

她便試探性地開口。「這一頁第七行寫的是什麼？」

薛聞玉淡淡道：「辛未年四月六日，購香料沉香、白檀、麝香各二兩、藿香六錢、零陵香四兩，總用銀兩十兩六錢。」

「第十行寫的是什麼？」

「辛未年四月七日，購妝花緞、軟煙羅、雲霧綃、雲錦各五疋，總用銀兩三十八兩四錢。」

他當真記得，這如何可能！

會不會是元瑾在幫他？但這帳本是她剛剛才拿出來的，元瑾又如何能事先知道？薛老太太合上帳本，問向元瑾。「他竟有過目不忘之能？」

「不只如此。」元瑾又問薛聞玉。「這一頁裡，府中總共花出去多少銀子？」

薛聞玉說出了答案。「一百零七兩三錢。」

元瑾笑了笑。「煩請祖母核對一下是不是這個數？」

薛老太太擺了擺手。「不必了，妳既然有自信叫他答，那就不會錯了。」她走下炕床，走到薛聞玉身前，打量他許久，才有些嚴肅地問：「聞玉，你從小便有如此天分？」

這樣一個苗子，卻從來沒有人知道，反倒所有人以為他是癡傻愚笨！

薛聞玉卻不回答。

元瑾道：「卻也是我無意中發現的，只是從沒有人注意過他罷了。祖母，您也看到聞玉的天分了，可也能帶上聞玉？」

薛老太太又看了薛聞玉一眼，搖了搖頭。

她坐回了炕床上。「四丫頭，不是我不願意，而是他即便聰明絕頂，過目不忘，但他不能同別人正常說話問答，再怎麼好的天分也是無用的。只能說，是可惜了他這個人。」

「若是我能治好他呢？」元瑾走上前。「祖母，他這病並非不能治，只是從沒有人好好待過他而已，他不是全然不知的，至少他知道別人待他好，便會對那個人不一樣。他只是現在還沒有對周圍的環境放下戒心而已。」

她又低聲說：「若是大家都對他好一些，倒也不至於這樣。」

薛老太太看著薛聞玉精緻如雪的小臉，突然也有些心疼這孩子。

倘若別人有這天分，那家族必定是傾盡全力培養，但這孩子卻是小小年紀，就受盡了人世間的辛苦。

「再者，請容元瑾說一句推測的話。」元瑾輕聲道：「倘若真如定國公老夫人所言，大半都是在我們家中選，為何那天的遊園會上，還來了這麼多薛家旁家的人？甚至那衛三少爺衛衡都在宴席上，他可是已經考中了舉子的。」

「妳的意思是……」薛老太太眉頭微皺。

「倒也並非老夫人騙了您，而是元瑾猜測，她雖然有意咱們家，但定國公可能還有其他有意的人選。」元瑾繼續道：「如果遇到了更優秀出眾的人，咱們府中的二哥、三哥，或是六弟，能不能應對這些人？」

薛老太太沈默了，因為她也明白，元瑾的推測很有道理。

「若是這樣，元瑾覺得，怕是只有聞玉能同他們相較。」元瑾溫和地說道。

薛老太太沈沈地出了口氣，她不得不承認，這個庶房的孫女的確說得有道理，她說的正是她隱隱擔憂的地方。

其實她自己也知道，薛雲海幾人雖然資質尚可，但跟大家族的嫡子相比還是有區別的，她一直在想，定國公府憑什麼就能選中他們了？

她說得對，唯有薛聞玉這種天縱之資，才會真正讓人眼前一亮。

她抬起頭，告訴薛元瑾。「我同意帶上聞玉。」

元瑾正要謝她，薛老太太卻又道：「但是我還有個條件。」

元瑾微一疑惑，說道：「祖母但說無妨。」

「等聞玉入選後，我自然會告訴妳的。」薛老太太笑了笑。「但在他入選這期間，妳一定要好生調教他，至少能讓他在人前應答，否則他便是再怎麼天縱奇才也是沒用的。妳可是清楚的吧？」

元瑾應諾，她看著薛老太太的表情，有瞬間的恍惚。她似乎在薛老太太身上，看到了太后的影子。

只是，薛老太太畢竟不是太后。

她五歲時，太后來西北侯府接她，笑著跟她說：「元瑾，從今兒起，妳就和姑母一起住了。姑母會保護妳、照顧妳，不會讓人欺負妳，妳會有這世間一切最好的東西。」

而現在，她失去了太后，也沒有了這世間一切最好的東西。

突然想起太后，元瑾幾乎控制不住地眼睛一酸。

薛老太太笑道：「怎麼，祖母答應了妳，就高興成這樣了？」

元瑾笑著搖搖頭，跟薛老太太告辭，怕自己再控制不住情緒，很快就帶著薛聞玉走出正堂。

外面草木葳蕤，陽光正盛，夏天正一步步地逼近。

薛聞玉似乎有些察覺到她的情緒不對，輕輕搖了下她的手。元瑾側頭看他，只見他突然伸出手指，輕輕擦了下她的臉頰。

「姊姊，不要哭。」

「我沒有哭。」雖然這樣說，元瑾卻慢慢原地蹲下，把臉埋進臂彎裡。

薛聞玉有些茫然，他不知道該怎麼安慰她，只能跟著在她身邊蹲下，想給她擦眼淚，但是她又不抬頭，他便有些急，在她身邊一遍遍地說：「不要哭、不要哭……」

而元瑾卻真的第一次無聲地哭泣起來。

第九章

四房的傻子也要被帶去定國公府應選的消息，很快就被各房分布在薛老太太屋子裡的眼線知道了。房中灑掃的婆子、傳菜的小丫頭，偷偷把這件事告訴了其他三房。

周氏聽到這事時，正在看自己的兒子薛雲海練字，嘆息了一聲。「你祖母還真是糊塗了，竟連個傻子都要帶去。」

薛雲海在丫頭端來的白瓷海碗中洗淨手上的墨汁，聞言抬頭道：「我倒沒怎麼接觸過，這庶弟當真是癡傻嗎？」

周氏道：「你是我兒，除了你早病逝的大哥，這府中你便是嫡房嫡子，又何必去關心一個庶房的庶子？這庶子的確是癡傻，不過旁人的事不要緊，要緊的是你要得到定國公世子爺的位置。」

薛雲海卻道：「娘，就算我得不到這個位置，功名利祿也是可以自己爭取的。」

周氏笑了。「我的傻兒！你便是寒窗二、三十年，真的考中進士又能如何？你祖父何嘗不是兩榜進士，官場沈浮了一輩子，也不過是位居五品而已。但定國公家可是世襲的正二品爵位，你若是做了這個世子，那些科考出來、辛苦了一輩子的進士，在你面前還是要低伏奉承於你，豈不是好？」

薛雲海聽著周氏的話，若有所思。

「你現在哪裡知道權勢的好處？」周氏嘆息。「再者你若中選了，還可以帶著你妹妹做個定國公府小姐，她能嫁個勛貴家庭的世子，也是極好的。其實這家中，最有希望的便是你了，你祖母也指望著你呢。」

薛雲海聽到這裡，眼中的目光才堅定，便答道：「娘放心，兒子心裡是有數的。」

周氏見兒子總算明白，倒也欣慰了幾分。

二房沈氏則壓根兒沒在意這事。丫頭正給她捶腿，她嗤笑一聲，合上茶蓋。「帶個傻子去，也不怕丟人現眼！」

給她捶腿的丫頭小聲問：「太太，奴婢不明白，您和大太太伯仲之間，將來兩位少爺勢必也會水火之爭，咱們為何不與三太太聯手，說不定還能給咱們少爺一分助力……」

「妳懂什麼？」沈氏換了個姿勢躺著。「妳以為姜氏便是好糊弄的嗎？她那兒子才五歲，還什麼都不懂呢，她不也是緊趕著給她兒子打算嗎？我與周氏聯手，要是雲濤沒選上，總還是雲海選上的可能性大，我們也不算是得罪了她。」

見丫頭若有所思地點頭，沈氏打了個呵欠，叫嬤嬤盯著薛雲濤唸書，她決定先回房去睡一覺。

至於這個傻子的事，她很快就拋到了腦後。

唯有三房姜氏聽到這件事時，覺得很不尋常。

其他人從沒把四房放在眼裡，但她自小就是長在娘家的妯娌堆裡混成人精的人，最是聰明敏銳。薛老太太不是做糊塗事的人，老四家能說動她，肯定是有什麼制勝的法寶，但究竟是什麼呢？

姜氏坐直了身子，心中千迴百轉千迴。

如今大房和二房聯手，對她很不利，她總在想，還有沒有什麼辦法能夠幫自己兒子一把？

若是老四家真的有什麼辦法，她知道了也好。

姜氏讓丫頭給她拾掇了一番，吃了早飯後，提了兩盒蜂蜜槽子糕去拜訪崔氏。

見她來訪，崔氏很熱情地請她坐下，又叫丫頭沏了茶來。

姜氏笑著接過她的茶，先打量了一下四房。跟其他三房比，四房家中的佈置簡單許多，一幅青竹細布簾子，博古架上擺著些瓷器，炕床上也只是擺了一張水曲柳的小几，上頭擺著幾個放紅棗、蜜餞的紅漆食盒。

姜氏已經打量完，心道四房果真挺窮的，又笑著問道：「怎麼沒見著四丫頭？」

崔氏道：「她剛吃過早膳就回房，也不知道是去做什麼了。」

姜氏便放下茶盞，開始旁敲側擊地打聽起來。「四弟妹，咱們二人平日雖然不算親近，卻也一向和睦，府中有什麼要緊的事，咱們相互通個氣，也是有益彼此的，四弟妹覺得呢？」

崔氏聽得疑惑，姜氏平白無故跟她說這個做什麼？「這是自然的，三嫂是……有什麼事嗎？」

崔氏的口風還挺緊的！姜氏只好說得更明白一些。「四弟妹，這次定國公府內選的事，妳可是有什麼旁人不知道的消息？我手裡也有些東西，若是妳願意，我們可以互換。」

沒想到崔氏仍是一臉茫然，一問三不知，好像根本不知道她在說什麼事一般。

姜氏一開始還以為她是揣著明白裝糊塗，到最後越看越不像，她終於忍不住問道：「妳難道不知道……元瑾帶著聞玉去找老太太，已經讓老太太同意帶聞玉一起去定國公府了嗎？」

崔氏愣了片刻。「……我不知道啊，有這回事？」

姜氏憋得內傷，被崔氏的鹹魚程度給震驚了。

崔氏被姜氏告知這件事後，在屋子裡來回踱步，直到小丫頭來向她回稟。「太太，四娘子來了。」

「這疲懶貨，叫她好生做女紅不做，偏生出這麼多事來！」崔氏道：「快叫她進來！」

坐在一旁的薛青山說：「咱們好生問她，凡事都好商量。妳也別這副樣子，四丫頭又沒做錯事。」

元瑾跨門進去，就看到是三堂會審等著她。

一臉不高興的崔氏、喝茶的薛青山，以及正和小丫頭玩翻繩的弟弟薛錦玉。

「父親、母親。」元瑾先給兩人行禮。

薛青山直起身，先問道：「妳三伯母說，妳昨日帶聞玉去老太太那裡，讓她同意聞玉也去選定國公府世子了？」

「正是。」元瑾正好也把這事的來龍去脈跟他們講一遍，隨後道：「父親、母親也別怪元瑾沒先說，我若是說了，你們定是不同意，覺得祖母怎麼會答應讓聞玉去。但如今祖母已經同意，聞玉也沒什麼不可以去試試的，他是薛家的子孫、四房的兒子，沒有比別人差的地方。且聞玉資質極佳，若不是因這病的緣故，定比別人優秀百倍。」

「但他畢竟是個傻子。」崔氏不能理解。「倘若將他帶到定國公府，一個不好，只會丟了薛家和妳爹的臉。」

「聞玉並非傻子，他只是與常人不同罷了。」元瑾平緩道：「況且有我在，自然會好好教他。」

「妳可莫把事情想得太簡單了！」崔氏又道：「妳那幾個堂兄，哪個不是厲害人？他又如何能爭得過人家？」

「父親。」元瑾卻不再和崔氏說，而是直接對薛青山道：「這些年裡，大伯父在外為官，將家中事務交給您料理，幾位伯父在官場步步青雲時，您因為處理瑣事太多，不能分心讀書，連個進士也沒有中，與幾個嫡兄的差距越來越大，他們沒說伸手扶您一把，卻只將您平日所作所為都認為是理所當然。二伯父若不是靠您那篇文章，如何能拜得布政使大人為師，爬到今天的位置？二房算是受了您的恩惠，但二房的人又何曾對我們好過？您難道就不曾有過怨懟？」

薛元瑾這一番話，讓薛青山徹底沈默下來。

不錯，他便生來就是老好人的性子。薛老太爺去得早，幾位兄長忙於讀書，他就自己接過大哥的擔子，料理家事。後來沒考上進士，仕途也差了他們一截，原以為都是一家兄弟，不會因此分了彼此，如今才發現，人家的確不把你當回事。

這麼多年，說不後悔是假的。明明都是薛家的小姐，自己的女兒元瑾吃穿用度卻比不上幾個堂姊妹，他何嘗不是心存愧疚？

崔氏沒讀過什麼書，元瑾這一番論調卻是把她繞暈了，於是她提高了聲音。「不管怎麼說，妳要帶這傻子出去丟人現眼，我就是不答應！即便老太太同意妳帶他去，人家定國公府的老夫人也不會看上他，妳莫要癡心妄想了！」

在一旁玩翻繩的薛錦玉也道：「今兒和六弟玩，人家六弟都笑我們家出了個傻子，妳還要把這傻子帶到人前去，丟盡我們家的臉面。」

「行了。」薛青山突然出言，打斷兩人的話。他已經下定決心。「妳想做什麼便去做吧！聞玉這事，以後都由妳管，要什麼東西也和父親說一聲，父親會盡力去給妳找來。」

「多謝父親。」元瑾見說服了薛青山，便道：「女兒不要別的，只要您一房的書就好。」

「妳想用什麼都可以從書房拿。若是聞玉當真入選，妳與聞玉兩人的月例就漲到三兩銀子吧。」薛青山想了想，補充道：「我每個月會直接派人送給妳。」

這父親果然是頭腦清楚的人，可惜之前被耽擱了。

元瑾謝過薛青山，沒理會崔氏和薛錦玉，先退下了。

見元瑾走了，崔氏還想說什麼，薛青山卻擺了擺手。「四丫頭說得也對，試都不試就認命，我們也只能一輩子這樣。妳方才又何必對她說那樣重的話？」

崔氏聽到這裡，有些不服氣。「我自嫁給你，操持這家中上下，哪樣不是我費心得多？你倒是點頭同意就過了，但這薛聞玉也是能選上的嗎？別到頭她白費了精力，反而沒學好女紅和灶事，耽誤了日後嫁人。」

「且看吧。」薛青山輕輕一嘆。「不成就算了，至少四丫頭也不會後悔。這樣的財勢，的確也不是誰能輕易得到的。」

崔氏猶有些氣，但看丈夫一副不想再說話的樣子，也只能先按下火氣，將薛錦玉抱來洗臉。

元瑾並沒有薛青山和崔氏的擔憂。倒也不是她有把握，其實她也知道，人外有人，天外有天，這樣的權勢，蜂擁而搶的人必定不少，未必就能成。她不擔憂，是因為現在她必須要去做這件事。

正所謂得之我幸，失之我命，沒什麼好擔憂的。

留給各房準備的時日不多，半個月後，薛老太太便要帶著幾個孫子去定國公府讓老夫人親自過目，所以幾房的少爺這半個月都是加緊讀書，但對薛聞玉來說，讀書不是問題，正常地同別人說話交流才是問題。

他說話不看人的眼睛，也不喜歡別人盯著他，若是別人要他說太多話，便會十分煩躁。這半個月，元瑾多半都花在怎麼讓他同定國公府老夫人正常對話上。

其他各房這半個月也沒有鬆懈，不只幾個應選的少爺，嫡出娘子也抓緊起來緊急訓練。因為不僅是應選的男孩，她們這些男孩的姊妹們也是需要甄選的。

正巧這日是五月十五，定國公老夫人要到薛家大院不遠的崇善寺上香，便在崇善寺旁的定國公府別院裡見。

上次遊園會，各房怎麼穿著打扮是隨自己的意，可這次就不同了，薛老太太十分重視，每個孫子、孫女的衣著打扮都要她點頭認可，方能上馬車。

因為丫頭、婆子人太多，幾個太太便不能再跟著去，只能在影壁好生叮囑自己的兒女，依依不捨地看著他們離去。

因要過薛老太太這關，故今日元瑾穿了件月白底櫻花紋水藍斕邊褙子，梳了雙螺髻，倒是清新明麗。薛聞玉穿了剛製的寶藍綢布袍，他長得好看，襯得他更加膚白如玉，氣質清貴矜秀，只是他有些不大習慣，一直在扯領子。

因下了車兩人就要分開，元瑾抓住他的手，又再叮囑了一遍，確定他對答如流，才叮嚀他身邊的小廝桐兒。「你要看好四少爺，莫出什麼岔子。」

桐兒是元瑾剛為薛聞玉找來的小廝。

前些日子平陽鬧旱災，餓死了不少人，很多窮苦人家見日子過不下去，便將孩子賣了，比平日的價格低了一半還多，於是薛家趁此買了一批半大的丫頭、小子。

桐兒原名愣子，個子小小的，一副沒吃飽飯的樣子，所以別房都沒有人看得上，倘若最後沒人挑中，他就要再被送回去。

他也急了，等到元瑾來選的時候，撲通一聲就在元瑾面前跪下哭了，說家裡有五個哥哥，窮得快揭不開鍋，等著拿這錢買糧填飽肚子。元瑾見他雖然瘦小，卻機靈活潑，便留下來給薛聞玉。

崔氏又按她一貫的取名風格，給他取了個名字「桐兒」。

「您放心，我會看好少爺的！」

桐兒眼睛明亮，對元瑾交代的事都非常忠心，伺候薛聞玉更是盡心盡力。這反倒把薛聞玉驚著了，看了桐兒一眼，離他更遠了一些。

等馬車停下後，元瑾就帶著薛聞玉下來。
他徑直走在元瑾身邊，表情淡漠，實際上根本就是無視周遭的人。
薛雲海等人本來正在說話，不由得朝薛聞玉的方向看過來。
平日這傻子穿得破破爛爛，看不出他長得多好看，今日才發現，原來他當真長得極好，精緻雪白的面孔，氣質清貴，還總是面無表情，竟將旁人都比了下去，只一眼看得到他。
幸好是個傻子。薛雲海等人很快轉過頭。
元瑾抬頭看了一眼崇善寺。
崇善寺是太原府最大的寺廟，當年恭王被分封到太原後，為了紀念其母孝慈高皇后馬氏，歷時八載擴修此寺，如今是富麗堂皇、宏偉壯觀。高大的門樓便足以並排進六輛馬車，其中佛殿、樓閣更是無數。
它不僅是一座寺院，更是一座皇家祖廟。佛寺的最後一個大殿金靈殿中，據說供奉著開國皇帝的牌位，所以香火極旺。
不過今日雖然是十五，來往上香的香客竟然很少，門樓處有帶刀侍衛把守，戒備森嚴，不許尋常人進出。
女孩們難免狐疑，薛元珊同薛老太太說：「難不成定國公府老夫人來進香，就讓人把崇善寺都清空了？」

薛老太太搖了搖頭。「崇善寺是皇寺，定國公府哪有資格封寺，勢必是有大人物來了。」

幾個女孩更是驚訝，畢竟定國公府在她們眼中，已經是太原府最有權勢的家族了。

薛元珍不由喃喃。「是什麼樣的人，竟然能封皇寺……」

這時，定國公老夫人派人來請他們過去。

崇善寺旁修有許多別院，專供達官貴人來禮佛時暫歇。老夫人暫住的是個兩進的院子，雖小卻修整得精緻乾淨。

薛老太太帶著元瑾等人進去時，已經有幾個姑娘在別院中坐著喝茶了。

男孩們很快被帶了進去，其餘人都留在外頭。

元瑾瞧那些女孩眾星捧月，圍著其中一個女孩。那女孩約十六、七的年紀，長得倒是清麗，身上穿著一件石青織銀絲牡丹團花褙子，此布昂貴，百金方能得一疋，看來這女子的身分定不簡單。

薛元珍一見到她，立刻揚起笑容，向她走過去。「原是衛姊姊，妳今日竟也來了！」

薛元珠湊在元瑾身旁，小聲同她道：「妳沒見過她這般諂媚的樣子吧？那人是衛家的長女衛顯蘭，就是上次同妳說話的衛衡的姊姊。她父親現任陝西布政使，身分比她高多了。」

元瑾看著衛顯蘭，竟是笑了笑。

她知道此人，她還是丹陽縣主的時候，有回宮裡擺宴席，這位衛家小姐似乎在場。不過她的身分與在場顯貴世家的小姐比起來毫不起眼，所以元瑾倒也沒跟她說過話。

想到這裡，她似乎又回憶起了一件事。當時這位衛小姐的母親，似乎還為她兒子給她遞過庚帖。

不過太后只淡淡說了一句「身分太低，功名又非鼎甲」就扔到了一邊，不予理會。

聽說這位布政使夫人後來還被她丈夫斥責了一通。

「縣主是什麼身分？就是侯爺、狀元想娶，也得掂量一下自己的身分夠不夠，妳拿妳兒子當個寶，想求娶人家縣主，卻是鬧了滿京城的笑話！」

元瑾想到這裡，沈默了一下……難道那個人就是衛衡？

當初給她遞庚帖，都因身分太低被拒絕，沒想到現在竟然是她高攀不上人家了。

「你們家那位四娘子在何處？」衛顯蘭的聲音悠悠響起。

所有人的目光又落在薛元瑾身上。

衛顯蘭向她看過來，笑了笑。「原來是妳，長得倒還不錯。」

她的目光冰涼，這讓元瑾不由得想起，那日宮宴上，她在自己面前唯唯諾諾的樣子。

元瑾倒也適應了這樣的身分差距，不卑不亢地道：「多謝衛小姐誇讚，不過謬讚罷了。」

衛顯蘭淡淡道：「可惜妳父親是庶出，官位又不高，日後妳嫁個普通官家的嫡子已是高攀，若論起身分，嫁個庶子才合適，所以有些事還是不要妄想的好，姑娘覺得呢？」

「衛小姐說得倒是有道理，只是我今日來禮佛，從未想過什麼衛家親事，衛小姐此言是不是有些操之過急了？」元瑾語氣和緩。

衛顯蘭臉色一變，卻是不悅，還要說些什麼，正堂槅扇的門已經打開，男孩們陸續走了出來。

元瑾一眼看去，薛聞玉神色如常，依舊是沒有表情。薛雲海和薛雲濤臉色發白，竟還有衛衡和另一個不認識的少年一起出來，薛雲璽卻是一直抽泣哭啼。

這讓薛雲璽的奶娘嚇了一跳，連忙迎上去。「雲璽少爺，您怎麼了？」

「不必擔憂，他方才不過是沒看清楚路，跌了一跤。」那個陌生的、生了對鳳眸的少年笑道：「不過膝蓋怕是摔傷了。」

「好好的怎麼會摔著！」奶娘忍不住心疼，把薛雲璽抱起來，去旁邊廂房看看。

元瑾見狀不對，將薛聞玉身邊的桐兒叫過來。「方才裡面發生了什麼事？」

桐兒壓低聲音說：「似乎是雲濤少爺的小廝伸腿絆到了雲璽少爺，雲璽少爺又磕在了門框上……」

元瑾皺了皺眉，這沈氏的心也太狠了點。薛雲璽只是個孩子罷了！

「那結果呢，可有說誰入選了？」元瑾又問。

桐兒搖搖頭。「每次只能進去一個人，就咱們老太太和定國公府的老夫人在裡頭，誰都不知道是誰入選了。我方才問四少爺，老夫人對他的印象如何，四少爺只跟我說，不知道……」

這的確就是薛聞玉的風格，他似乎根本看不到別人對他的反應。

「罷了，你帶聞玉去旁邊喝茶休息。」元瑾深吸了口氣。「我估摸著，雲璽怕是已經落選了。」

桐兒一愣，正想問娘子是怎麼知道的？但只見裡頭走出來一個穿紫色百蝶短綢褙子、模樣端正的大丫頭，掃視了一眼眾人，微笑道：「煩請眾位娘子跟我進來，咱們老夫人有請。」

元瑾整了整衣裙，不再說話，和其他娘子一起進了屋。

第十章

定國公老夫人正在裡頭喝茶，表情淡然自若，薛老太太卻是神色僵硬，倒有些強顏歡笑的味道。

等諸位娘子都坐下後，剛才傳話的丫頭站在老夫人身側說：「諸位娘子都是定國公府旁系的人，若是以後有緣，妳們其中一人便是要成為定國公府小姐的，因此老夫人特地相看。請各家娘子按了齒序，一一報身家。」

元瑾看了眼薛老太太，方才薛家發生的事，肯定讓老太太很不高興，說不定連定國公老夫人都對薛家低看了幾分。古來兄弟鬩牆是最被忌諱的，更何況是薛雲濤這種先排除自己人的做法，簡直就是冷血無情。

按齒序，衛顯蘭最年長，她先站了起來。

薛元珠小聲問道：「四姊，我倒是好奇了，這衛家小姐家世不差，為何也來應選？」

元瑾輕聲問：「有多不差？」

衛家家世的確在薛家之上很多，但這位衛家小姐的父親陝西布政使卻是再過幾年就要致仕，他們家的男丁，大的沒什麼才氣，小的衛衡倒是天資聰慧，十六歲就中舉，可惜還沒有踏入官場。他家眼見強盛，實則青黃不接。

這便是普通官家和勛爵世家的區別，勛爵人家的子孫不管有沒有出息，爵位都是世襲的，只要不出現敗家子，家族一直繁盛是沒有問題的。至於普通官家，倘若子孫不好好讀書，舉業不成，這家業說沒也就沒了。

衛衡也來應選，不也正是說明問題了嗎？他是中了舉不假，但能保證一定中進士嗎？讀書人寒窗二十年，有幾個中進士的？這也是為何薛雲海等人積極應選的原因。有這樣通往富貴尊榮的捷徑可走，誰會不眼紅？

衛顯蘭說完後，老夫人含笑點頭，問道：「妳家祖母近日身子可還好？」

衛顯蘭笑道：「多謝老夫人記掛，祖母身子尚好，還說想等您有空來拜見您呢！」

「都是自家人，用得著什麼拜見？」老夫人笑著讓她坐下。

元瑾分明看見，薛老太太的臉色更不好看一些，但很快她就笑了起來。「說來我也很久沒見過她了。當初那事鬧得這麼大，咱們幾家都生疏了，該要找個時日喝茶敘敘舊了。」

元瑾雖然對衛家不了解，但這半個月也是將定國公府的旁系都熟悉過的。其實定國公府旁系中，後生最出眾的是衛家的幾位少爺，畢竟其他少年可沒有舉人的功名在身。不過老夫人並不中意衛家，似乎是因為當初衛家曾經與定國公府鬧得不愉快。

現在看到老夫人主動與衛顯蘭交談，那就是說關係有所緩和，甚至可能有了意向，這讓薛老太太怎能不緊張？

其餘眾人又一一站起來自報身家，老夫人皆是淡笑聽過。

都聽過了之後，老夫人才合上茶蓋，問了句。「方才有個叫薛聞玉的，是誰的兄弟？」

元瑾靜了片刻，才從諸位娘子中站出來。

諸位娘子的目光頓時聚到她身上來。

「老夫人安好，聞玉是我弟弟。」元瑾答道。

老夫人誇了一句。「令弟天縱之才，只是可惜……神智似乎有些不足。」

元瑾自然也料到如此，即便是老夫人對聞玉的才智印象深刻，怕也會忌憚著聞玉的病。她說道：「能得老夫人一句誇獎，已是他的幸運了。」

老夫人一笑。「妳這女娃，倒是當真沈得住氣！」她的目光卻嚴肅了一些。「我可以給他機會試試，但我需要妳同我保證，他的病能治好。若是妳能保證，我便給他一個機會。那我現在問妳，妳可能保證？」

元瑾豈會在這個時候表現出絲毫猶豫，立刻就應道：「老夫人盡可放心，我能保證。」

其他娘子頓時竊竊私語起來，這應該就是已經敲定一個人選了。那衛家娘子見她的弟弟入選，更是輕哼一聲，她自然早知道自己胞弟衛衡也入選，畢竟衛衡有舉人的功名，卻要再和這種庶房出來的一起爭，當真是讓人不服氣。

薛家其他幾個娘子也臉色不對。這薛聞玉不是個傻子嗎？怎地會有什麼天縱之資……

老夫人笑著點頭。「那好！只是妳弟弟底子還弱，怕是沒怎麼進學，回去告訴妳父親，要找個得力的先生好生教導。」

元瑾應了下來，復又坐下。

老夫人又道：「其餘諸家有入選的，我會派人將名牌送到府上，不必擔憂。」等初選過了，老夫人才讓別家娘子各自散去吃茶或是先回府，因薛老太太還要陪老夫人說話，所以薛家的女眷還留在別院中。

老夫人又著意問了下薛元珍、薛元珊的年歲、性情。

薛老太太跟老夫人說起崇善寺封寺的事。「……方才走至寺廟門口，看到不許旁人進入，不知何人到此禮佛，竟將皇寺都封了？」

老夫人叫丫頭切了些王過酥梨上來，將梨分給姑娘們各自一盤，才說：「這整個山西行省，除了那位回來，誰還敢封皇寺？」

薛老太太有一絲驚訝。「妳是說……靖王殿下回山西了？」

元瑾聽到這個名字，從啃梨中抬起頭來。

「昨日才回來的，回來那日百官跪迎，好大的陣仗。」老夫人道：「雖說靖王的封地只是大同，但整個山西，乃至陝西、山東半島，誰不以他馬首是瞻？國公爺也不敢懈怠半分，也去迎接。」

薛老太太聽到這裡，有些感慨。「原是這樣。那今日豈不是不能上香了？」

「卻也能的，說下午就能進去了，殿下似乎要啟程去大同府。」

元瑾垂下了眼睫。

靖王朱楨，這個強大到無可匹敵的藩王，就算她當年還是丹陽縣主的時候，也不能奈何他，更何況她現在只是個不起眼的普通官家小娘子。

老夫人說完後，笑著問薛元珍等人。「這梨子可甜？」

薛元珍等人自然說是清甜爽脆。老夫人便叫丫頭多揀了幾個梨，帶她們去隔間吃，她似乎要同薛老太太單獨說什麼話。

幾個娘子被帶到次間後，丫頭們就退出去等著。

薛元鈺吃了幾口梨，卻是百無聊賴。「說是來上香，卻只能悶在這裡，都要悶死個人了！」

「好生坐著吧，晌午吃了齋飯就能走了。」薛元珍勸了她一句。

薛元鈺看了元瑾一眼。「不過妳家傻子弟弟是怎麼入選的？」

元瑾淡淡地道：「五妹要是再說聞玉是傻子，我便只好去告訴教針線的嬤嬤，說每次繡工都是妳的丫頭代妳做的。」

薛元鈺被元瑾威脅，便哼了一聲，不再理會元瑾。

但她就是個坐不住的性子，眼珠滴溜溜轉，提著裙子悄悄走到屏風旁邊，佯裝看那盆高几上擺著的文竹，實則是偷聽裡頭說話。這隔間只用了木雕的屏風隔開，說話隱隱是聽得見的。

薛元珊看到這裡，有些生氣，這妹妹怎地行事如此莽撞！她正想出言呵斥她，沒想薛元鈺聽了幾句，臉色不對，向薛元珊招了招手，小聲道：「妳快來聽聽！」

薛元珊沈著臉，幾步走到妹妹身邊，正想揪她耳朵過來，卻被薛元鈺按在屏風上。「妳聽裡面在說什麼！」

薛元珠看到這裡自然也好奇，拉了元瑾一把。「四姊，我們也去聽聽看吧！」不等元瑾拒絕，拉著她就靠到屏風旁。

薛元珍平日自持身分，是絕不會做出偷聽這種事的，無奈實在是好奇。薛元鈺究竟聽到了什麼，怎會有如此反應？因此她也跟著走到屏風旁。

裡頭正好隱隱傳來定國公老夫人的聲音。

「……妳家元珍倒是不錯，既是嫡房的，性格也溫婉，知書達禮，就是家世不如衛家小姐。」

薛老太太的聲音似乎帶著一絲喜氣。「元珍是個溫婉可人的，我平日也甚是喜歡。只是她的身分還不夠，其他幾個娘子怕就更沒有資格了。」

「自然的，畢竟那也是魏永侯爺選妻。」老夫人說：「當初魏永侯爺可是能娶丹陽縣主的人，若不是他一直抗拒不娶，哪裡會拖到現在？我與顧老夫人是最好不過的交情，她已經同我說好了，我這定國公府小姐若是選出來，她也滿意，便同我們定下這門親事。畢竟哪位娘子要是成了這定國公府小姐，這門第自然也就夠了。」

薛老太太聽到這裡，不免問道：「若是定國公府嫡親的小姐，自然算得上是和魏永侯爺門當戶對了，只是魏永侯府這樣的權勢和家世，為何不在京城找？」

老夫人就笑。「自丹陽縣主死後，京城中能配得上他的姑娘們都不敢嫁他了。門第差一些的，顧老夫人又看不上，所以顧老夫人才發愁呢。眼見著魏永侯爺二十一了，才準備逼著要他娶一個。這樣的好事，若是哪個女子撿了便宜，便是保了這輩子的榮華富貴！你們家的娘子們可要抓緊些了。」

這邊偷聽的幾個娘子，已經完全被兩位老太太說的話給震驚了。

沒想到日後的定國公府小姐，竟然是要和魏永侯爺訂親！

坐回來喝茶的時候，薛元鈺看了一圈大家的表情，小聲道：「妳們都知道魏永侯爺是誰吧？」

薛元珠卻很茫然。「他是誰？」

薛元珊見薛元珠年紀小，便解釋道：「魏永侯爺不僅是京城數一數二的勛貴家族，還長得相貌俊美。當初本來是要指親給丹陽縣主的——這丹陽縣主妳總知道吧？」

薛元珠立刻點頭。「知道！誰會不知道？」

薛元珊就繼續說：「據傳聞，因為他拒不娶這位縣主大人，被太后罰貶官山西，他如何忍得下這口氣？就同靖王殿下等人一起聯合清君側，最後將蕭太后囚禁毒殺了。」

薛元珠嚇了一跳。「這樣嚇人？難道以後誰選上了定國公府小姐，就要嫁給這樣的人不成？」

「有什麼好嚇人的？」薛元珊卻說：「這樣的權勢富貴，又有京城第一美男子的名號，我看只有別的姑娘對他趨之若鶩的！就是咱們誰想嫁，還要被選為定國公府小姐才行呢。」

說到這裡，她不由得看了薛元珍一眼，剛才老夫人可是提到了她的名字。她現在似乎仍然在恍惚狀態，握著茶杯的手緊緊的。

「難道不嚇人嗎？」薛元珠卻對這個魏永侯爺不屑一顧，拉了拉元瑾。「四姊，妳說這魏永侯爺怎麼樣？」

曾經的丹陽縣主、現在的薛四娘子薛元瑾在一旁，表情淡淡地聽完薛元珊講完整個故事，只道：「……的確嚇人。」

當初人家為了不娶她，都差點殺她全家了，她還能怎麼說？

沒想到現在陰差陽錯，她還要跟顧珩扯上關係。

她表面平靜，實則放在桌下的手已經捏緊了拳頭。

第十一章

對於選上了定國公府小姐，就很可能會和顧珩說親一事，元瑾並沒有在意多久。畢竟能不能選上還是未知，比這更讓她頭痛的事情還很多。但是其他幾個姊妹卻靜不下來，興奮地討論了顧珩很久。

「妳們可聽說過，當初丹陽縣主喜歡魏永侯爺喜歡得不得了，不惜逼迫他的家人讓他娶自己，可惜魏永侯爺仍然不喜歡她。」

「我還聽說，顧珩有個表妹極為愛慕他，縣主便容不下她，竟然在一次聽戲的時候，把人家推下了二樓……」

元瑾在旁聽得有些生無可戀。

顧珩那表妹分明就是自己聽戲時不小心摔下樓去的，同她有什麼關係？她有這麼無聊嗎？

她不想再聽下去了，幸好吃過齋飯後，寺廟派了個知客師父過來傳話，說已經可以進去。

「想來靖王已經離開了。」老夫人想進崇善寺上香，便叫了薛老太太陪同。

薛老太太也正想去上個香，求保此事平安順利，便帶了幾個孫女一起從偏門進去。

崇善寺內的確十分宏大，殿堂樓閣、亭臺廊廡近千間，中線上有六大主殿，其中大悲殿中的千眼千手觀音，高有三丈，金箔覆身，金光熠熠。按照佛經的解釋，千眼千手是觀音的「六種變相」之一，能洞察人間一切禍福。這裡求來的籤，據說也是太原府中最靈驗的。

薛老太太先跪在蒲團上，讓諸位孫女都求個籤卜吉凶。

知客師父們便將籤筒遞到幾位娘子手中。

元瑾接過籤筒，跟著眾人跪下閉上眼睛。她雖然不信佛，倒也不妨礙求個籤。

籤筒搖動，一枝籤落在了地上。

她放下籤筒撿來一看，只見偈語寫著：夢中得寶醒來無，自謂南山只是鋤。天命本該隨天意，造化愚弄不可休。

薛元珍、薛元珊都得了好籤，非常高興。唯獨薛元鈺得了個下下籤，她便有些不高興了。薛元珠根本沒有扔出籤來，不過她人小，也沒人注意她，她倒是一把搶了元瑾的籤看，左翻右翻，有些好奇。

「咦，四姊，妳這籤卻是別緻了，人家的籤都說些富貴姻緣的話，妳這籤倒是雲裡霧裡的，叫人不知道是什麼意思？」

薛老太太聽了，也走來拿過元瑾的籤看，輕輕「咦」了一聲，遞給旁邊一位解籤的和尚。「敢問師父，這句是什麼意思？」

和尚穿著件舊的紅色袈裟，長得極瘦，其貌不揚，唯一雙眼睛透出一種隱然出世的寧靜。

他雙手合十，唸了聲佛號，接過籤一看，含笑道：「這位娘子怕是富貴命了。」

薛元鈺笑了一聲。「師父您可不要看錯了，她哪裡是什麼富貴命，窮命還差不多！」

定國公老夫人在旁笑著不說話，薛老太太便瞪了薛元鈺一眼。這孫女當真嘴上沒個把門的！

這和尚笑道：「命數本是不重要的，娘子身帶紫氣，命格與紫微星相交，便是極貴了。」

和尚一說完，其餘幾人心裡皆不舒服。這庶房的被說成命格尊貴，那把她們這些嫡出的放在哪裡！

還扯到什麼紫微星，難不成是想說薛元瑾還有娘娘命？她一個庶房的，爹的官芝麻點大，能做個舉人夫人已經不錯了。

元瑾卻表情難測。

紫微星，星斗之主，帝王之星宿。

說她與紫微星命格相交，難不成是因為養大朱詢的緣故？他如今可是太子，成為帝王也是名正言順的事。

這時又走進來一個穿袈裟的老僧人，先對幾位香客合十，才對那解籤師父道：「你怎地又在此處躲懶？晨起便沒掃後院，如今住持生氣了。快去吧，不要在這裡解籤了！」

那和尚聽到住持生氣，才匆匆地告辭離開。

老僧人便對她們道：「幾位莫要見怪，他只是管後院灑掃，不該在這裡解籤，若是說了些有的沒的，還請妳們擔待。」

薛元珊才笑了笑。「原是個掃地僧，倒是弄得我們誤會了。四妹可千萬別把元鈺方才的話往心裡去。」

薛元珊明勸暗諷，不過是讓她別癡心妄想個什麼富貴命罷了。

元瑾怎麼可能在意這個，二房的兩個都只會在嘴上討便宜，不足為懼。她們還沒有人家薛元珍段位高，對底下這些不如她的小姊妹，薛元珍是理也懶得理會的。

元瑾笑道：「元鈺妹妹向來如此，想必也是因為還小，二伯母尚沒怎麼教導，倒也不礙事。」

元珊聽著臉色就不好看了，這不是拐著彎說她妹妹沒教養嗎？

她發覺這四妹越發的伶牙俐齒，竟討不到她半句好了，便也哼了聲不再說話。

薛老太太在一旁看著，臉色冷了好幾次。幸虧定國公老夫人沒說什麼，她才按捺著沒有發作。

求了籤之後，因老夫人還要和薛老太太一起去聽一位高僧講《愣嚴經》，便讓幾個姑娘由婆子陪著，先去各大主殿一一上香，最後回到別院坐馬車回去。

只有元瑾身邊沒有嬤嬤跟著伺候。她來的時候只帶了丫頭柳兒，後來被元瑾留在別院照看聞玉，她便和薛元珠一起去大雄寶殿上香。

路上，薛元珠的嬤嬤說起了崇善寺的趣事。「……若說這寺廟裡真正有趣的，還是正德年間所築的那口大鐘，聽說高約丈餘，平日敲起鐘來，半個城都能聽到呢！」

薛元珠一聽到這裡，便想去看個稀奇。「去上香有什麼意思？我們去看這口鐘吧，我還沒見過這麼大的鐘呢！」

她的嬤嬤有些為難。「五娘子，咱們還是上了香回去吧。那鐘樓有些遠，這天色也晚了。」

薛元珠又來拉元瑾。「四姊，我們一起去看看吧！」

元瑾正被方才求籤的事所煩擾，根本沒有去看鐘的心情，只想著趕緊回去。「鐘樓偏遠，妳走一半就會吵腿累的。」元瑾對薛元珠這種小孩非常了解。

薛元珠卻不甘心，淘氣地道：「我是一定要去看看的，妳們不去就在這裡等我吧！」

她怕嬤嬤抓她，跑得極快，這一路上迴廊又多，竟幾步就不見了人影。

她的嬤嬤怕弄丟了她，連喊著五娘子追了上去。

元瑾一嘆，跟著個小孩就是一驚一乍的，只能也跟上去。

只是轉過幾個迴廊的工夫，那兩人卻不見了。

元瑾站在廊廡的岔口上，一目望去，盡是層巒疊嶂的屋簷，竟不知道她們走到哪裡去了。屋簷下是各種神佛的雕刻，彩繪勾面，一百零八羅漢或是喜或是嗔，或是極惡相或是極怒相，教她有些暈眩，往後微退了一步。

「小施主可是找不到人？」

背後突然傳來聲音，元瑾一驚，回頭看去。

原是剛才殿中那個穿褐紅舊袈裟、長得極瘦的和尚，正面露微笑看著她。

「師父可見那兩人去了何處？」元瑾雙手合十問道。

「小施主若找人，往那邊便能找到了。」那和尚給她指了條廊廡。

元瑾謝過他，往他指的方向過去，又隱約聽到他似乎在背後唸了句佛號，只是她回頭看時，卻已經不見那和尚的蹤影。

她順著和尚指的廊廡往前走，卻根本沒找到薛元珠和她的嬤嬤。

此時的確也不早了，陽光斜斜地照過迴廊的廊柱，投在地上成了大片大片的光影，朱紅的牆壁、廊廡下精美的木雕因此暈出淡淡的金色，朦朧得好像在畫中。

遠處蒼山平寂，倦鳥歸巢，沈厚的鐘鼓長響。

元瑾卻無心欣賞，四周都是廟宇長廊，她胡亂地走著，卻一直在迴廊裡繞來繞去，不見有人的身影。

元瑾有些著急，畢竟天快黑了，而她又是獨身一人。她想循著原路回去，但是轉了幾圈，卻連來路都不知道在哪兒了。

誰知她走到轉角處時，竟一下子撞到了個人！似乎撞到來人抱著的什麼硬物，元瑾的額頭被撞得生疼。

元瑾被撞得退了兩步，又痛又急，一時竟忘了自己現在的身分，張口就斥道：「你是何人，走路不長眼睛嗎?!」

撞著元瑾的是個男子，他方才抱了很多書，被元瑾撞得掉了一地。

男子抬起頭，他長得濃眉如劍，鼻梁高挺，大約是二十七、八的年紀，聽到元瑾的話，笑了笑，問道：「難道不是妳撞我的嗎？」

「分明是你抱的書撞到了我！」元瑾見他還不承認，捂著額頭說：「你抱著這麼多東西，走路也不小心，書角太鋒利，撞著我的額頭還抵賴！」

元瑾其實是被撞痛得狠了，將做縣主的派頭拿出來。她打量了一下此人，他穿著件普通的右衽青棉布袍，沒有佩戴任何飾物，身量結實修長，個子倒是挺高的，她只到他的胸口。

他面含笑意，眼神卻平靜幽深。

他既然衣著樸素，也無人跟隨，應當是居住在寺廟中的普通居士吧？

「妳這小姑娘年歲不大，倒是氣勢洶洶的。」他似乎也不在意，把他的書撿起來，說道：「妳趕緊走吧，天色不早了。」

說罷就準備要走了。

元瑾見他要走，便抓住他的衣袖。「你站住！撞了人便想走嗎？」

男子看了一眼她揪著自己衣袖的手，嘴角一扯，似乎覺得有些不可思議。「那妳想如何？」

畢竟是要問人家問題，元瑾聲音含糊了一些。「我本來想去大雄寶殿的，在這裡沒找到路……你可知道怎麼走？」

原來是迷路了，不知道怎麼走，還敢如此氣焰囂張。

男子還是抬手給她指了方向。「從這裡過去，再走一條甬道便是了。」

「這次便算了……你下次走路得小心，莫撞著旁人了！」元瑾說，男子笑著應好。

元瑾便朝著他指的方向走去，還一邊揉著仍有餘痛的額頭。

不過是個半大少女，膽子倒是不小，竟還想教訓他。男子面帶笑容，看著少女消失不見後才回過頭。

他的身前悄無聲息地跪下了兩個人，恭敬地道：「殿下。」

「嗯。」朱槙往前走去，淡淡地問：「怎麼會讓人闖入？」

「殿下恕罪，屬下一時疏忽。」跪著的人說：「本想將之射殺的……」

靖王殿下每年都會來崇善寺禮佛，是為了給將他養育長大的孝定太后祈福。本想上午就啟程去大同的，不過臨時有事留下，既已解封了崇善寺，殿下便沒再叫封起來，所以才造成了防衛疏忽。

「一個小姑娘罷了，倒也不至於下這樣的狠手。」朱槙淡淡地說。即便那小姑娘是無意闖入他的住處，他的隨身護衛也差點在剛才發生衝撞時射殺了她。為了保障他的安全，這幾乎是必要的措施。

不過他暗中做了手勢，阻止下屬動手，饒了那小姑娘一命，她偏還揪著他不依不饒，殊不知若不是他阻止，她早就死了。

朱楨徑直向殿內走進去。「將大同堪輿圖給我拿來吧。」

兩人應諾，先退下領罰去了。

第十二章

元瑾循著那男子指的路找回去，看到了坐在門口心情沮喪的薛元珠，還有她心急如焚的嬤嬤。

看到元瑾出現，那嬤嬤才眼睛一亮。「四娘子！」

薛元珠聽到聲音才發現是元瑾回來了，立刻飛跑過來將她抱住，抱得緊緊的。

元瑾有些訝然，摸了摸她的頭。「元珠怎麼了？」

元珠卻抱著她，哇的一聲大哭出來。

嬤嬤才說：「娘子以為是因她的緣故把您弄丟了，正傷心呢。您去哪裡了？我們發現您不見，回頭去找您，一路找遍了都沒找到！」

「我沒事，不過是走錯路了。」元瑾也覺得奇怪，按說崇善寺香火鼎盛，就算是偏僻處，灑掃行走的人應該也不少，但偏偏她去的那處一個人也沒有。

「老太太也急壞了，正在裡頭等您呢，您趕緊進去和老太太說一聲吧。」嬤嬤道。

元瑾便進了屋內，誰知一進屋，就看到坐在老太太座下的薛聞玉，竟是衣裳凌亂在掙扎，卻被兩個小廝緊緊按住，動彈不得。

薛元珠一看到薛聞玉這樣，嚇得立刻躲在元瑾身後。

「怎麼了？」元瑾有些奇怪。「你們按著聞玉做什麼？聞玉？」

嬤嬤說：「四少爺聽說五娘子把您弄丟了，就要打五娘子，還要去找您，我們只能這樣制住他。」

他一貫沈默，對外界幾乎沒有反應，竟是聽說她丟了才這樣。

元瑾摸了摸他的頭，柔聲說：「聞玉，姊姊沒事。你方才想打五妹？」

薛元珠又在後面抽泣著小聲說：「都怪我……」

薛聞玉冷冷看了她一眼，在元瑾的安慰下勉強平靜下來，他抿了抿嘴，道：「她說，把妳弄丟了……」

「姊姊這不是在嗎？沒事了，五妹也不是故意的，你給她道個歉好不好？」元瑾勸道。

但是薛聞玉拒絕道歉，除了那句話外他沒再說過話。

「罷了，妳回來就好。」薛老太太今天似乎太累，定國公老夫人先走了，她們因沒等到元瑾，在這裡耗了許久，也不想再管薛聞玉這事，只問了下元瑾遇到什麼事，既然沒什麼大事，就讓小廝們套了馬車準備回去。

元瑾和薛聞玉上了一輛馬車，因他一直拉著元瑾的手不放開。

「聞玉，你好些了嗎？」元瑾問他。

薛聞玉嘴唇張了兩次才開口。「剛才想去找妳，但她們不許我去。」

薛聞玉不算是個正常人，自然不會讓他去找了。元瑾道：「你下次不要急了，回去之後，還是去給五妹道個歉吧？」

一提到這個，薛聞玉就閉口不答了。

他倔強起來也是很倔的，誰都拿他沒有辦法。

元瑾也只能摸摸他的頭算了。

薛元珍等人回到薛府後，便立刻下了馬車直奔各自的院子。

原因無他，本來選世子之事只關係到白家兄弟，就算自己不能作為定國公府小姐出嫁，干係也不大，畢竟只是個名頭，難道還真能和人家世家小姐比尊貴？

但是現在不同了，京城那位顧老夫人竟有意與定國公府結親。若誰被選中，那日後便是魏永侯夫人，這尊貴比起定國公府也不差了！

她們這樣的官家女子，能嫁個新科進士已經很好，現在有這樣的機會，如何能不珍惜？

薛家二房的兩姊妹，正因為薛雲濤要是入選，帶誰做定國公府小姐吵得不可開交。

沈氏聽得腦仁疼，終於在兩姊妹要動手時，出聲喝止二人。「行了，妳們現在窩裡鬥什麼？妳們哥哥要是選不上，誰也沒戲！」

薛雲濤在一旁剝著松子吃，一邊點頭。「我看二妹妳也別急，哥哥我要是成了世子，妳姊姊又嫁了侯府，難道還不能保妳一世榮華富貴？更何況妳難道能和薛元珍比？大妹反而有可能一些。」

沈氏連連點頭，這兒子別看平日讀書一般，論起彎彎繞繞的心機來，他竟還能說出幾分。

薛元鈺嘴一噘，哥哥和母親從來就要喜歡姊姊一些，但她卻知道，到了自己手裡的才是真的，誰知到了那個時候，他們倆還會不會管自己的死活？因此氣道：「你們都向著姊姊，才說什麼謙讓的話，我看我還不如個外人了！」

「胡鬧！」沈氏斥道：「什麼外人？妳跟妳哥哥、姊姊不可離心，將來妳哥哥、姊姊若有出息，怎會不帶上妳？」

薛元鈺被母親訓斥，又想到自己今天抽到的下下籤，心情更是不好。沈氏正要繼續勸她，薛老太太那邊派了個丫頭過來，要請諸位去正堂說話。

沈氏深吸一口氣，也不說了，叫兩個女兒趕緊換了身乾淨的衣裳，一起去正堂。

正堂裡點了四盞燭臺，將堂內照得明晃晃的。

元瑾也是剛吃了點雞絲麵條就被叫過來，如今肚子正餓。

薛老太太坐在首位不說話，元瑾覺得老太太點這麼多蠟燭，是想把這房中人的表情都看個清楚——強作鎮定的周氏、一臉緊張的沈氏、面無表情的姜氏，甚至還有她身邊正在打呵欠的崔氏，以便於老太太能洞悉各人的心思。

只見薛老太太掃視眾人後，放下茶杯，說道：「今兒個去應選，我們府上出了一些事，說起來實在讓人糟心！」

幾房人面面相覷，不知道薛老太太究竟是什麼意思？

薛老太太見他們這般模樣，一掌拍在扶手上，大怒。「還給我裝傻？二房家的，你們的僕人怎麼平白無故絆倒了雲璽?!」

果然要說薛雲濤那事。元瑾倒是不意外，她當時看到薛老太太的表情就知道，回來肯定會有場狂風暴雨在等著薛雲濤。

薛雲濤立刻跪下。「祖母明察，這事實在是我那僕人不小心的。我也是為六弟心痛不已，已經重罰了那僕人，明日便打算送到三嬸那裡去，任三嬸處置！」

薛雲濤反應很快，立刻推開責任的同時，把「如何處置僕人」這個問題交給姜氏。畢竟薛雲璽沒傷著，姜氏也不可能對這下人太狠。

元瑾聽到這裡，覺得薛雲濤的口才比他兩個妹妹出眾很多。她又看向姜氏，姜氏不置一詞，她也許正是氣得很，等著看薛老太太怎麼處理。

薛老太太冷笑一聲。「你當我老糊塗了，拿這些話來糊弄我？你這般兄弟鬩牆，讓外人看了只會笑我們府裡沒規矩！本來老夫人是有意於我們的，倘若今日這事讓她厭棄我們家，你便是連累了全家，你可知道？」

薛雲濤又連連認錯。「著實不是孫兒有意為之，孫兒怎會如此愚蠢，我向來疼愛六弟，可捨不得這般對他……祖母若是不信，我也只能去給六弟賠禮道歉，送他些補品，別的我卻是再沒辦法了！」

薛老太太仍然餘怒未消。

薛家本來是有十足把握的，如今卻讓老夫人有了芥蒂。她當時看到那幕，恐怕連想活撕了薛雲濤的心都有！

「你明日一早便去領十棍罰，再登門給你六弟賠禮道歉。」薛老太太說完，又指著薛雲濤，嚴厲道：「你今後若是再犯，我便請了家法，將你打個半死，免得你出去丟了薛家的臉面！」

薛雲濤立刻連連應是。

「我一定好生給六弟賠禮道歉，即便我不是故意的，卻總歸是讓六弟受驚了。」薛雲濤雖是認錯，卻打死不承認是故意的。

元瑾聽到這裡，抬頭看了薛老太太一眼。

薛老太太看似雷霆之怒，卻是雷聲大雨點小，根本沒真正懲罰薛雲濤。

那只有一個可能……薛雲濤最後仍然是入選了。不管薛老太太是怎麼巧舌如簧替自己孫兒辯解，也不管定國公老夫人究竟是怎麼想的，總之薛雲濤還是入選了。既然老太太看似生氣卻沒動真格的，那證明還沒連累別人，薛雲海應當也入選了。

果然，薛老太太隨之語氣一緩。「你也該慶幸自己運氣好。幸而我和老夫人解釋了緣由，她才並未介懷，沒得連累我們家。她對雲海、雲濤的應答倒也滿意，覺得聞玉也是可造之材。只是……」她語帶些許歉意。「雲璽怕是不能了。」

說到這裡，大房和二房倒是欣喜若狂，姜氏卻在袖中捏緊了拳頭。「娘，那我兒受的委屈怎麼辦？」

「三嬸莫要生氣，明日我必當去領罰，再給六弟賠禮道歉。」薛雲濤立刻道：「幸而六弟也沒傷著哪裡，否則我真是要內疚一輩子了。」

他這話一出，周氏立刻就勸道：「弟妹也別太生氣，總歸孩子沒傷著哪裡。我看雲濤認錯倒也誠懇，就這麼算了吧！」

沈氏更是走近一步，拉著姜氏的手。「弟妹千怪萬怪，還是怪我治下無方的緣故，妳要是還生氣，盡可罵我便是。」

姜氏氣得胸口起伏，卻說不出半句話。

孩子的確沒傷著哪兒，她無法拿這個發揮，且兩房的人都在勸她，老太太又明著罵了薛雲濤一頓，她若是再計較，只會顯得她小肚雞腸。更何況，她要是發作過頭，倘若這兩人之中哪個真被選為世子，只怕是成了她吃不了兜著走。

但這樣的事，讓她怎麼嚥得下這口氣！

平日論起來，大家一樣是嫡出的，她與兩個妯娌也是往來親近，從沒紅過臉，現在才知道什麼是人情涼薄。

薛老太太喝了茶潤潤口，又道：「這事暫且一放，現在我還有更要緊的事要說。」

諸房便不再說話，立刻洗耳恭聽。

薛老太太道：「雖說我們家出了三個人選，但別家也出了兩個，便是衛家的衛衡和衛襄。」

周氏一聽是衛家，立刻謹慎起來。「衛家也入選了？」

不怪周氏緊張，這衛家著實也不是普通家族。原衛家那位老太爺和已故去的老國公爺是嫡庶兄弟，當年兩人因為家產起了爭執後，這位庶出的老太爺有功名，便出來自立門戶，連姓都改了，稱作衛氏。

沈氏喃喃道：「如今衛家倒也壯大，現在兩家的關係已經緩和許多，他們若是入選，豈不是比我們更親一些？」

薛老太太嘆氣。「就算不論親疏，衛衡還有舉人的功名在，老夫人也是十分喜歡他的。再說這衛衡還有個任錦衣衛指揮使的舅舅裴大人，有這樣強大的靠山，定國公府總還是會顧及幾分的。若不是老夫人當年和衛老太太鬧得不愉快，直到現在都心有芥蒂，恐怕也輪不到我們了。」

薛老太太這般一說，大房、二房立刻慎重起來。

元瑾卻是站在一旁面無表情地聽著。裴子清是她一手培養的人，憑她對裴子清的了解，不管是不是他的親人，與他不相干的事他是決計不會管的，除非他另有目的。

只是裴子清究竟有沒有目的，她自然是不知道了。

裴子清這人有將相之風，心思極為縝密，一般人根本猜不到他想做什麼。她若是知道，又怎會不明白裴子清為什麼背叛她？

「所以你們千萬不能再出今日這樣的岔子，往後雲海、雲濤都要拿出十足表現的勢頭。還有聞玉，」薛老太太看向四房。方才那番訓斥，已經把崔氏的瞌睡蟲給嚇沒了，現在正張大眼睛認真地聽她說話。「老四媳婦，妳要多安排些伺候聞玉的人，再給他找個先生繼續教他讀書。他天分極高，定國公老夫人也稱讚了他，可千萬別埋沒他。」

對於薛聞玉入選，崔氏是完全沒有預料到的，現在也反應不過來。老太太說什麼？薛聞玉天資極高？他不是傻子嗎！

另外兩房自然也好奇，將目光投到了站著的元瑾和薛聞玉身上。薛元瑾年歲雖然不大，卻半點看不出深淺。薛聞玉更不必說了，他全程似乎都沒有聽薛老太太說話，連聽到入選兩個字都沒有半點反應。

他不是看不出深淺，而是根本就沒有深淺。

「行了，今日先各自回去歇息吧！」薛老太太實在累極，說到這裡便讓大家散了。「明日我再同你們講定國公府怎麼選世子。」

聽了衛家的事，大房和二房已經冷靜許多。這潑天的富貴，哪有這麼容易得到？蜂擁而搶的人必然很多。

至於四房那傻子，卻是要好生打聽一下了。

姜氏從正堂出來後，臉色一直很難看。

等回到家中坐下後，她才怒道：「實在是欺人太甚！」

丫頭素喜安慰道：「太太別氣壞了身子，咱們少爺沒入選也許還是好事，少爺年紀還小，怕是防不住這些居心叵測。」

「這麼小的孩子，又是堂兄弟，他也下得了手？」姜氏冷笑。「咱們家老太太也是個見風使舵的，這次分明就是薛雲濤故意的，不過就是看他入選，所以才叫他給我帶點東西賠禮便罷。我呸！我姜家缺他那點東西不成？」

素喜給她拍背順氣。「都是一家妯娌，少爺也沒有真的傷到哪裡，您總不能因為這個和二房翻臉……可恨您素日和大太太也算交好，她卻不幫您這邊。」

「這事怕從頭到尾都是她們兩人勾結好的，她還如此惺惺作態。」姜氏卻說：「我不會這麼和沈氏算了。」

素喜聽到這裡，有些疑惑。「咱們少爺不是已經落選了嗎，您打算如何做？」

姜氏接過另一個丫頭遞上的茶，喝了一口，冷冷道：「她們不仁，我便不義，她們讓雲璽選不上，我便要讓她們的兒子也選不上！」說完她放下茶杯。「明日妳跟我去一趟四房。」

素喜想了片刻才明白姜氏的意思，驚訝道：「您難道是想幫……可四房是庶出，四老爺官位低微，入選的還是個庶子，怎麼爭得過大少爺他們？」

姜氏冷哼。「反正都是要選一個，就是便宜了四房，我也不願意便宜了她們！」

她現在對大房和二房是恨之入骨了。

第十三章

第二日起來，天氣就比前些日子熱多了。

不過辰時，太陽就已經升得老高，曬得屋前白花花一片。崔氏一邊搖著團扇，一邊看正端給薛聞玉吃冰鎮雪梨膏的元瑾。「妳說他當真天資不凡？」

元瑾給薛聞玉的碗裡淋了一勺蜂蜜。「我不是已經告訴您了，聞玉雖然性格有些缺陷，卻是絕頂聰明的，天資勝過薛雲海他們許多。你說是不是，聞玉？」

旁人說話薛聞玉不愛理，但元瑾說什麼他都會點點頭，然後繼續專心致志地吃他的冰鎮雪梨膏。

薛錦玉在一旁滿不在乎地道：「一個傻子能有什麼絕頂聰明？」他跳下炕來，拉了一下薛聞玉的衣袖。「喂，你到底跟別人說了什麼，讓人家選了你？」

薛聞玉扯回自己的衣袖，避開他轉到另一邊去吃。

薛錦玉更氣，不依不饒。「薛聞玉，我在和你說話！」

「他是你哥哥，不叫兄長就罷了，怎能直呼其名？」元瑾瞪了薛錦玉一眼，冷冷道：「你再這般不守規矩，我就告訴爹去。」

薛錦玉平日最怕薛青山，聽到姊姊搬出父親，雖不高興，也只能輕哼一聲。

「好了，妳弟弟也不過是好奇。」崔氏勸了一句，想起昨晚薛青山聽說薛聞玉入選後，鄭重叮囑她的話，和元瑾道：「妳父親說選兩個丫頭去他房裡伺候，另外還在外頭給他請了個西席，專門教他讀書，一個月費用得需一兩銀子，再給他重添四季衣裳、文房四寶什麼的，花費了家裡二十多兩。花這麼多銀子，妳可要好生看著他，別到頭來虧了力氣又虧了銀子。」

崔氏仍然覺得薛聞玉是選不上的，但女兒非要試試，丈夫又發話不許她插手，她也不能多說什麼，便讓他們父女倆去折騰吧！

「行了，娘，我心裡有數。」元瑾不想再聽崔氏繼續嘮叨。

崔氏倒也不是心壞，就是見識淺薄，對庶子差了點。元瑾無意跟她多說，也無意同她爭執。

正好這時，有個丫頭進來通稟。「太太，三太太過來了。」

「她來做什麼？」崔氏不解。姜氏雖然為人八面玲瓏，誰也不得罪，可平時姜氏和她也沒多親近。

雖然疑惑，崔氏還是叫小丫頭請她進來。

今兒姜氏梳了個挑心髻，穿了身俐落的青色妝花杭綢短褙子，身後的丫頭一溜地捧著大大小小的盒子。

她在桌邊坐下後，喝了口茶，看了眼元瑾和薛聞玉，開門見山地對崔氏道：「四弟妹，這次家裡選世子的事，妳怎麼看？」

元瑾聽到姜氏這話，抬起頭，只見崔氏又搧了兩下團扇，有些不解。「這事……能怎麼看？」

這事……跟她有什麼關係嗎？

元瑾嘴角微動，直接走到崔氏旁邊坐下。「三伯母可是有什麼事？」

姜氏淡淡道：「我也不和妳們繞圈子，昨日家裡的事想必妳也看到了，這家中仗著大的欺小的，沒個兄友弟恭，兄弟間的手段著實讓人心寒。」

「昨日的事的確手段過分，不怪三伯母生氣。」元瑾道。

姜氏放下茶盞。「所以我今兒前來，是想問妳們一個問題。」姜氏說到這裡一頓，看著元瑾和崔氏的表情。「妳們想不想得到這世子的位置？」

元瑾心中暗驚，已經有所感姜氏會說什麼。「三伯母這是什麼意思？」

「我兒雖然已經落選，沒了指望，但昨天的事實在惡毒，便是我兒不能入選，我也不能讓她們入選！」說到這裡，她目光一冷。元瑾很少見到姜氏露出這樣的神情。

姜氏又看向元瑾。「所以，妳可想讓薛聞玉最後坐上這世子之位？」

元瑾坦誠道：「雖說四房不過庶出，但我也不怕三伯母您說什麼，這樣的好事是誰都想要的。不過聞玉也只能盡人事、聽天命，最後選不選得上還是未知的，畢竟雲海和雲濤哥哥都比聞玉年長許多，也十分優秀。」

她說這話是想看看姜氏究竟是怎麼打算的。

姜氏冷笑道：「我雖然不清楚衛家那兩人的底細，但我們家這兩個我是再清楚不過了。薛雲海一般，薛雲濤更不過是個繡花枕頭，只要妳有把握治好妳弟弟的病，我自然會幫妳對付他們。」

聽到姜氏果然這麼說，元瑾心中一動。「只要三伯母願意，我自然是求之不得。」

這位三伯母極為聰明，有她幫助，絕對對聞玉大為有益。

「那好。上次來，瞧著你們東西似乎不夠用，這些你們先收著。」姜氏說完後，就對身後的丫頭們招了招手。

丫頭抱著錦盒走上前，悉數打開，只見裡頭是一刀雪白的澄心堂紙、幾方上好的端硯、紫檀鎮紙、白玉鎮紙、上好的大小羊毫筆二十枝。甚至還有人參、阿膠、鹿茸等進補藥材，另有紅紙封著一錠錠雪白的紋銀，裝滿了一匣子，怕是有五、六十兩之多！

這些東西，把崔氏看得目瞪口呆。

她方才還說薛聞玉花家裡的錢，跟人家姜氏比，那點銀子算得了什麼？光是姜氏拿出來的一方硯臺，都不只這個數了。

元瑾是見慣了好東西的人，前半輩子能出現在她面前的，無不都是被人精挑細選過的極品之物，但現在看到這些琳琅滿目的東西，她仍是一頓。對於普通人家來說，這是非常大方的了。

姜氏的丫頭素喜道：「各樣綢緞二十疋已經直接送去四娘子的住處，娘子不必捨不得，儘管用就是了。」

元瑾也沒推辭，叫丫頭們將東西一一收下，屈身對姜氏道：「三伯母如此厚待，日後聞玉若真的被選中，定報答三伯母今日的恩情。」

姜氏卻道：「不用謝我，妳好生教導薛聞玉，只要妳贏了她們兩個，就算是報答我的恩情了。妳日後有什麼需要的，儘管來找我就是。我的家世雖不如妳另兩個伯母，但還是有些家底的，絕不會讓妳在銀錢上短了另外兩個。」

果然是江南絲綢大戶的女兒，這魄力就是不同常人！

姜氏在細細了解薛聞玉的病和天賦後，才離開四房，說有事會和她們聯繫。

有了這位豪氣三伯母的資助，至少短時間不用煩惱銀錢的問題，且還能隨時得到關於大房、二房的戰略指導，這讓元瑾非常感慨。正所謂敵人的敵人就是朋友，這話果然沒錯，若不是大房和二房得罪姜氏，姜氏也不會來和四房合作。

而大房和二房，也打探了一下四房這傻子是什麼情況。

雖說四房這些丫頭、婆子們非常容易被撬開嘴，但對於薛聞玉究竟是什麼情況，她們卻一問三不知，只曉得似乎並非尋常的傻子，還專門請了西席重新授課，別的卻是再也不知道了。

兩房暗自疑惑，準備等到正式考核時再看看，不過這仍然沒有引起她們多少戒備，畢竟也只是個庶房的傻子罷了。

下午，薛老太太把各孫子、孫女都召集過去，告訴他們定國公府打算怎麼選世子。

「定國公府會從文才武略、謀定力等方面來考核幾個入選的人。文才，指的自然不是科舉八股，而是行軍布陣、兵法制衡。武略卻只是個小巧，練的是騎馬、射箭這些功夫。雖說如今定國公府已經十分強盛，子孫不需要再衝鋒陷陣，但必要的習武還是要的。」薛老太太把這話告訴眾人，眾人聽了倒也點頭，這些都是正常的。

「方才說的兩項都有跡可循，比較難以考核的是謀定力，不知老夫人葫蘆裡賣的是什麼藥，要怎麼選定？」薛老太太頓了一下，似乎思索了片刻。「不過倒也無礙，到時候自然就知道了。」

「後日開始，你們每日午後都要去定國公府別院，跟著武師傅教習。」薛老太太喝了口茶。「女孩們也去。定國公府老夫人身邊有個嬷嬷，當年是宮裡針線局的，是最為精巧的蘇繡娘，以後由這個嬷嬷來教導妳們女紅針黹，順便糾正妳們的行為舉止。畢竟若是誰的兄弟中選，日後就該是大家小姐，不能在這上面失了禮數。」

幾個孫女、孫子齊齊應諾，都對即將開始的教習充滿了期待，不斷地興奮交談著。

她們大概也清楚，老太太所謂的女孩也去，絕不是因為學女紅，而是老夫人要給魏永侯爺相看，看哪個女孩最合適。

這是多麼令人振奮的事！

所以元瑾並不意外地，第二天在影壁見到了一群花枝招展的小姑娘們，除了薛元珠還梳著個包包頭，沒怎麼打扮外，其他幾個可謂是爭奇鬥豔了。

薛元珠的弟弟雖然沒有入選的可能，可她卻被姜氏強行塞進來，準備好好磨一下她那性格。由於起得太早，天剛亮就被婆子從被窩裡挖出來，所以她噘著嘴，滿臉不樂意。

薛老太太也起個大早，摸了摸臉醒了下神，叫眾位孫子、孫女上馬車。「走吧，再磨蹭就天亮了。」

馬車載著興奮又忐忑的薛家眾人，前往定國公府別院。

第十四章

到了別院後，男孩們被帶到後院，女孩們則被帶到繡房。

女孩們走進去後，難免被驚訝了一番。

定國公府給她們準備了各種名貴綢布，皆是整疋裁成小塊供她們使用，還有三十多種顏色的各類蠶絲線、鎏金的錐子頂子、白玉骨的大小繡繃、各類精緻時興的花樣，全都整齊有序地擺在桌上。

另還有小碟的豌豆黃、棗泥奶糕和薑香梅子備著。

這炎炎夏日裡，為了避免大家中暑，定國公府還特意熬煮消暑的綠豆湯。這綠豆湯做得精緻，溫涼的湯盛加了玫瑰滷在白玉小碗中，放在大冰碗上冰著。一旁站著丫頭們，等著給娘子們添湯，每個娘子都分到一個丫頭伺候，寬闊的繡房竟一列排了二十多人。

薛家的娘子們哪裡見過世家貴族這樣的派頭？這樣一天下來，光那些絲線、布料都要數十兩銀子！

定國公老夫人被嬤嬤扶著進來，身邊跟著薛老太太。薛老太太一看這房裡也愣住了，立刻反應過來，謝了老夫人。「……難為老夫人費心了。」

元瑾立在末尾的娘子中，其實世家裡這樣的排場只是小巧，人家老夫人根本就沒管這事，都是下面的人按照規矩自己佈置的。

自然，老夫人是個極有心智的人，笑道：「不必謝，既是在我這裡學，也別委屈了她們。」

各房的娘子們自然再次對世家如此的富貴起了羡慕之心，除了衛顯蘭。她出身不差，比薛家這幾個眼界高多了，看了眼繡房的精細奢侈，也只是把目光落在元瑾身上，輕聲冷哼道：「妳這樣的，妳家兄弟也能入選？」

因上次的事，兩人結下了梁子。

元瑾只當沒有聽到，這種時候沒必要理會她。

這時候老夫人笑著讓諸位娘子坐下來。「今日定國公回太原，正巧見見男孩們，我便得了個閒，來看妳們學繡藝。不必拘束，妳們學妳們的就是了。」

原來是定國公回來了！

娘子們難免竊竊私語，太原府裡誰會不知道這位定國公？只是定國公一直在宣府，難得回來一次，難道是為了選世子的事特地回來一趟？

老夫人和定國公之間，其實真正能決定的當然是定國公。

各位娘子按照齒序坐下，定國公府那位教蘇繡的繡娘安嬤嬤，才開始給娘子們講蘇繡的要領。娘子們想著定國公府、想著魏永侯爺，自然都是聽得精神抖擻，聚精會神，努力挺直腰板，希望把最好的一面展示給老太太看。除了一個睏得打盹的薛元珠，和一個對女紅毫無興趣、只擅長權術鬥爭的元瑾。

不怪元瑾不認真，她實在對女紅不擅長，甚至到了聽多都覺得頭疼的地步。只是這樣聚精會神地學了一上午，就算女孩們有再好的精神也萎靡了，等嬤嬤說可以去旁邊的花廳喝茶休息時，皆是鬆了一口氣。

薛元珠在這個時候準時地悠悠醒來，問元瑾。「四姊，終於教完了？」

元瑾抬手，往她小嘴裡塞了塊豌豆黃。「方才祖母瞪了妳好幾眼，仔細回去被妳娘罵。」

「我才不怕呢。」薛元珠嚼著豌豆黃。「罵幾句又少不了幾塊肉，我聽著就是了。我這麼小，正是需要睡的時候。」

這種皮實的人，再怎麼搓磨也是沒用的。元瑾雖說沒聽，但怎麼還是保持著清醒。她也給自己灌了杯茶，想著聞玉今日見定國公不知順不順利？卻看到那衛顯蘭站起來，走到老夫人和薛老太太跟前行了個禮。

「堂祖母，我有一事想跟您講，不知當不當講？」

幾位娘子被她突然的發話吸引了注意力，朝她看過去。

老夫人不知道她想說什麼，自然點頭。「妳講就是了。」

衛顯蘭道：「既然堂祖母肯了，那我也就有話直說。定國公府選小姐，本是選賢能淑德的，出身如何自然不重要。但若這人選不守禮節，不知姑娘家的禮義廉恥，不知這人還能不能入選？我倒不是為我自己說的，我也是為諸位姊妹說的，若有人品上的瑕疵，還要和諸位姊妹一起爭，豈不也是不公平？」

老夫人沒想到衛顯蘭會說這個，笑容有些僵硬。「不知道妳說的是何人？」

元瑾聽到這裡，默默地將茶杯捏緊。

「不是別人，正是這位薛四娘子。」衛顯蘭回頭看向元瑾。

薛老太太神色微變，老夫人則放下茶杯。「顯蘭，話可不能隨意說，妳這樣說薛四娘子，可有證據？」

「我自然有！」衛顯蘭繼續道：「她正是之前喜歡我胞弟衛衡，對他糾纏不休的人。堂祖母若是不信，大可找我胞弟的隨從來問話，看是不是這位薛四娘子曾糾纏過我胞弟！婚姻乃是父母之命，媒妁之言，姑娘家沒出閣前，本該恪守本分。以這位薛四娘子的身分，給我家胞弟當正妻自然是不可的，所以她才想了這些下作的手段，想迷惑我弟弟喜歡她，她便能嫁入衛家。這樣的人，如何不是不知禮義廉恥？」

薛老太太顯然並不知道薛元瑾還有這段，雖然不知道真假，但臉色頓時不好看了。

薛家其他幾位娘子自然知道薛元瑾愛慕過衛衡，但對於她是否真的糾纏過衛衡，卻是不清楚的。這兩者間還是有明顯區別，倘若只是心生傾慕，那自然也就算了，畢竟哪個娘子心裡沒個心儀的兒郎？倘若真的去糾纏人家男子，妄想透過其他手段嫁入衛家，那這女孩的名聲，說壞也就壞了。

薛老太太清了清嗓子道：「我們薛家雖不如衛家是高門大戶，但孩子的規矩教養還是嚴格的。衛娘子也別著急，倘若元瑾當真做了出格的事，我自然會懲戒她。倘若沒做，卻也不能只妳一人說。」她轉向元瑾問道：「四丫頭，妳現在告訴祖母和老夫人，妳可曾糾纏過衛三少爺？」

在衛顯蘭說這件事的時候，元瑾先是心中一緊。她雖然知道薛四娘子喜歡過衛衡，但也是從別人口中得知，她並不知道薛四娘了是不是做過出格的事？

可下一刻她就鎮定下來。薛四娘子出生庶房，從來不對自己的未來有什麼非分之想，當真做得出糾纏衛衡的事嗎？若她當真糾纏過，又是在何處糾纏的，身邊難道就沒有丫頭知道？且若糾纏了，衛顯蘭就不會在這裡空口白話，而是會拿出憑證了。

不過衛顯蘭是否扭曲事實不重要，此事的關鍵在於，即便她沒做過糾纏之事，但她之前喜歡衛衡的事卻是真的，抵賴不得。衛顯蘭這話三分真，七分假，卻真的會對她的名節有損。尤其是會給老夫人留下壞印象，這才是她的目的！

元瑾心裡已經考慮好，站起來走到老夫人身前，行了個禮，說道：「孫女之前是曾喜歡過衛三少爺。」

薛老太太的臉色立刻變得難看。「這事……妳當真做過？」

「請祖母、老夫人聽我明述。我雖喜歡過衛三少爺，但也止於少女思慕，從未做過什麼糾纏之舉，更不曾想嫁入衛家。娶為妻，奔為妾，方才衛小姐也說了，妳家是絕不可能允許衛三少爺娶我的。既然我也明知衛三少爺不會娶我，又怎會做出這樣自取其辱的事？我自認還沒有蠢到衛小姐所說的地步。」元瑾清晰地緩緩道來。先不說是否為真，就她這個不疾不徐、進退有度的態度，便讓人信服了三分。

聽完元瑾的話，薛老太太的神色明顯好了很多。

衛顯蘭不覺被她抓住話中漏洞，強作鎮定。「妳做過的事便能矢口否認了？妳告訴過我弟弟，妳喜歡他不在乎名節，便是做妾都要嫁入我家，這不是蠱惑我弟弟來娶妳嗎？妳休想抵賴！」

元瑾越發笑了。「衛小姐說話是否有些顛三倒四呢？方才才說我是為了榮華富貴癡纏妳弟弟，現在又是我不顧名分都要跟他，究竟是何種說辭，衛小姐可要想好了再說，免得徒惹笑話。再說，衛小姐在此說我癡纏妳弟弟的話，無非就是想毀壞我的名節，我倒想問衛小姐一句，妳若沒個憑證就空口白話地誣衊旁人，算不算妳自己包藏禍心？妳方才說要找妳弟弟的小廝來問話，但妳家的小廝自然是向著妳的，豈非是妳叫他說什麼就是什麼了？」

元瑾輕巧的一段話四兩撥千斤，既表明了自己的清白，還反將了衛顯蘭一軍。

老夫人又問衛顯蘭。「妳這證據，除了妳弟弟的小廝外，可還有別人？」

衛顯蘭拿不出別的證據來，臉色發紅，語氣也有些慌亂。「但妳喜歡過我弟弟，還曾向他表明心思，妳敢說不是？女孩家便要恪守本分，妳這樣的行為，不是不知廉恥還能是什麼？我縱沒別的證據，但妳為了富貴，妄圖攀附我弟弟是事實！」

薛老太太幾乎有些聽不下去了。

這樣殺敵一千、自損八白的蠢事，也只有衛顯蘭這種從小被人寵溺嬌養的人才做得出來。

她說這話已是強弩之末，元瑾自然但笑不語。

「怎麼了，裡頭這麼熱鬧？」就在這時，外面傳來一個聲音，只見是個身穿紫紅暗雲紋長袍、戴玉革帶、身材瘦削的男子走進來，他膚色黧黑，應當是長年在邊疆曬的。

走在他後面的，是一臉淡漠、面貌清俊的裴子清。眾多護衛都林立在花廳外沒有進來，但這陣仗卻是一點都不小。

元瑾立刻猜到，有裴子清跟著，又是這樣的排場，這位說話的應該就是定國公了。

不過怎麼又遇到了裴子清！

她微垂下眼，看著老夫人桌上那只豆青色冰裂紋的茶杯。

她只希望裴子清沒有聽到剛才那些話。倒不是怕丟人，而是裴子清對她的言語、行為都太過熟悉，上次不過一個照面，裴子清便對她產生疑惑，若是聽到她的長篇大論，豈不是更熟悉了？畢竟在很久之前，她都是這樣和他說話的。

「倒沒什麼，她們姑娘家說些閒話罷了。」老夫人笑著站起來。「男孩們你都看過了吧？覺得如何？」

「尚有幾個可造之材。」定國公道：「我來是告訴您一聲，我與裴大人要去崇善寺一趟，家中的事還得您料理。」

「你去就是了，家中的事我省得。」老夫人頷首，又對裴子清笑道：「沒得好生招待裴大人，怕是不日就要回京了吧？」

裴子清笑了笑，表示不在意，接著把目光放在元瑾身上。「方才似乎是妳在說話？」

他還當真聽見了？薛元瑾緩緩抬頭，笑道：「裴大人好耳力。」

定國公等人自然都沒料到裴子清會突然和一個小姑娘說話，很是意外地看了看元瑾。

「上次也是見到妳和衛衡說話。後來我聽他說，妳似乎傾慕於他？」裴子清又問。

「裴大人多慮了，上次不過是衛三公子同我說話而已。」元瑾道。旁人聽了裴子清的話，便會覺得是她纏著衛衡說話，但那日分明是衛衡自作多情，要跑來告誡她兩句，自然不能讓他顛倒黑白。

裴子清眼睛微瞇，淡淡地道：「我那外甥心高氣傲，怕不是世家貴女的話，他是看不上的。」

他說完這話，就和定國公一起先離開了。但他這句話的意思，簡直就是再明顯不過了。花廳中的人看元瑾的眼神都有些複雜。元瑾臉色非常不好看，她這裡明明都要轉敗為勝了，為什麼裴子清要出來攪局？現在恐怕不管她是不是糾纏過衛衡，這癡心妄想要嫁入世家的名聲，她真的洗不掉了。

衛顯蘭幾乎立刻就是一笑。「既然裴大人都發話了，想必四娘子日後還是要注意自己的言行才是。」

老夫人則看了元瑾一眼。

老夫人看不出深淺，因此這件事對她的影響很難說。但對於薛老太太來說，影響卻很顯著，即便薛四娘子真的沒做過出格的事，但喜歡過衛衡並叫人發現，的確是讓她心有芥蒂，覺得這庶房的果然就是不如嫡房出來的有眼界，難免待元瑾便冷淡了些。

「諸位娘子莫喝茶了，隨我一起去用齋飯吧。」老夫人發話，隨即一行人才前往飯廳。

元瑾落在後面，深深地吸了口氣。

崇善寺的廊廡上，定國公薛讓和裴子清正帶著人一前一後地走著。

薛讓想到方才的情形，有些好奇，同裴子清說：「你今兒怎地注意到個小姑娘了？」

他還不了解裴子清嗎？這人當年是丹陽縣主手底下最得力的人，後來叛變跟隨了靖王，成了錦衣衛指揮使。此人日常生活極其乏味，既不愛財，也不貪色，叫那些想討好、奉承、賄賂他的人都找不著門道，方才卻突然跟那小姑娘說話？

小姑娘年歲不大，雖還生嫩，倒長得真不錯。他和人家說話也委實不客氣的，算是害了人家一把，莫非是動了凡心？

裴子清淡淡道：「也沒別的，不過是覺得像一位故人罷了。」

「像誰？」薛讓想問個究竟，語氣意味深長。「你若當真喜歡，倒不如我做了這個順水人情……」

裴子清立刻道：「她才多大！」

薛讓悠悠地道：「裴大人，你覺得你千辛萬苦，終於坐到如今這等的權勢地位，是為了什麼？」

裴子清也明白他的意思。到了他們如今的地位，不就是為了隨心所欲，想要什麼便能得到什麼？不管世俗束縛，只順從自己的慾望即可。但他卻只是沈默不言。

那個人是他的心魔、他的指引、他的思慕……他的罪惡。

太過複雜，以至於無法言說、無法觸碰。

「行了，馬上就要見殿下，還是別說這些了。」裴子清提醒他。

前方就是靖王所住的別院，他們走到廊廡時，便看到林立的侍衛將別院包圍住，連隻蒼蠅都別想飛進去。

薛讓覺得有些奇怪。「這守衛怎地比前些日子還嚴了？」

守在門口的侍衛認得二人，拿開長槍放他們進去，不過兩人的護衛只能留在外面。

靖王殿下有這個嗜好，回太原府的時候不住他的靖王府，反倒喜歡住在寺廟裡。他覺得靖王府太大、太雜，倒不如寺廟裡住著清靜。

進了別院寬闊的前廳，只見陳設極簡，黃色帷幔下供了一尊三尺高的玉佛，兩側排開六把東坡椅，中間卻擺了個極大的沙盤，其中地勢起伏，山川河流都一目了然，極為精細。

一位身著長袍的男子立於沙盤前，低首看著沙盤的走勢。他長眉如刀，眉下是如深潭般不可見底的眼睛。雖不講究穿著，卻透出一股與生俱來的凜冽之勢。

薛讓和裴子清跪下行禮。「殿下。」

朱楨見他們二人來了，嗯了一聲，接過手下遞來的熱茶，喝了一口。「之前交代你的襖兒都司部的輿圖可繪製好了？」

「不負殿下所託。」薛讓從袖中拿出一卷圖，恭敬地用雙手遞給朱楨。

朱楨找了把太師椅坐下，打開仔細看輿圖，卻是眉頭一皺。

薛讓心下一緊。難不成殿下對這輿圖不滿意？

朱楨接著問他。「你派三十名密探，在襖兒都司打探了一個月，確認這輿圖無誤嗎？」

薛讓道：「我再三叮囑過，應該不會有錯。」

「後日左副將便要帶領五萬大軍攻襖兒都司部，倘若輿圖有誤，便是延誤軍情。」朱楨抬起頭，嘴角一扯。「到時候，我拿你的人頭來抵？」

薛讓聽到這裡，冷汗都要流下來了，苦笑道：「殿下說笑了。」

朱楨仍看著輿圖，淡淡道：「我沒和你說笑。」

薛讓都不知該怎麼接殿下的話了。他知道殿下是個言出必行的人，連忙問道：「您覺得這輿圖有問題？」

朱楨沈吟了一聲。

他自十六歲分封於西北，便開始和軍事打交道，如今十二年過去，已經是個極其老練的軍事家。輿圖有什麼問題他不知道，畢竟不是他親自去勘察的，但憑藉多年經驗，以及幾次襖兒都司的經歷，他覺得有些不對。

「這輿圖我會讓左副將核實的。」朱槙叫一旁的人收起來，先讓兩人坐下喝杯茶。「你舊疾未癒，別站著了。」

「多謝殿下。」薛讓吁了口氣坐下來。

裴子清又站起來，恭敬道：「殿下，我還有些事要回稟。」

朱槙頷首，示意他說。

「太后餘黨不多，傅家、蕭家其他人，幾乎在太后倒下時就立刻倒戈了，如今倒也沒有異動。不過東宮那邊，太子殿下似乎是手段殘忍地誅殺了一批宮人，讓皇上不太高興，有些……殿下的人也在其中，屬下知道時已經太晚了，沒能保住他們，還望殿下責罰。」

「你也知道他為何要殺那些人。」朱槙淡淡道：「想殺些人解氣就隨便他吧。」

裴子清應諾，朱槙揮手示意他們退下。

接連幾日都在處理公事，朱槙也有些累了。他揉了揉眉心，一旁的下屬就道：「殿下，您還是歇息一會兒吧，您接連部署四個時辰了。」

「襖兒都司部的事未定，還不能歇息。」朱槙拒絕了。襖兒都司部緊鄰山西，一旦作亂，便會對山西邊境產生影響。

下屬又道：「屬下知道您也是憂心邊疆，只是您前兩日便一直悶在房中，再接著看輿圖，恐怕也精力不濟了。」

朱槙想了想，嘆了口氣道：「罷了，先把東西撤下吧！」

元瑾在別院吃過齋飯，到了下午，就同老夫人她們一起去崇善寺禮佛。

由於上午那件事，薛老太太整個中午待元瑾都透著一股冷淡。元瑾雖能為自己辯駁，卻無法抹去薛四娘子做過的事，她的確就是腦子不清楚，喜歡衛衡還弄得人盡皆知，反倒給她埋下了今日的禍患。

就是不知這件事會不會影響老夫人？

其實這次應選世子，再帶一個姊妹，這人選未必是親姊妹，堂姊妹也是可以的。也許今日這事讓老夫人對她產生芥蒂，不希望她入選，甚至也有可能影響到聞玉入選……一想到這些後果，元瑾又怎能不恨？

老夫人在拜完菩薩後，便去聽高僧講佛經，她在五月會固定吃齋唸佛一個月，所以這個月都住在別院中，正好帶著薛家眾娘子一起唸佛，積一些善德。

元瑾今天並沒有什麼吃齋唸佛的心情，實際上她心中的情緒快要壓抑不住了。

其他幾位娘子還留在大悲殿拜菩薩，元瑾就從大悲殿走出來。她沿著廊廡一路朝前走，越走越快，到最後便奔跑起來。直到停在一片葳蕤的草木下面，她沒有了力氣，才蹲坐下來，將頭埋進膝中。

她是聰慧老練、是能幹，但也總有喪氣的時候。

本來一切都好好地按照她計劃的走，卻無奈她本人、四房，總是有扯她後腿的時候。

前世的種種，也都不肯放過她！

元瑾將頭埋在膝上一動不動。她只能放鬆這麼一會兒，等回去之後，她便再也不能露出弱態。

不管結果如何，她還得幫聞玉去爭，總不能放棄這樣的機會。

只是想到前世的人事、想到現在，她便頓生一種悲涼感，難免叫她覺得窒息。

當她這般放縱自己沈溺時，沒有察覺到有個人走近。

看到她如一團鵪鶉蜷縮在那裡，來人的腳步停頓，隨後熟悉的聲音響起。「怎麼，妳又迷路了？」

第十五章

元瑾聽到聲音抬起頭。

面前這人有些眼熟，他個子很高，濃眉如劍，鼻梁高挺，整個人有種儒雅的英俊。是上次她迷路的時候遇到的那個人。他走路撞到她，抱著的書還撞傷她的額角。

朱槙本是想在院中散步醒神，便也沒帶侍衛，不想又遇到這個小姑娘。她蹲坐在屋簷下縮成一團，抬起頭時，小臉憋得通紅，眼睛卻濕漉漉的。她這是怎麼了，一副要哭的模樣？

朱槙笑著問她。「妳究竟是哪家的姑娘，怎地老在此處迷路？」

「我沒有迷路。」元瑾淡淡地道。她就是想在這裡躲個清靜罷了。

朱槙嘖了一聲，怎麼這小姑娘冷言冷語，如刺蝟一般？他也是怕她在此地亂闖，當真丟了小命，因為他時常出入這裡，禁地頗多，暗中侍衛也不少。

他道：「罷了，妳不要再亂闖就是了。」說完就要離開。

元瑾正欲說話，卻聽到旁邊的小徑上傳來說話聲。

「娘子可是在擔心入選的事？我瞧著今兒個的事是對您有利的。衛小姐為難了四娘子，四娘子在老夫人面前敗壞了面子不說，恐怕老夫人對衛小姐的印象也不好了……」

這聲音似乎是薛元珍身邊的貼身丫頭青蕊。

隨後是薛元珍的聲音。「我倒不怕衛顯蘭，門第高也沒用，老夫人一向不喜歡她的為人。我是不喜歡薛元瑾，她一個庶房的，怎能平白得到老夫人的誇獎？今兒衛顯蘭這樣說她，老夫人應當就不喜歡她了，我才算舒心了幾分……」

「就是喜歡也沒關係，她一個庶房的，憑什麼跟您爭？我看咱們老太太也沒把她放在眼裡。」

薛元珍笑了笑。「這是自然，她爹不過是個管馬的，只配給家裡料理庶務罷了，如何能跟父親比？」

她們在談論今天的事，竟還說到了薛青山。

元瑾雖然覺得薛青山為人懦弱，卻也聽不得薛元珍誣衊他。薛青山是個極有才華的人，倘若不是被家裡耽擱，也不會沒中進士，現在也不會失去鬥志，只當個苑馬寺寺丞。

她想聽這兩人說更多，只是她們馬上就要走近了。

元瑾四下一看，發現不遠處的廊廡轉角非常隱蔽，正想躲到那處去，卻看到了面前這人。

他還站在這裡，表情一派輕鬆地看著她。

他若站在這裡，薛元珍也不會再繼續說了吧？

元瑾只能低聲道：「你同我躲片刻。」說著就拉他要走，誰知道拉了一下，他卻不動。

朱楨問她。「妳要我躲？」在他自己的地盤，居然要被人拉著躲？

她的手還隔著衣料抓著他的手腕。

人聲越來越近，他又不動，還很可能驚擾到那兩人，元瑾只能無奈道：「先生幫我一次吧。古言有云：『救人一命勝造七級浮屠』。你若幫了我，我會報答你的，你且開口就是了。」說完想了想，她如今每月有三兩，罷了，便都給他吧。「不如以三兩銀子報之如何？」

朱槙嘴角一扯。他身為靖王，坐擁西北、山西兵權，銀子對他來說幾乎是一種無用之物，誰想竟然有人會想用銀子來打發他？

她為人倔強，只是他遲遲不肯動，她雖面上不顯，眼中難免露出一絲焦急，因為那兩人幾乎立刻要走過來了。

朱槙還沒說話，元瑾卻立刻拉著他躲到廊廡後，一個轉身，薛元珍便已經帶著丫頭走過來。

「奴婢瞧著，二房的兩個也不成氣候。」青蕊繼續道：「都說龍生龍，鳳生鳳，他們一家子都上不得檯面……上次算計六少爺的事，還是雲濤少爺親口同太太商量的，結果反倒讓四房那個傻子選上了。」

「他們狗咬狗，我們也得了好處。」薛元珍道：「不過哥哥說了，三日後定國公會親自考核一番，到時候這種傻子，自然是過不了那關的。」

上次對薛雲璽動手，果然是大房和二房合謀為之。

元瑾剛聽到這裡，卻又皺了皺眉。薛元珍說的是什麼考核？看來還得回去問問聞玉才是。

只是她們二人雖然說完了話，卻並未離開，反而站在一樹紫薇前面賞花。她們不走，她如何走得了？元瑾思忖著，回頭看到身側的男子，他看著她問：「可以走了嗎？」

元瑾搖頭。「她們還站在外面。」又道：「你在這寺廟中住，左不過禮佛唸經的，平日很忙嗎？」

朱槙微微一頓，然後才道：「……比妳想的忙一點。」

元瑾說：「那還好，我看她們一會兒也就走了。」

朱槙只能繼續站在那裡。

只是又一會兒過去，兩人仍然沒有要走的意思，薛元珍看到一株開得正好的忍冬花架，兩主僕拿了隨身的絲帕出來，打算包一點新鮮的花回去做香囊。

元瑾有些無言。寺廟裡種的花又不是自家的，為什麼要在這裡摘？

「你……」元瑾正想側過頭，跟他說讓他等久一些，誰知這人卻抓住她的手，把她帶著往前走。她壓低聲音問：「你做什麼！」

「走這條路吧，我看她們一時半會兒是不會走了。」他隔著衣袖抓著她的手往前。

「前面這條路方才看到有人封住了，根本不許人走！」元瑾皺眉。「你可別帶我胡亂闖。」

朱楨卻笑道：「跟我過來就是了。」

他做了個手勢，埋伏在暗中的侍衛便悄悄領命去了，等他們走到那路口時，果然沒有人守著。

元瑾有些疑惑，她方才分明見到有人守在這裡，還看到定國公府的護衛出入，她當時還想著，這裡住的人應當是和定國公府有什麼關係。

她看了這男子一眼，他究竟是什麼人？

「穿過這裡就是大雄寶殿了，跟妳上次走的路一樣。」朱楨示意她上次走的那條路。

元瑾又不動聲色地打量男子一番，這次她看出了更多不同的地方。此人應當不是個普通的居士，他說話、做事無不閒適平和，和居士的氣質不同，更多的是一種超然的閒適。或者說，這是一切順遂己意的人才有的感覺。且他雖穿著布袍，卻步伐穩健，方才拉她的手更是堅硬有力，似乎習過武的樣子。

「你真是這廟中的居士？」元瑾語氣一頓。「似乎有些不像。」

朱楨一向穿著簡單，也從不佩戴象徵地位的東西，比如玉珮、扳指什麼的，故旁人自然會把他認成居士。但這小姑娘倒是敏銳，竟察覺到一絲不同。

他挑眉。「我似乎沒說過我是居士吧。」

「那你是何人？」元瑾問到這裡，心中已隱隱有所戒備。「為何會在寺廟居住？」

這人雖然沒有壞心，但不是居士，為何住在寺廟裡？

這小姑娘似乎以為他是個壞人，但朱楨也不想真的表明身分。他住在崇善寺這事，旁人不知道。

「我是定國公府的一位幕僚，姓陳。方才妳看到守在這裡的便是定國公府的人。妳既知道了便走吧。」說著他就要轉身離開。

他竟能知道方才是定國公府的人出入這裡，那還是有幾分可信的，畢竟平常人並不認識定國公府的人。且這種功勛世家的幕僚，多半都是既習文也習武。

元瑾信了幾分，同時她的心裡又有了個想法。

既然是定國公府的幕僚……國公爺會和他商議事情，那是不是代表這位幕僚還算得上是定國公所用？那定國公的許多喜好、習性，他勢必也清楚吧？既然如此，或許她能向他打聽一些定國公的事情，如此對聞玉的甄選也有利。

「我今日不去大雄寶殿，而是要回大悲殿。」元瑾道：「不過現在還不過去，不如先在你這裡吃杯茶吧。正好，方才說好了答應你一件事的。」

這小姑娘當真有意思，竟還想憑這個敲詐他一杯茶。

他所飲的茶皆是採自峨眉高寒多霧山頂的頂級雪芽，只有長在陡壁上一棵樹可得，每年只得一斤都到了他這裡，千金難求。

朱楨還沒來得及說什麼，她已經沿著廊廡往裡走了。

朱楨阻止不成，心道這小姑娘還真是自來熟，嘆了口氣，也跟上去。

廊廡第一間便開著，是他平日看閒書的書房，支了一張竹榻，旁邊放著一張小几，擺了幾個茶盅。

這間書房用的都是寺廟中的東西，故顯得十分清貧。

元瑾一踏進來後，也明顯地感覺到了。這屋子裡唯一值錢的，怕只有那幾架子的書，若都賣了，也許能置辦一間宅子了。但對於讀書人來說，書就是命根子，賣命都不能賣書。

「先生竟然過得如此……清淨。」元瑾選了個比較好聽的詞，他既說自己是幕僚，她自然就稱呼他為先生了。那下次給他送一些銀子過來，周濟一下他吧。

朱楨走到小几旁，把壺放在小爐上。他又打開小几上一只竹製的茶葉筒，才發現茶葉竟然已經用完了。

元瑾看到他沒有倒出茶葉來。

這位幕僚似乎混得並不好，雖只是幕僚，但若跟著定國公，應該也是不愁吃穿的，普通茶葉也是用得起，沒想到竟然會沒有茶葉了。

「既沒有就算了吧。」元瑾笑道：「我下次給先生帶一些茶葉過來吧？比你在外面買的普通茶葉好些，是我父親從廬州帶回來的六安瓜片，品質尚可。」

她似乎比初見的時候友好了一些。

朱槙把茶葉罐放回去，聽到這裡只能說：「……還是不必了吧，豈不是麻煩了妳？再者我也不常喝六安瓜片。」

「不麻煩，我給您帶來吧。」元瑾說：「您喝喝就習慣了。」

朱槙只能沈默後說：「……那多謝了。」

水壺在茶爐上咕嚕嚕冒開了，朱槙取下小壺給她倒了杯熱水，才坐到書桌旁。

方才那份輿圖，下屬正好給他放在桌上。他倒也沒有避諱這小姑娘，上次她闖入他所住之地後，就已經有人去查過她的身分，是太原府一個小官僚家庭的庶房娘子，跟定國公府有些沾親帶故的關係。

他說：「妳稍候片刻就回去吧，我這裡也不是久留的地方。」

但元瑾已經起身，仔細看他收藏的書。倒還真的多偏行軍布陣的書，不過也有一些詩集。此人怕是極其愛書吧，竟有很多罕見的兵書也在其中。不過他既然是幕僚，看兵書也是必須的。

元瑾一眼就瞥到了那份輿圖。

「咦，你這輿圖……」元瑾頓了頓，她瞧著這幅圖有些眼熟，似乎在哪裡見過。

很快元瑾就想起來了，當年她隨太后住在慈寧宮時，山西毗鄰的襖兒都司部發展壯大，太后頗覺危險，曾密派大內侍衛三十人深入襖兒都司部腹地，繪製當地輿圖。倘若哪天有戰事，這份輿圖將會發揮重要用途。當時襖兒都司十分危險，三十位大內密探只回來不到十人，才九死一生繪得了那份圖。

她是接手那份圖的人，又慣常記憶好。尤其是看圖、棋譜一類的東西，她能達到過目不忘的地步，所以記得十分清楚。

朱槙側頭看她。「妳懂輿圖？」

他有了點警惕之意，若她只是個尋常官家的小姑娘，如何會懂輿圖？

「我父親對此有興趣，我也隨之看了一些兵書。」元瑾隨口敷衍他，然後她看著皺了皺眉。「你這輿圖哪裡來的？」

朱槙說：「……別人送我的。」

元瑾指了這圖左上角的部分。「這塊不對。」

聽到這裡，朱槙合起輿圖，一笑。「妳如何知道的？」他並沒有當真，只覺得這小姑娘是胡亂開口的。

元瑾又不好跟他說，自己見過這圖最詳盡的原版。

但倘若他這圖真有什麼重要的用處，有這樣的錯誤豈不是耽誤了他？她只能說：「我曾經讀過一個人走襖兒都司部的遊記，說那裡的西北方向多山丘，又有黃河流經，所以其中蘊藏一片綠洲，但圖中這片卻沒有綠洲。你若要用，怕是要多查證一下。」

她的話並不像信口胡說。朱槙又看了她一眼，其實他的不舒服之處應該就是源自這裡，覺得這處的地勢相互矛盾。而這樣的直覺，非得是十多年各地征戰才能培養起來。這小姑娘才多大，自然不可能有這樣的功力。

他又看向她，她卻笑了笑。「陳先生，你這輿圖用來做什麼的啊？」

果然是想跟他套近乎，方才什麼進來喝茶，也是想探探他是不是真的幕僚。如今看到這輿圖，估計才確認他是真的幕僚。

他收起了輿圖，道：「不過是幫人看看罷了。」又說：「方才那兩人想必已經走了，妳還不回去？」

元瑾站了起來。「那下次我給你帶些茶葉過來。」她見他桌上擺的竹筒正好方便，這樣的茶葉筒很常見，也不是什麼值錢的東西，就說：「你這竹筒借我吧，便用這個給你裝來。」

「那還真是多謝妳了。」朱槙笑了笑，看著她離開。

她走後不久，有人進來跪下。「殿下，方才那姑娘……是不是拿走了您的茶葉筒？」

殿下這個茶葉筒是特製的，雖外部是一般的竹製，裡頭卻精細地放入一層薄和闐玉胎，以保持茶葉常新，茶氣不散。當初也是耗費十數塊極品和闐玉，方得這麼一個薄胎，價值非金銀可比，殿下就讓那姑娘拿走了？

「她會送回來的。」朱槙說。打開輿圖仔細看了看，又把可疑處圈起來，交給屬下。「快馬加鞭送往大同，讓副將派人即刻核對，尤其是西北角。不得有誤。」

屬下應諾，領命退下了。

第十六章

元瑾回到薛府後，就隨手把茶葉罐交給杏兒。「去父親那裡裝些六安瓜片回來，順便拿這個月的月例銀子。」

杏兒便領命帶著茶葉罐去了。

跟她一起去領月例銀子的是那個比她還傻的丫頭棗兒，好奇地問她。「娘子又不喝茶，怎地要咱們去裝茶葉？」

「娘子既吩咐，咱們做就是了。」杏兒從來不想這麼多，跟薛青山的小廝說了聲，便拿鑰匙打開庫房領茶葉。

她旋開蓋子，棗兒好奇地看，伸手一摸，又咦了一聲。「杏兒姊姊，這茶葉罐裡滑得很，似乎不是竹製的呢！」

杏兒趕緊拍開棗兒的手。「去去去，裝茶葉的東西是摸不得的，妳的手摸了，娘子還能喝嗎？」

棗兒委屈地喔了一聲，不再好奇了。

杏兒只想趕緊把茶葉裝回去交差，旋好蓋子，帶著拿了月例銀子的棗兒回去西廂房。

「娘子，茶葉和銀子都拿回來了。」杏兒把茶葉罐和紅紙包的三兩銀子都放在桌上。

元瑾拿起銀子，感嘆一聲。「一個月的月例，就這麼沒有了。」

姜氏給的六十兩被崔氏拿去收起來了，說怕她不懂節制亂花銀子，等要的時候再找她拿。不過這筆銀子無法跟崔氏講去處，所以不能跟她要。其他東西崔氏倒也給了聞玉，只稍微留了幾疋布給錦玉做衣裳。

元瑾非常感慨自己的墮落，曾幾何時，銀子對她而言不過是打賞人用的玩意兒，現在居然每一兩都要這麼珍惜。

杏兒小聲地說：「娘子，太太說了，花出去的每一筆銀子都要留個底子，看您是用在哪裡。」

「月例銀子她不管。」元瑾說著收起銀子，又叫柳兒過來。

「後天我們去定國公府時，妳找下人打探一下，定國公府是否有個姓陳的幕僚住在崇善寺。」她吩咐柳兒。今天的事，她仍然不全放心。

柳兒應下了，元瑾又問：「聞玉可下學了？」

柳兒答道：「這時候四少爺怕還在書房裡進學吧。」

聞玉其實過得也挺辛苦的，從定國公府回來後，他還要另上西席的課，教授他四書五經、兵法戰略。往往要到酉時才能下學。

元瑾算著他該餓了，親自去廚房盛了留在蒸籠的菜，去薛青山的書房等他。

元瑾到了書房，見先生還沒講完，便先站在門口看聞玉上課。

她一直不清楚聞玉對競爭世子是什麼態度，她希望並不僅因為她想，他才去做。雖說是有些她想讓他去做的成分在裡面，但元瑾也的確希望他能改變自己的命運，不被庶子的身分束縛，不埋沒了他的才華。

書房點著兩盞蠟燭，映照得滿室昏黃。聞玉上課還是極認真的，聽著先生講課，側顏如玉，極為精緻。

等先生講完了，元瑾才進去請先生坐下。

這位先生姓徐，長得極為普通，扔進人群都找不到的那種，但眼神露出一種隱然的智慧，且他對聞玉極有耐心，從不因他的病說他半句，加上這位徐先生極有才華，當時選西席時，無論薛青山考他什麼，他都能對答如流。

元瑾向他詢問聞玉的學習進度，徐先生都說很好。

「雖四少爺不愛說話，但確實天資卓絕。若能治好這病，日後前途不可限量。」徐先生道。

「便是這個要請先生包容他，他有時候若有言語不當的地方，先生不要見怪，他不是存心的，只是不知道罷了。」元瑾笑道。

徐先生搖頭道：「四小姐不必多言，我倒當真喜歡四少爺，也很願意教他。只需您照顧好他，便是對他極好了。」

元瑾謝過徐先生，又讓柳兒拿出上次姜氏送的端硯給徐先生，送先生出門。

她看著這位徐先生的背影，總覺得此人有些神秘。尋常的讀書人，既有這般才華，為何屈居於一個小小官僚之家教一個庶子？且為何又對聞玉十分包容？倒當真奇怪了。

她回來時，桐兒已經擺好了飯菜。一碟炒青菜、一碟醃筍肉絲、一碗燉雞、一碗火腿煨牛腩。聞玉現在吃的菜多是肉，畢竟他正是長身體的時候，又要每天練騎馬、射箭，消耗很大。

他只吃面前的一盤菜，其實並不是因為他挑食，而是不論你放什麼在他面前，他都只挾那一盤菜。元瑾只能等他吃一會兒這菜，就換道菜放在他面前。

可能練習射箭、騎馬真的挺累的，他竟狼吞虎嚥消滅了大半飯菜。

「今兒很累吧？」元瑾本還想問問他定國公和考核的事，卻也不好問了。「你回去好生睡一覺，叫桐兒給你揉揉肩。」

薛聞玉想了片刻，說道：「妳說過，如果有什麼問題要告訴妳。」

元瑾頷首，她一直希望聞玉遇到問題能同她說，免得他自己憋在心裡。「你可是有什麼話要告訴姊姊？」

薛聞玉點頭，放下碗筷，看著她道：「定國公今日來了。」

他竟然會主動提起定國公的事。這讓元瑾有些意外，他提起這件事，證明爭奪世子之位這事他也是在思索的。而實際上，他獲得的才是直接的消息，若由他的口轉述給元瑾來思索，難免不如他自己思考有用。

「我們在練箭，定國公只看了衛衡練箭，很快便走了。」他繼續道。

這倒也理解，本來定國公心裡一直想要的人選就是衛衡，只是老夫人更中意薛家的人罷了。

元瑾沈吟了片刻，問道：「另兩個堂兄是什麼表現？」

薛聞玉搖頭，輕輕地說：「他們不值一提。」

這讓元瑾更加意外，她以為聞玉根本就沒關心過另兩個堂兄，沒想到他還有自己的判斷，甚至覺得另兩個堂兄根本不入眼。

元瑾笑了笑，摸了下他的頭。「你這小腦袋瓜每天倒想很多東西啊，都不與我說嗎？」

看來他的確在慢慢改變，至少願意主動跟她說這些話了。元瑾思忖著，又問道：「那另外兩個衛家的人，你怎麼看？」

這次薛聞玉想得更久了一些。「衛衡很聰明，但衛襄更危險一些。」

衛襄便是衛衡的堂弟。

竟能讓聞玉都說出危險二字，此人究竟有什麼特別的？元瑾問：「你如何看出他危險的？」

這次薛聞玉抿了抿嘴唇，大概是在想怎麼說，最後卻仍然搖頭。「沒法說。」

元瑾想，聞玉看人大概有他自己的方式，這或許只是一種微妙的感覺，也或許是他察覺到什麼，但他無法用言語去描述。

元瑾不再問他，而是思索起來。

衛家只選進了兩個人，大家都覺得衛衡才是最後能成為世子的人，故十分看重他，倘若真正厲害的人其實是這個衛襄呢……那便是鷸蚌相爭，漁翁得利。

「你先暫時不必管他，倘若他真的厲害，這個時候便不會對付你，你只先學你的就是了。」元瑾又想起今日聽薛元珍提到的考核，便想一道問他。「我似乎聽說今日定國公同你們說了，三日後會考核你們？」

薛聞玉搖頭。「沒有。」又說：「他只問我們，知不知道西寧戰役。」

西寧戰役。

其他戰役元瑾或許不清楚，她畢竟擅長的不是軍事，但西寧戰役不一樣，當年這場戰役名聞天下，她不可能沒聽過。

因為這是靖王的成名之戰。

當初靖王被分封到甘肅行省駐守蘭州衛，旁邊土默特部日益發展壯大，土默特部可汗額日斯是個驍勇善戰的猛將，數度侵犯甘肅，燒殺搶掠。朝廷曾換任三個甘肅總兵，都未能將土默特部消滅，反而使其日漸強盛。

當時的甘肅民不聊生，幾乎一度被打得逼近蘭州。蘭州若是失守，那甘肅便當真是完了。

靖王臨危受命，掛帥上陣，在西寧衛與額日斯帶領的軍隊發生交戰。這是場絕對的大戰，額日斯領兵六萬，靖王領兵不過四萬，在西寧衛打了三天，卻憑藉他在邊疆積攢五、六年的軍事經驗和實力，大敗額日斯，把額日斯打回土默特部老巢，保住了甘肅行省。

當時此役振奮全國，靖王班師回朝的時候，萬人空巷，無數人湧到街上看大將的風采。

自此之後，太后才不得不重用靖王駐守西北。當時朝廷可用的大將不多，元瑾的父親駐守山西，西北必須有強橫實力者駐守。

定國公不會平白無故問他們西寧戰役，恐怕是想藉此考驗他們的軍事素養，但聞玉現在才開始學習，怎會懂得如何分析，甚至舉一反三？

元瑾手指輕敲著桌沿思索，她對軍事也只能說個大概，說精通是肯定不能的。她這水平指點聞玉還行，但想讓他應對定國公，還有些困難。

元瑾立刻想到了那個幕僚陳先生。

他既是定國公的幕僚，想必對軍事挺精通的吧？且看他生活清貧，又住在寺廟裡，勢必是不得定國公重用的人，找個藉口問他倒也不怕露了底，到時再給些銀子作為報酬就是了。

既是如此，後天給他送銀子和茶葉過去時，再請教他吧！

元瑾想到這裡，對薛聞玉道：「姊姊找些書給你，你有空的時候看看吧。」

元瑾站起身走到博古架前，找了《呂氏春秋》、《戰國策》、《資治通鑑》、《貞觀政要》這些書出來，這是她想要聞玉立刻讀的。

她將這些書給聞玉，告訴他：「你不必記得太快，只需半個月內看完就行。」

元瑾帶著薛聞玉出書房時，稍微停頓一下。她剛才給聞玉找的書，其實是當年太后告訴她的，都是帝王權術所用的書。後來她也是這麼教給朱詢的，然後他就謀逆了。

反正都是制衡之術，帝王、世子什麼的……應該是差不多的吧？

第十七章

三日後恰好是元瑾十四歲的生辰，只因不是及笄，也不是整歲，崔氏便叫廚房給她做了碗長壽麵，裡頭加了個荷包蛋，就算是過生辰了。

薛青山說：「……家裡只有這一個女孩，不說大操大辦的，總得給她置辦件像樣的生辰禮才是。」

崔氏看著三個孩子吃早飯，說道：「聞玉現在請西席，買這個、買那個，家中花銷的銀子本來就多，你一年的俸祿怕都供不起他，要不是三嫂接濟，咱們就該去喝西北風了，你還能從你老娘那裡拿到多少銀子不成？再者明年元瑾就及笄了，及笄禮的花銷更大，現在不省著些，日後怎麼辦？」

一提到俸祿，薛青山就沒話說了。他做苑馬寺寺丞，一個月才六兩銀子的俸祿，加上衙門補貼一些油、米、布，算七兩已經是多了。家裡還有五百畝的地，每年能有四、五十兩銀子的收成，可這樣的收入在幾位嫡房面前，非常捉襟見肘。

元瑾吃著麵。「無妨，我這生辰過不過都行。」

上次她及笄時，宮中大肆操辦，各個權貴家裡送來的及笄禮中，奇珍異寶無數。她的梳頭娘子是已經出嫁的寧德長公主，宴席三日不散，太后又送了她四套寶石翡翠的頭面，但那又如何？她還不是被人背叛然後害死，現在坐在這裡吃麵，幾兩銀子的事都要操心。

這些都沒有意思，過眼雲煙而已。

吃過早飯，薛錦玉上書房讀書，元瑾和薛聞玉去定國公府別院。

今兒不是學繡工，而是學世家中各種走行坐言的規矩。幾位娘子都出身官家，官家的規矩比起世家的繁多還是不如的。

給她們上課的是老夫人的貼身大丫頭拂雲，她站在幾位娘子中間，先把規矩示範一次，再一一請娘子們出來跟著做。

這個可以說是元瑾之所長了，想當年她在宮裡時，三個教習嬤嬤圍著她教，時時刻刻盯著她的行為舉止。如此一年下來，她行走端坐無不優美，且這種氣質不是學就能學出來，是長期刻在骨子裡的。故即便她不學，也能隨意做好。

於是眾娘子們發現，在繡工上笨拙得可以的薛四娘子，學這些規矩竟水到渠成，幾乎不必教，居然還讓拂雲笑著稱讚她一句。「四娘子倒是悟性好。」

衛顯蘭哼了一聲。「連個針線都學不會，會這些有什麼用！」

拂雲一聽到衛顯蘭這麼說，臉上的笑容不減，卻緩緩道：「衛小姐此言差矣，世家同官家不一樣，倘若我們現在在京城，憑定國公家的身分，每年宴請肯定還要去宮中請安的。宮中最是講究規矩的地方，若是沒學好這些，在貴人們面前丟了定國公府的顏面，豈不是一樁壞事？針線功夫固然重要，不過在世家中，更重要的是妳們的規矩。」

薛元珠也幫了一句腔。「更何況妳自己的女紅又好嗎？五十步笑百步，我四姊又沒招惹妳！」

薛元珊卻皺了皺眉。「六妹，拂雲姑姑在說話，不許妳這樣沒大沒小的插嘴！」

薛元珠便不甘了，說道：「元珊姊姊，方才衛小姐插嘴，妳如何不說她？怎麼我說話，妳才說我？」

因為弟弟薛雲璽的事，薛元珠對二房的兩個姊姊極看不過眼。更何況眾姊妹中，要論誰的口才最好，那是誰也比不過她的。

「妳……」薛元珊脖子一梗。「我這是幫理不幫親！」

薛元珠笑了。「這麼說，元珊姊姊覺得衛家小姐才是理，反倒拂雲姑姑的不是了？」

薛元珊徹底地敗下陣來，她們無人敢對拂雲不敬。

拂雲雖只是丫頭，但她的身分不一樣，她是老夫人身邊最得力的大丫頭，諸位娘子有什麼表現，她都會一一告訴老夫人。這便是老夫人的喉舌，那是能得罪的嗎？

拂雲看著她們爭執，最後說：「幾位娘子都是官家小姐，書香傳世，實在不必這般爭吵，都坐下吧。」卻沒有真的指責幾位小姐。

下了課後，她把今天發生的事告訴老夫人。

老夫人喝著茶，緩緩道：「妳覺得，這幾個娘子誰比較好？」

拂雲想了一下。「薛家幾房人太多，相互傾軋，姊妹之間彼此不和。衛小姐是家中獨女，上有哥哥，下有弟弟，太過受寵，非要和庶房的娘子計較，看不清楚自己的優勢。」

老夫人笑了笑。「妳這般說，是不喜歡顯蘭了？」

拂雲給老夫人剝了葡萄遞過去。「當日她指責薛四娘子，分明可以私下偷偷告訴您，但她沒有這麼做，那是想要四娘子當眾出醜。再者，她若真的想要四娘子當眾出醜，明明可以指使丫頭來說，卻偏要自己出頭，叫四娘子抓住話柄反擊回去。奴婢不好說別的，老夫人您心裡是清楚的。」

老夫人吃了葡萄，繼續問道：「那妳覺得薛家幾個娘子如何？」

拂雲想了想道：「這奴婢倒是不好說了。元珊和元鈺小姐，您早已不喜，元珠小姐今日幫四娘子出頭，倒也不失率性可愛，就是年紀太小。元珍小姐倒是溫柔和善，表現得沒什麼錯處。至於四娘子……奴婢不知道，您介不介懷那天的事。」

老夫人嘆了口氣。「她的性子像寶珠，也聰明大氣，我本是挺喜歡的。」

寶珠是原定國公府小姐，老夫人老來得女，千嬌萬寵地養大，跟老夫人親近極了，可惜在三十年前，不到十三歲就因病去世，這一直是老夫人的心病。

本是挺喜歡的，那也就是說，還是介懷當日之事了。

拂雲半跪下來給老夫人捶腿。「您看人一貫都是準的，奴婢並不擔心。正如您看衛家和薛家，衛衡看似更好，實則他出身太好，到頭來反倒不能融入咱們府中。倒不如小門小戶的，全心全意地依仗定國公府，把國公府當成自己的家。」

老夫人笑道：「正是這個理。國公爺還以為我老糊塗了，因為自己堂姊妹才選薛府，他是沒看明白這個關竅。」老夫人盯著窗外的日光兀自思索片刻，又道：「看著吧，就那麼幾個月的工夫，也不會太久了。」

拂雲正若有所思，外面來了個丫頭通稟。「老夫人，顧老夫人來太原拜祖，特地來拜謁您，現在人正在花廳呢！」

老夫人聽到這裡，頓時驚喜。

她和顧老夫人是同鄉，雖顧老夫人差她些歲數，卻十分交好。後來顧老夫人嫁去京城魏永侯府，總是見少離多。聽到她回鄉祭祖特地來見她，如何能不高興？

她立刻直起身道：「快請她進來！」

丫頭給她梳洗，老夫人又想了片刻，吩咐道：「把那幾個娘子都叫到堂屋來。」

幾個娘子聽到京城來的顧老夫人，立刻就緊張起來。那衛顯蘭顯然也是知道魏永侯爺那件事的，因此她一時激動，打翻了茶杯。

薛元珠很驚訝，小聲同元瑾說：「至於嗎？一個個也未必選上的……」

元瑾的心情卻有些許複雜，她想到當初這位顧老夫人進宮，告訴她不要怪罪顧珩，顧珩總會娶她的情景。

「人心叵測啊。」她感慨了一句，瞧薛元珠正眨巴著眼睛看她，就摸了把她的丫髻。

「走吧，大家都已經走了。」

幾個娘子被領著去了堂屋，慎重地一一拜見顧老夫人。和之前元瑾所見不同，這時候的顧老夫人面色紅潤，談笑自若，雖人已半老，卻仍看得出年輕時的貌美。渾不像當時，臉色蒼白得彷彿得了重病一樣的情景。

顧老夫人只看了元瑾一眼，便不感興趣地移開目光，親熱地和衛顯蘭、薛元珍交談。這讓元瑾對她的印象大為改觀，之前在她的記憶中，這是個病弱可憐、半天不敢說一句話的老侯夫人。

老夫人同顧老夫人提到當初的事。「……當初我當真替妳捏了把汗，那蕭家可是能得罪得起的？妳兒著實任性。幸好蕭太后倒臺，侯爺反倒因從龍之功，地位更甚從前。不過如今侯爺仍未娶親，妳便不急？」

顧老夫人放下茶盞，嘆氣道：「我急又有何用？沒人能忤逆他的心意。他年少時喜歡的那個姑娘一直未能找到，只能走一步看一步了。」

老夫人覺得驚奇。「如何會找不到？」

顧老夫人搖頭。「也許本就是他的託詞吧。算了，不提這事了。」

顧老夫人又細細問起薛元珍的女紅等事，薛元珍又是驚喜，又是害羞。其餘諸人只能大眼瞪小眼，幸好老夫人很快叫她們自己出來玩，不必杵在那裡喝冷茶。

元瑾正好想藉此機會去找那位陳先生，至於顧珩她是沒有半點興致的，她唯一那點興致已經在前世耗光了。

不管顧珩喜歡香的、臭的、美的、醜的，現在統統和她沒有關係。

她正循著別院的夾道往外走時，突然聽到有人在身後叫她。

「薛四姑娘。」

元瑾眉頭微皺，這聲音略有些耳熟。她回過頭，果然看到衛衡站在一株柳樹下，他穿著件月白的細布直裰，玉樹臨風，少年俊秀。

她嘴角略抿，淡淡問道：「衛三公子有事？」

衛衡頓了頓，似乎在想怎麼開口。「那日……我胞姊的事我聽說了，我不知道她會那樣說妳。」

元瑾聽到這裡似乎覺得好笑，她慢慢走近，抬頭看著衛衡。

「相比起你姊姊，我更不喜歡你舅舅那番話。」元瑾說：「既然衛三公子今日叫住我，我不妨把話同你說明白，我現在並不喜歡你，你若是有空的話，能否把這些話告訴他們一聲？」

「妳……」衛衡盯著她。「妳之前不是說……」

她之前不是喜歡他喜歡得不得了嗎？

「之前說什麼都不要緊了，今日起我和衛三公子再無干係，所以你也不必為此憂慮了。」元瑾說完，看了眼旁邊的湘妃竹林叢，不想和他多說，便隨之離開了。

衛衡卻在原地站了一會兒。其實元瑾並未做過癡纏他的事，這幾日更是對他極為冷淡，雖都在別院，卻連在他面前露面都沒有，所以聽到衛顯蘭那樣說她，他才又羞愧、又著急，分明是想讓她別誤會的，可看到她今日的模樣，竟不知道說什麼是好了。

他一直站在原地，直到旁邊傳來說話的聲音。「三哥原是在等她啊！」

衛衡回過頭，看到一個藍袍少年從湘妃竹叢中走出來，他生了對細長鳳眸，皮膚白皙，笑容懶洋洋的。

衛衡一看是他，問道：「你方才一直跟在我身後？」

「你學射箭時就心神不寧，我便想知道你出來幹什麼了。」衛襄笑著說：「不是我說你，三哥，人家追著你的時候不喜歡，不追了又何必在意呢？」

衛衡皺了皺眉，並沒有辯解這個問題。「方才的事你不要說出去。」說罷他也離開了。

衛襄站在原地，看著元瑾離開的方向。

方才那姑娘分明發現他了，卻一直沒說。此人倒是有幾分厲害啊。

朱槙坐在長案後面寫字，室內一片沈寂。

他面無表情，這讓身旁伺候的人大氣都不敢喘。

靖王殿下便是那種平日貌似好說話，但當真惹怒了他，那真是死都不知道怎麼死的人。

門扇開了，定國公薛讓走進來。他在原地猶豫了片刻，才走上前拱手道：「殿下找我何事？」

朱楨略抬起頭，擱下筆後，從僕人的托盤中拿帕子擦手，隨後問：「找你來是要問問，襖兒都司部的輿圖，你當真覺得沒有問題？」

「這……」薛讓遲疑。「都勘察了這麼久，應該是沒有問題的。」

朱楨冷笑，從案上拿起一本冊子，丟到薛讓身前。「你給我看了再說話！」

薛讓少見他這麼生氣，撿起冊子一看，頓時心跳加速，手心冒汗。這是榆林衛發來的密報，他們在襖兒都司綠洲被人偷襲，幸虧早有防備，才沒有出現傷亡，只是攻擊襖兒都司部的計劃還是落空了。

「殿下，這……」薛讓也深知辯解的話不能再說，僵持片刻不知道該說什麼好。

「若不是我早已做了應對，你現在就該回京城，跟皇上請罪了！」朱楨冷冷道。

薛讓越看那冊中的描述，越發覺得事情嚴重，他臉色發白。「是我的過錯，竟未發現那輿圖有重大失誤！幸虧有殿下在，否則我便是削官也難洗刷罪責了！」

見他久不說話，也知道自己錯了，朱楨略微消了些氣。

他喝了口茶，緩和了些語氣。「行了，既然軍隊沒有傷亡，便不追究了，你自行領三千兩銀子的罰吧。襖兒都司地形極難勘察，倒也不能全怪你。我會給你四十個錦衣衛。你帶人重新勘察一遍。」

薛讓十分感激，千恩萬謝領命退下。

他退下後，外頭又進來一個人，跪下通稟道：「殿下，上次那位姑娘又來了，屬下不知該不該攔……」

朱楨想了想，道：「不用攔她。」這次襖兒都司部的事，還是因為她那天那番話才沒有出現傷亡，他還欠她一個人情。

他去了上次那間書房，等他到的時候，元瑾已經在書房裡等他了。

她正在烹茶，水壺的水咕嚕嚕地冒泡，她舉起提梁，先燙一遍茶杯，再過一道茶，第二遍清亮的茶湯才倒入杯中。

絲綢一般的長髮滑至胸口，她垂下頭，長睫覆著眼眸。

聽到動靜，元瑾才抬頭看，笑道：「陳先生回來了。」

她放下茶壺，伸出手把茶杯推到他面前。「我烹的茶，您嚐嚐？」

朱楨坐下來，端起茶杯抿了一口。

先不說他對六安瓜片的感覺如何，方才看她那一套動作行雲流水，有幾分模樣，還以為是個懂茶的，沒想到茶湯一入口，他就立刻知道這茶水過熱，茶味不夠悠久。

元瑾等他喝了，才問道：「你覺得怎麼樣？」

他放下茶杯，看她期待地看著自己，只能說：「……好茶。」

「那我以後常給你帶。」元瑾就道。

朱楨的笑容略僵片刻，往後靠在圈椅上，繼續笑著說：「這也太麻煩妳了，送這一次就夠了吧。」

「不用客氣，我看您生活……挺清淨的，往後缺什麼告訴我一聲就行。」元瑾拿出給他帶的茶葉和銀子。「這銀子您收下吧。」

她用指頭挑開紅紙給他看，於是他看到了三個小小的銀錠。

朱槙道：「妳這是做什麼？」

「自然是上次的謝禮，先生不會嫌少吧？」元瑾說。

朱槙只能道：「不會……妳家中也不算富裕，何必周濟我？這三兩銀子還是拿回去吧。」

這人怎地有這樣的傲骨，到眼前的銀子都不要，難怪這麼窮。

元瑾勸他。「你現在住在寺廟中，不知道外頭柴米油鹽貴，但等你將來要用銀子的時候，銀子便是救命錢。不必推辭，我如今也是經歷了一番世事，才知道銀子的寶貴。」

朱槙想再推遲，卻實在推遲不過一心覺得他很窮的元瑾，只能收下這三兩銀子。「妳既這般大方。若是有什麼所求，也可以告訴我，我會儘量幫妳解決。」

他做出了怎樣的承諾，元瑾並不知道。

其實她現在可以輕易地向他要求幾萬兩銀子，甚至給她父親求個四品的官位。這些，朱槙都不會拒絕的，這對他來說只是小事而已。

自然了，元瑾並沒有想到這上面去，她坐直了身體，想了想說：「萬事都瞞不過先生，我今日來找你，的確是有一件事想請教你。」

果然，又是烹茶又是送東西的，必是有事相求。

朱楨笑了笑。「妳說吧，但凡我能幫得上忙。」

元瑾問道：「您既是幕僚出身，可知道西寧戰役？」

朱楨聽到這四個字，眼睛微眯，似乎有些意外。「……妳為何問這個？」

元瑾從袖中拿出一張圖展開，以小杯壓住了邊角，道：「這張是西寧地域的輿圖。我想同您請教，西寧戰役中，靖王採用的是何種戰術打法？當時土默特部的兵力多於靖王，且實力強橫，他是怎麼贏的？我看輿圖，卻怎麼也和書上說的對不上。」

元瑾說完後，久久沒聽到他說話，便問道：「……怎麼，您對這場戰役不熟？」

「妳問這個做什麼？」朱楨卻沒有回答她，而是又問了一次。

元瑾道：「我自有用處。」

朱楨卻看著她許久。

雖然她是一個姑娘家，不大可能是邊疆部族派來的探子，但他生性多疑，上次她說到輿圖的事，他就有所疑惑，這次她又問到西寧戰役，勢必讓他更警覺了。

他笑了笑。「但妳還是得告訴我才行。」

元瑾只能說：「我弟弟在學兵法，有些實例弄不明白。先生可不要誤會了我，我一個小女子，也不可能拿這個做什麼。」

他聽了她的解釋，停頓片刻。若她的身分真有什麼不對，上次輿圖的事，應該也不會幫他了。

朱楨沒有繼續問，而是看了眼她的輿圖，道：「妳稍等。」

隨即他站起身，走到書案旁拿了筆墨，以筆蘸墨，在她的輿圖上勾畫了幾筆。

「這幾處是錯的。」朱楨的語氣和緩而清晰，講的卻是絕對的軍事機密。

事實上，流傳在外的輿圖很少有全對的，也是怕被敵方蒐集利用。而對他來說，這是再熟悉不過的輿圖，能輕易看出其中的錯誤。

「此處的標注這樣才對。」他看到她還在圖上寫了地勢高低的標注，只是有些地方不準確，便又將她圖中的錯誤一一糾正過來。

元瑾看著他手底下的筆跡，卻有些似曾相識之感，彷彿這樣的字跡在哪裡見過……可這樣的感覺一瞬而逝，她並沒有抓住。

元瑾湊過來一看，果然他這幾筆才是對的。她抬頭，恰好他也看下來，兩人對視片刻，他才低聲問：「這下看明白了嗎？」

「明白了。」元瑾頷首，坐了回去。

朱楨筆尖一停，方才她湊得太近，看著她那雙純澈平靜的眼眸，竟不知為何有些異樣。

他又覺得荒唐，不過是個小姑娘罷了。

朱楨繼續道：「那妳跟我說一遍，妳是如何看這場戰役的？」

元瑾便將自己理解的說了一遍。她本就是極聰慧的人，竟能講得八九不離十。說完，元瑾又跟他說：「我還想問問先生，倘若如今我是土默特部的首領，在當時的情景下，我該如何打敗靖王呢？」

朱槙聽到這裡，又是一笑。

她若問旁人，旁人還真無法給她解決這個問題。

「妳若是土默特部首領，當時正吹西北風，可以用火箭燒靖王的軍營，他必無還手之力。」朱槙喝了口茶道。

元瑾又問：「難道靖王不會為了防止這樣的情況，將軍營駐紮得更遠些？」

「不會。」朱槙搖頭道：「駐紮得再遠一些，就趕不上供給了。當時寧夏衛已經不能再拖了，他想三日內取勝，所以必須冒險一擊。賭的不過是對方沒有足夠多的箭簇罷了，畢竟土默特部是蠻荒之地。」

元瑾聽了，眉頭微皺。「你怎知他想三日內取勝？」

元瑾覺得自己還是極為了解靖王的，畢竟曾經試圖瓦解他數年，雖然並沒有成功。這個男人當真能隱忍、能謀略，不介意用任何方法達到他的目的。有時候狠起來，又百十倍地勝過別人的凶狠殘暴。

朱槙頓了片刻，不知道該怎麼解釋，只能說：「……我猜的。」

「這如何能做無端猜測？」元瑾覺得他不太嚴謹。

朱楨只能笑了笑。「好吧，妳若覺得不好，不要便是了。」

元瑾雖然那般說，卻也覺得他說的是可行的。這幕僚當真是才思敏捷，只做個幕僚卻是屈才了。

「罷了，今日謝過陳先生了。時候不早，我該回去了。」元瑾站起來，又指了指茶葉罐，笑道：「下次來若先生喝完，我再給您裝點來吧。」

「好。」朱楨笑著看少女纖細的身影走遠。

下屬走了進來，行禮問道：「殿下，茶葉罐送回來了，可要加上新茶葉？」

「不用。」朱楨道：「先喝這個吧。」

等殿下離開後，下屬便好奇地打開聞了聞。

這不是……六安瓜片嗎？

殿下什麼時候喜歡喝這樣常見的茶了？

第十八章

元瑾回到薛府時天色已晚，但還是同薛聞玉將西寧戰役講了一遍。

誰知薛聞玉竟能舉一反三，心智敏捷靈活，超出元瑾的預期。

元瑾覺得他在這方面果然有天分，才放下心來，叫丫頭送他回去歇息。

等薛聞玉走後，柳兒回稟道：「奴婢已經問過，崇善寺中的確住著定國公府的幕僚，是不是姓陳就不清楚了。丫頭們對這個也說不上來，只說那幕僚是定國公不喜歡的，生活也很清貧……」

那便是對了，看來此人的身分沒問題。

她準備讓杏兒打水休息，這時崔氏卻帶著丫頭過來，一進門便抱怨道：「妳怎麼這時候才回來？」

「您可是有事？」元瑾對崔氏的抱怨一般都當沒聽到。

崔氏坐下來，她手裡拿著一個檀色祥雲紋細銅扣的錦盒，打開遞給元瑾。「這對雕海棠的金簪是我及笄時，妳外祖母送我的。」

金簪放在白綢布上，雕的海棠花栩栩如生，花蕊處還嵌了幾顆米粒大的紅寶石，金子有些分量，元瑾掂著都有些沈。雖是海棠金簪，卻也不俗氣，反倒貴氣精緻，看來外祖母的審美觀比崔氏好一些。

「我嫌它樣式不好看，一直沒怎麼戴過，便當作妳的生辰禮送妳了。」崔氏說得彆扭，元瑾卻笑起來。

崔氏就沒有嫌金子不好看的時候，不過是想送給她罷了。

「多謝母親。」元瑾讓柳兒好生收起來。

崔氏咳嗽一聲，繼續說：「妳如今十四歲了，到了可以訂親的年紀，平日打扮得好看些，別穿得太素淨。」她摸了摸元瑾的頭髮。「我和妳爹的髮質都好，妳偏像妳外祖母，頭髮又細又軟，都不好梳髮髻，簪子也不好戴。衣著也是，整日沒個喜慶，給妳做好看的衣裳妳都不穿，不知道在想什麼，白讓人操心……」崔氏絮絮叨叨地數落她一通。

元瑾卻沒覺得不耐煩。

前世三歲的時候母親就去世了，她對母親沒有什麼印象，只能從太后、父親的形容中聽來。父親說母親滿腹詩書，溫婉和氣，反正沒有一個地方不好的。

太后聽了卻笑，跟她說：「妳母親脾氣最急，別人不合她的意，往往就從不來往。尤其是妳的事，什麼她都要做到最好的，把妳養得特別好，抱出來就跟個瓷娃娃一樣好看。她得病去的時候，就告訴妳爹，要好生照顧妳，不能讓繼母欺負妳，否則她做厲鬼都不會放過妳爹……妳爹那時候半跪在她床邊，跟她說，妳若是今天死了，我明兒就娶個繼室，也不會好好養女兒。

「妳母親聽了，氣得直瞪著他。可妳母親終於還是去了，妳爹卻跪在床邊痛哭失聲，渾身發抖，我從沒見他哭成那樣……後來……」

後來的事元瑾知道，父親再也沒有娶過旁人。

每每她聽到此處，都對母親好奇不已。她很遺憾自己記不得這樣的母親，也很遺憾她和爹早早失去了這樣的母親。

她突然在崔氏身上找到一絲母親的影子，竟勾出她心中溫情的那一部分。

分明母親和崔氏半點都不像。

「我都記住了，您也早點去睡吧。」元瑾笑著說。

「記住有什麼用？妳啊，就是太小，等妳嫁了人，就知道為娘說的都是為妳好。」崔氏最後還數落她一句，又猶豫了一下。「妳和聞玉的勝算能有多大？人家厲害的人不少呢。妳的重心還是要放在自己身上，別為了這事耽擱自己嫁人。」

她說的元瑾都應好，才好不容易把崔氏送走。

元瑾拿著金簪看了一會兒才睡下。

次日，薛讓親自考察這幾個人，以西寧戰役為範本，讓他們分析、謀劃。

衛衡和薛雲海都答得一般，衛襄的答案另闢蹊徑，倒也不錯。

而薛聞玉則出乎眾人意料，對答如流，且思路清晰，條理得當，竟叫薛讓聽了讚嘆不已。之前他覺得薛聞玉雖然聰慧，但難免性子有問題，如今看來問題不大，讓他有些驚喜，覺得薛聞玉是個能培養的好苗子。

這件事讓薛雲濤覺得很不妙。

他不像薛雲海、衛衡二人，本來就得到定國公府的賞識，也不像衛襄答得好。現在這唯一不如自己的傻子都得了讚賞，他豈不就成了最差的一個？

他心事重重地回到府上，將今日發生的事講給沈氏聽。

沈氏聽了，眉頭緊皺。「本來你敗給你大哥或衛衡倒也罷了，畢竟他們比你強些，敗給他們也不丟人。如今卻是敗給一個傻子，這要是說出去，你面子上也無光。」

薛雲濤頷首。「正是這個道理。若說敗給這個傻子，我是怎麼也不甘心的。」

薛元珊和薛元鈺在一旁聽了，也不知該如何是好。

她們也很怕薛雲濤會選不上。

雖說薛家無論是哪個男孩入選，其他房的姊兒都有機會成為定國公府繼小姐，但總歸還是親生的兄弟姊妹可能性大，更何況她們本就不如薛元珍有優勢，倘若薛雲濤被淘汰，她們還有什麼盼頭？

這下兩姊妹也沒有什麼互掐的勁頭了，怏怏地看著彼此。

一想到可能要失去定國公府的榮華富貴，以及京城那位位高權重、號稱第一美男子的顧珩，簡直令人窒息。

薛元珊也非常不甘心。她在薛家，入選的可能性僅次於薛元珍，她也曾幻想假如自己有了這樣的家世和身分，是何等地讓人羨慕。現在一切都要化為泡影，想想就不好受。

「我說，你們就這麼傻坐著不成？」薛元鈺卻突然說話了，語氣有些嚴肅。「你們若真的什麼辦法都不想，豈不是真的成全了四房嗎？」

其餘三人面面相覷，突然覺得這傻妹妹說得有道理，與其在這裡唉聲嘆氣，倒不如想些辦法出來。

「那妳想到了什麼？」沈氏問她。

薛元鈺的想法簡單又直接，毫不思索地道：「咱們是怎麼讓薛雲璽淘汰的，就怎麼讓薛聞玉淘汰唄！」

沈氏和薛雲濤對視一眼，別看薛元鈺平日莽撞無腦，這時候倒還說得對，他們又不是不能使手段。

薛雲濤的面上頓時閃過一絲果決的陰狠。

當初他對薛雲璽這樣的孩子都不會手下留情，如今就更不會對一個傻子留情了！

沈氏讓兩姊妹先回去休息，母子二人在房中秘密商量該怎麼辦。

而這件事，很快就通過沈氏身邊的一個丫頭，傳到了姜氏那裡。

她聽了頓時直起身子。「他們打算對聞玉下手？商量怎麼做了嗎？」

「奴婢聽得真真的！的確如此。」丫頭答道：「後來二太太就屏退左右，奴婢便沒有聽到了。只知道有這個打算，卻不知道究竟是什麼辦法。」

姜氏坐回去沈思。自然了，這樣的事沈氏是不可能讓她們聽到的。

「這事妳做得很好，日後有消息，妳還可以來告訴我。」姜氏對她說，又讓素喜包了二十兩銀子作為報酬。「今兒額外給妳多一些，以後放出府去，也可以在外頭置辦兩畝地了。」

丫頭喜形於色，謝了幾次姜氏，捧著銀子回去了。

「太太，咱們該怎麼辦？」素喜道：「四少爺好不容易有了些可能性，他們便想對他下手！」

姜氏冷笑。「二房一貫眼界狹小，只會撿軟柿子捏，我自然不能讓他們得逞！」

幸而二房平日待下嚴苛，又十分摳門，時常剋扣丫頭們的月錢，所以她收買了幾個二房的人，如今便派上了用場。

姜氏決定要把這件事告訴元瑾。

她連夜去了元瑾那裡。

元瑾聽完姜氏的話，倒也不意外。

她知道聞玉一旦露出鋒芒，肯定會引來旁人的算計，但沒想到二房竟這樣急不可耐！

元瑾謝過姜氏。「多謝三伯母，我會注意防備的。」

姜氏道：「妳且放心，只要把妳家聞玉盯緊了，薛雲濤和薛雲海便都不是他的對手，坐上世子之位是指日可待的事。」

姜氏的話讓元瑾露出一絲笑容，姜氏不知道衛家那兩個也不是省油的燈。不過她也頷首道：「我會盯好他的。」

姜氏也知道元瑾是聰明人，當初她挑四房合作，看中的並不是薛聞玉的天分，而是薛元瑾的聰明才智。

姜氏離開後，元瑾去找薛青山，將這事告訴他。

薛青山聽了也是臉色鐵青，當年二哥偷拿他的文章去應選的事，讓他耿耿於懷至今，如今他們家竟還想對聞玉下手！

元瑾道：「桐兒畢竟年幼，我希望您能派幾個身強力壯的小廝，隨侍聞玉身邊，免得出現雲璽那樣的事。」

薛青山想了想。「我們府中正好買了幾個年輕力壯的小廝，妳給聞玉挑幾個吧。」

元瑾便選了幾個小廝出來，專門安排每日陪薛聞玉去定國公府進學。不過由於才剛進府，又不是買來的孩子，元瑾怕有什麼底細不清楚，先暫時放在外院。

如此三、四日過去，都未曾發生什麼事，難免叫人猜不透，二房究竟想做什麼？

一時間，有的人也放鬆了戒備。

定國公府進學是五天一次，再休息一日。這日因不必去定國公府，薛聞玉便在書房裡讀書。

他正在看書，桐兒進來，放下手中裝早膳的食盒，對薛聞玉道：「四少爺，您先吃些東西吧。」

薛聞玉嗯了一聲。

隨後桐兒便去支開窗扇，讓外頭的陽光照進來。

薛聞玉放下書，正要打開食盒，隨即他感覺到有什麼地方不對，抬起的手又輕輕放下，後退一步，凝神盯著食盒。

桐兒見此，有些疑惑地走過來。「四少爺，您怎麼不吃？」

他說著正要幫薛聞玉打開，薛聞玉卻伸出手阻止他。「別動。」

四少爺除了偶爾應他一聲，很少會跟他說話，桐兒更是疑惑了。「四少爺，究竟怎麼了？」

薛聞玉輕輕搖頭。「你別動，去叫姊姊過來。」

片刻後，元瑾帶著人走進來。食盒放在書案正中，薛聞玉和桐兒站在一旁，元瑾走過去問道：「怎麼了？」

薛聞玉思索片刻，才道：「食盒裡……似乎有東西在動。」

元瑾眉頭微皺，叫眾人都退出去，又對柳兒說：「妳去找根長竹竿來，再去前院找幾個身強力壯的小廝過來。」

柳兒應諾而去，不過一會兒就拿著竹竿回來了，元瑾示意關上門，叫小廝從窗戶伸了竹竿進去，將籃子挑開。

咚的一聲，蓋子落地，一個東西從食盒裡躥出來！

眾丫頭、小廝頓時驚呼，連元瑾都後退一步，只見是一條蛇，那蛇落在書案上吐著紅芯子，長約三尺，通體黑色，帶有白色環紋。

「食盒裡怎麼會有蛇跑進去！」籃子是桐兒提來的，他已經嚇得臉色蒼白。若剛才四少爺沒有阻止他，他恐怕已經被蛇咬了。

元瑾道：「這蛇是劇毒的銀環蛇，不會是自己跑進去的。」

尋常家中即便有蛇，也不會是這種蛇，這絕對是有人蓄意放進去，至於是何人幹的，那還能是誰？自然是蓄謀已久的二房動了手腳！他們的心當真歹毒，即便是想淘汰聞玉，也不必用這樣的死招，幸好聞玉機敏，否則現在恐怕已經沒了性命。

元瑾表面平靜，實則心裡異常憤怒，她真沒料到二房會下死手。

她先問小廝們。「你們誰會抓蛇？」

因為聽元瑾說此蛇劇毒，皆無人敢去抓。

倒是背後有個聲音說：「四小姐，我在家中時常抓蛇，不如我來試試吧！」說話的是個身形矯健、面貌普通的小廝，他性格沈靜，平時都不怎麼說話，似乎是因為家中受災，只剩下他一個人，便賣身入了薛府為奴。

其實方才元瑾不過是想藉機考驗這幾人。大家都是肉體凡胎，她怎麼會無故叫別人去抓毒蛇，不過是想看看哪個最不怕事罷了。

「不必抓它，去池塘邊撿些大石塊來，砸死便得了。蛇身也別扔了，找個麻袋裝起來。」元瑾吩咐完，又問那小廝。「你叫什麼名字？」

「小的名喚趙維。」

「從此你就叫薛維，跟在四少爺身邊貼身伺候。」元瑾淡淡道。

薛維立刻跪下道謝。跟在少爺身邊伺候，跟粗使的小廝可是完全不同的。以後說不定還有機會成為管家，比小廝威風多了。

其他幾位小廝難免有些後悔，早知道方才就自己上了，四小姐分明沒有真的讓人去抓蛇。

元瑾心想，這事肯定要審問清楚，必然是四房中有奸細，必須要揪出來不可。於是她對柳兒道：「妳去廚房把人都找到西廂房來，我一一審問。」

於是，做飯的婆子、燒火的丫頭……但凡有可能接觸到食盒的人都被帶過來。

元瑾端坐在正堂太師椅上喝茶，雖年少纖細，臉龐清秀稚嫩，卻透出一種懾人的魄力。

桐兒是最後接觸到食盒的，他嘴唇發抖道：「四小姐，不是我，我沒有放蛇進去，我怎麼會害四少爺呢……」

不會是桐兒，方才聞玉也說過了，桐兒還試圖幫他開食盒，不過是被他阻止罷了。

元瑾自然也沒懷疑桐兒。她讓桐兒先退下，接著審問剩下的幾個人。

做飯的婆子是崔氏陪嫁過來的，跟了崔氏十多年，而燒火的小丫頭一見到被提進來的蛇屍就嚇得大叫，連連後退。唯獨那剛進府的小廝，臉色蒼白，眼神游移，極似心中有鬼。

元瑾便問他是否是他所為？

這小廝不肯答，元瑾便叫薛維進來。「打吧。」

薛維身強力壯，幾下就把那小廝打得滿地爬，連連哀號。「四小姐，是我幹的！您別打了，是我！」

元瑾揮手叫停，又問：「是誰在背後指使你的？」

那小廝一邊喘氣，一邊說：「我也不知道是誰……只知是個中年男子，給了我銀子……說事成後，還會給我五十兩……」

第十九章

西廂房的動靜太大，讓崔氏聞訊趕來。

「妳興師動眾地在做什麼呢？我這午飯都沒人做了。」崔氏一臉不高興。自從家中開始選世子後，她就覺得沒清靜過。進來看到跪了一地的丫頭、婆子，更是肝火大作。「妳又作什麼妖呢？」

元瑾有些頭疼，叫人把那蛇屍給崔氏看，又把來龍去脈講了一遍。

崔氏頓時被嚇住。「妳是說，有人想害聞玉？」

「便是二房的人。」元瑾頷首。「所以不是我興師動眾，大驚小怪，而是差點鬧出人命，如何不嚴查？」

崔氏平時也就是在小事上抖抖威風，遇到這種大事，也不知該如何是好。「既然這樣，那咱們怎麼辦？我看不如拿這蛇屍、抓了這人去妳祖母那裡，讓她主持公道！」

元瑾道：「咱們沒有證據是二房所為，即便去了祖母那裡也沒用，她也只會大事化小，小事化了，不讓這種事傳出去的。」

崔氏卻道：「不管怎麼說，總不能憋著不說吧！今兒個是聞玉，萬一明兒個是妳或錦玉呢！」

元瑾好不容易才勸阻了崔氏。這沒有證據的事，若去爭，說不定還會被二房反咬一口。而要是把二房的人都叫過來一一讓小廝指認，二房定不會同意，薛老太太也不會同意的。這樣的家醜，她絕不想外揚。

「自然，也不會輕易放過他就是了。」元瑾淡淡道：「咱們不能說，但是下人們能說，只要不放到明面上來，怎麼說都不過分。」

她讓崔氏少安勿躁，隨後去找了姜氏。

姜氏聽到她說毒蛇的事，也嚇了一跳，隨後怒火中燒。「二房也太過歹毒了！不過是個世子之位罷了，至於下這樣的狠手！」

「正是如此。」元瑾道：「我想知道，三伯母既在二房有眼線，可這些眼線，都在誰身邊呢？」

姜氏有些詫異地看了元瑾一眼。

而元瑾只是笑了笑。

如此一天過去，到了晚上，薛聞玉差點被毒蛇咬傷的事已經傳遍薛府。四房的下人們自然都紛紛議論是二房所為，還傳言說連崔氏都罵了二房是「忘恩負義，冷血無情」這樣的話。

薛老太太找沈氏過去問話。

沈氏聽了卻死不認帳。「我們二房可從來沒做過這樣的事，他們說是我們做的，可要拿出證據來，否則便是誹謗！」

「人家四房可沒說是妳做的，不過是下面的人傳的謠言罷了，妳著什麼急？」薛老太太看了沈氏一眼。

沈氏只能笑笑。「娘，您可不能被這樣的流言污了耳朵，咱們二房可從沒做過這樣的事。」

薛老太太閉目不語。這兒媳婦心腸一向狠，再者前幾日，薛聞玉又得到定國公的讚賞，她肯定會心中不平。這太像她會做出來的事了，但她又有什麼辦法，總不能讓這樣的話傳出去，否則豈不是整個薛家都要被人恥笑？

既然四房也沒因此鬧騰就算了吧！

薛老太太想著息事寧人罷了，就警告了沈氏幾句，把她放回去。

雖然崔氏早就聽女兒說過，薛老太太是不會管的，但如今聽到了，仍然氣得不得了，跟薛青山道：「你這嫡母就是心眼偏到肚臍去了！只向著嫡房，不向著咱們，這麼大的事，她連查都不想查，叫人送些東西過來給聞玉就算了，這叫怎麼回事！」

薛青山嘆了口氣。他又有什麼辦法，畢竟是把他養大的嫡母，從沒有短過他的吃穿。再者的確沒有證據，想生事也沒有辦法。

元瑾聽到這事，反應倒是非常平靜。

崔氏說薛老太太的話有句是錯的，薛老太太並不是想維護嫡房，而是不希望這件事傳出去，影響這次選拔。

她已經料到的事，有什麼好生氣的。

本來大家以為這件事便過去了，誰知到了第二天，薛府眾人去定國公府進學，元瑾等娘子正在練習刺繡，二房的一個丫頭卻跑進來，著急地對薛元珊道：「娘子，不好了，咱們少爺從馬上摔下來了！」

薛元珊和薛元鈺立刻放下手中的繡樣，薛元珊連聲問：「怎麼摔著了？摔得重不重？」

小丫頭累得上氣不接下氣，一看就是飛奔過來的，平息片刻才說：「少爺騎的那匹馬不知怎地突然發狂，把少爺甩下馬，撞在石柱上摔斷了腿。您趕緊去看看吧，少爺被抬到後罩房，老夫人已經叫人去請大夫了！」

其他幾個娘子也不再練下去了，跟著一起去了後罩房。

薛元珠小聲對元瑾說：「活該他摔著了，我巴不得看呢，誰叫他摔著了我弟弟！」

元瑾則笑了笑，放下繡樣道：「想不想去看看？」

薛元珠自然樂意去看看。

後罩房被圍得水洩不通，定國公老夫人正坐在外面坐鎮，畢竟人是在她這裡摔著的，她不能不管。

薛聞玉走到元瑾身邊。因為練騎射，他穿著件袍子，手臂也用麂皮包著，倒顯得人更挺拔修長。他這些日子活動得多，突然躥高，竟已經和元瑾齊平了。

「他突然從馬上摔下來，怎麼了？」薛聞玉輕聲問。

雖然不知道為什麼，但他覺得這件事和姊姊有脫不開的干係。

元瑾淡淡道：「便是摔下來了啊。」

都欺負到她頭上來了，差點害了聞玉的性命，她如何能忍？這次只是摔斷腿，下次就不會這麼輕鬆了！

薛聞玉看著元瑾的側顏，久久地看著，突然淡淡一笑。「姊姊和以前不一樣。」

元瑾聽到這裡，皺了皺眉。聞玉很敏銳，他勢必是察覺到什麼了。

其實元瑾一直很努力想融入庶房小娘子的角色，無奈她脾性就是這樣，不可能完全像。

她正想說什麼，薛聞玉卻又輕輕搖頭。「姊姊就是姊姊，不必說。」

這話雖然聽起來有些奇怪，但元瑾並沒有多想。

兩姊弟正說著話，薛老太太就帶著沈氏過來了。

沈氏似乎在路上哭過，眼眶通紅，兩人一來就趕緊進去看薛雲濤的傷勢。隨後大夫也提著箱籠過來了，診斷了一番，告訴沈氏，這腿沒有兩、三個月怕是養不好，其間要上板，也不能活動。

沈氏瞬間臉色蒼白，她最擔心的事還是發生了！

薛雲濤幾個月都無法練騎射，也就是說他再也無法競爭定國公世子之位了！畢竟人家定國公府可不會為了他等兩、三個月。

她緊張地連連問大夫。「當真動不了嗎？」

得到確切的答案後，她便當場哭起來，揪著薛老太太的衣袖，哭道：「娘，您可要為您的孫兒作主！他好端端的如何會摔下馬？必是有人害他的！您可不能不管啊！」

老夫人咳嗽一聲。「薛二太太，妳也別太過傷心了，人沒事就好。只是往後幾個月……恐怕都不能練騎射了。」

這句話是什麼意思，明眼人自然一聽就知道。沈氏自然哭得更傷心，連兩個女兒都跟著傷心至極，心情十分低落。

怎麼能不傷心？這近在咫尺的榮華富貴就這麼沒了！

沈氏哭了片刻，彷彿突然想起什麼，眼神凌厲地一掃在場的人，然後看到了薛元瑾，朝她走過來。「是妳害我兒的！妳在馬上動了手腳，因為妳弟弟的事，所以要害我兒子！」

她說著就要來揪元瑾的衣襟，卻被站在旁邊的薛聞玉一把抓住手扔開。

一旁，老夫人又勸她。「薛二太太，妳不要激動，馬匹我們都查過了，沒有問題。」

「那就是馬吃的草料，是草料有問題！」

這讓老夫人更無奈了，不過說話的語氣仍然溫和。「薛二太太，眾馬都吃同樣的草料，別的馬都沒有問題，又怎麼會是草料的問題。」

沈氏突然不知道該怎麼說，她唯一想做的，就是親自去查馬匹有沒有問題。但是定國公府的人一直勸阻，偏偏她不依不饒一定要去，連定國公老夫人的臉色都不好看了起來。

薛老太太見她這般丟人，更是沈下了臉。「妳注意自己的身分。老夫人一再同妳說沒有問題，那就是沒問題，妳何必揪著不放？」

沈氏被婆婆這麼一吼，才回過神來。「可……一定是四房，他們因為毒蛇的事，所以要害我兒……」

薛老太太突然打斷她。「妳可有證據說是四房做的？」

她沒有證據。

沈氏渾身發冷，突然明白薛老太太打斷她的用意。她若是再說下去，分明就是承認毒蛇那事是她做的，所以她才擔心四房的報復！她不能再說下去了，也不能揪著四房不放，因為老夫人其實是公正的，她說沒問題，那就是真的沒有問題。

「這事只是個意外。」薛老太太淡淡道：「妳一會兒帶雲濤回去歇息吧，也暫時不用來定國公府別院了，等養好傷再說吧。」

沈氏見怎麼鬧騰都沒有辦法，只能吃了這個啞巴虧。

因為薛老太太誰都不維護，她只維護薛家的利益。

之前薛雲濤害薛雲璽無法參與其中，她沒有追究，現在四房可能害了薛雲濤不能繼續，她更不會追究，因為能留下來的人越多越好。但凡會留下來的人，她都不會追究。

薛雲濤，只能這麼被淘汰了。

今日這事，老夫人自然也派人去告訴定國公薛讓一聲。

薛讓正在和裴子清喝茶。

裴子清再來山西，正好給他送來四十個錦衣衛精銳。

聽完小廝的回話，講了稀奇之處，薛讓很感興趣。

「這事倒是有趣了。」薛讓把玩著酒杯。「他不是第一次騎馬，馬怎麼會突然發狂，且草料也沒有什麼問題。」

「倒也不是沒有可能。」裴子清淡淡地道。

薛讓饒有興味。「你難不成知道是為什麼？」

裴子清眼睛微瞇，突然問道：「你記得當初的兵部侍郎高嵩嗎？」

薛讓點頭。這人當年立過軍功，又是讀書人，後來當了兵部侍郎。只是性格非常狂妄，所以不大招人喜歡，如今似乎被調去金陵的兵部，還降成五品的郎中。

「當初我還只是個小司庾，因為擋了他的路，被他羞辱。」裴子清道：「他從馬上跳下來，抽了我幾鞭子，還用靴子踩我的臉。」

薛讓笑了。「我說他怎麼被貶官得這麼厲害，原是得罪了你！」

裴子清一笑，眉眼間透出幾分陰鬱。「可那時候我只是個小官，雖然受如此屈辱，卻沒有辦法報復。」

但是那天他進宮給丹陽說事情，她看了他的臉，問他是怎麼回事？裴子清告訴了她，丹陽想了想，問他道：「你想報復嗎？」

他那時候還以為她會和他說，只要他自己強大了，便能報復回去，誰知她卻對他道：「書上有一種特製的針，你回去後做好，找個機會放在他的馬的鐵蹄內，就能看到他摔個狗吃屎了。且這針自己會掉，神不知鬼不覺，誰也不會懷疑你。」

他當時雖然沒有回去這樣做，但她說話時的神態、微笑，讓他一直記在心上。

他這一生都沒怎麼活得快樂過，和丹陽在一起的日子，是他幾乎不多的快樂。

尤其是和他背叛了她的痛意結合在一起，幾乎是無法磨滅的記憶。無論他是有多麼不得已的理由，都不能解釋。

他曾無比地想過得到她，但她高高在上，不是他能夠企及的。

倘若……她沒死，那他也許就能得到她了。即便兩人間仇深似海，她會恨不得殺了他。

只是她已經不在了，再說這些也沒有用了。

後面的話，裴子清都沒有再說了。

他舉起酒杯，繼續喝酒。

薛讓聽他說的那針，十分好奇，派人在跑馬的地方細細摸索、搜尋。雖不知道是不是真的，也許裴子清也是道聽塗說，但反正現在也無事做。

直到一個時辰後，有個侍衛拿塊棉布，捧在手中走進來。「國公爺，我們發現了這個。」

薛讓一看，那是一根略粗中空的短針，有個彎曲是用來固定的。他正要拿起來細看，再問裴子清這是不是他所說的那種針？

誰知回過頭時，卻見裴子清看著這針，臉色都變了。

第二十章

「你怎麼了？」薛讓見他面有異樣，不禁問道。

裴子清略搖搖頭。「沒什麼。」

不過是當真看到了一模一樣的東西，難免一時失神。但隨即他又反應過來，即便是同樣的東西又能如何？難不成丹陽還在世嗎？在那樣的情況下，丹陽是絕對活不下來的。

那個人想殺她，她就不會活下來。

他接過去看了一番，才把這東西還給薛讓。「這倒是有趣，竟還有人知曉此法。你這世子選拔也太亂了，就不查查是誰做的？」

「我大概猜到了。前幾日薛聞玉差點被薛雲濤所害，這怕是他的報復吧。這我倒不在意，畢竟日後繼承定國公位置的，也不能只是個普通人家的公子哥兒，得有手段、有謀略才行。」

他是選世子，不是給女兒找婆家，不需要對方的門風有多清正，他只需要一個聰明有謀略的繼承者。

裴子清卻覺得不會是薛聞玉所為。他見過薛聞玉，薛聞玉是做不出這樣的事的。

他又看了一眼那東西，還是心跳不已，根本無法平復下來。

他總覺得事情沒有這麼簡單，也許這真是老天要給他的一個啟示……他不由得生出一些荒謬的念頭，他從沒見過丹陽的屍首，或許她根本就沒有死？蕭太后這般厲害，她也不是省油的燈，或許早已經安排好退路，在宮變的時候逃脫了。如今正蟄伏在這周圍，打算要報復他們，所以才暗中做了手腳！

一想到這個可能性，他幾乎有些坐不住，突然站了起來，這讓薛讓有些詫異。「怎麼了？」

「只是突然想到一件事。」裴子清轉過頭，問道：「你可介意我搜一搜你這別院？」

兩人同為靖王手下，平日又交好，薛讓倒是不介意他搜自己的別院。只是不知道裴子清究竟想做什麼，但裴子清又不肯說，只是在得到他的同意後，立刻帶人走出去，叫守在外頭的錦衣衛帶人將別院團團圍住，仔細搜尋。

一直搜到馬場那裡，只避開了女眷，連庫房都沒有放過。

薛家眾人都不知道發生了什麼事，老夫人也是一臉疑惑，正想去問問，薛讓剛好派了個小廝回來傳話。

「裴大人在馬場發現一樣東西，似乎因此要找出人來。國公爺說了沒事，反正是別院，任裴大人找找吧。」

老夫人臉色不豫，但既然國公爺已經答應了，她也沒有說什麼。

倒是旁邊的元瑾聽到了，眼皮微微一跳。

她用的這招雖是神不知鬼不覺，但裴子清未必不知道，難道他找到了那暗針，要把施計的人找出來？但這不過是件小事而已，他何必這樣興師動眾，這不似他平日的作風。

還沒等元瑾思索多久，就看到裴子清帶著錦衣衛親自過來了。

他神色平靜而沈重，但是跟往日比，整個人卻隱隱透出一絲急迫。

沈氏見這陣仗，還以為裴大人是因為薛雲濤受傷的事特地跑過來，正是受寵若驚，猶豫著要不要上前和裴大人搭上幾句話，卻看他徑直走向薛聞玉，將他叫到旁側的次間裡問話。

當裴子清拿出那枚暗針時，薛聞玉眼皮微微動了一下，卻沒有表現出絲毫驚訝。

「這針究竟是誰做的？」裴子清問他。

「我未曾見過。」薛聞玉回答得很平靜。

裴子清卻繼續問：「是不是個女子？」

「不知道。」無論他怎麼問，薛聞玉一概答什麼都不知道，也沒見過。裴子清問多了，他甚至就閉口不再說話。

問了一會兒沒結果，裴子清也不能對一個心智不正常的人發火，更何況他也知道，她還活著本就沒什麼可能性，是他在癡心妄想而已！他又衝了出去，帶著錦衣衛去搜馬場，但是仍然一無所獲。

他舉目看著空曠的馬場，氣息未平，忍不住大聲喊道：「妳不是要報仇嗎？我現在就在這裡，妳來報仇啊！」

他喊了幾句，四周空茫，半點動靜都沒有。

下屬們皆垂下頭，又怎敢對裴大人的言行置喙。

裴子清最後還是失望了。她不會在的，不會還活著的。

他垂下頭，沈默了片刻，對手下們道：「……走吧。」

裴子清來得快，走得也快，帶著大批錦衣衛離開馬場，不再看在場的任何人一眼。

眾人都覺得疑惑，裴大人這來去匆匆的，究竟在找什麼呢？

唯獨人群中的元瑾低下頭。

方才她問了聞玉，裴子清找他過去說了什麼話？她自然知道裴子清在找什麼。

她曾和裴子清說過這種暗針，他是找到那枚暗針，所以起了疑心吧？

但為什麼要找？因為愧疚？若是如此，那真是太好了，她希望他帶著這種愧疚過一輩子。

只是她自己也困在這樣的境遇中，無法從中解脫。

元瑾閉上了眼睛。

清風拂過她的臉，帶來一絲微涼。

薛雲濤摔斷腿的事便這樣過去了，他成了第一個被淘汰的人，任沈氏去薛老太太那裡怎麼哭，都無法挽回局面，薛老太太也絕不認可她調查四房的思路。

沈氏為此氣悶不已，據說小半個月都未曾好好吃飯，整整瘦了一圈。

姜氏卻是人逢喜事精神爽，每天食慾都很好，還成日給元瑾送些新鮮的荔枝、西瓜過來。

她覺得和四房合作當真是極正確的。

自然，沈氏也沒有頹喪多久，她很快就振作精神，在屋裡想了半天，決定去找周氏，準備全力支持薛雲海應選。

但周氏對沈氏卻有些冷淡。

元瑾對姜氏好，那是姜氏雪中送炭，沈氏這是錦上添花。周氏覺得不論有沒有沈氏幫忙，她兒子都是能選上的，更何況之前兩人在競爭時鬧得不大愉快，因此周氏對沈氏的態度才一般。

沈氏訕訕的，只能陪著笑臉。「妳可別小瞧了咱們這四房，我兒子這事定是他們所為，心機實在歹毒！」

周氏心中冷笑。這沈氏還真好玩，她差點害了人家薛聞玉的命，人家只是讓她兒子摔斷腿，還不知道是誰歹毒呢。

她喝了口茶，說道：「雲海這孩子一向十分優秀，若真的要比，那也是跟衛衡角逐。薛聞玉遲早要被淘汰的，我何必把力氣浪費在他身上，捨本逐末。」

沈氏不知道該說什麼好了。

不過周氏總算秉承著少一人不如多一人的心態，接受了沈氏的投靠。

她雖然嘴上說著不在意四房那傻子，但是薛雲濤出事，還是讓她起了防備之意。要算計一個人不難，算計得不留一絲痕跡，卻不是一件簡單的事。雖然如今主要是對付衛家那兩人，但她也不能不提防四房。

這天，薛讓得到一份密令，他連夜拿這密令去找老夫人。

他即將調任京城，出任京衛總指揮使。

他這次調任，便要帶著定國公府諸人都搬到京城裡。只是這選世子的事，就需要加緊了。

「皇上讓我兩個月內赴任，如此一來，選世子的事勢必要在一個月內完成。」薛讓同老夫人商量。「您可有了中意的人選？」

老夫人從丫頭手中接過鎏金景泰藍的廣口瓶，吐了漱口水，含了一粒金絲蜜棗。

「搬到京城也好，太原地界裡沒幾個勛貴人家，我常常連個說話的對象都沒有。」老夫人靠在迎枕上。「若說中意的人選，男孩倒有幾個我都覺得不錯。不知道你是怎麼看的？」

薛讓沈吟。「薛雲海和衛衡都是不錯的苗子。之前覺得薛聞玉不行，但那日後，兒子反倒覺得薛聞玉殺伐果決，倒也不失為好人選。還是母親您看人毒辣，這幾個人都擔得起世子的名頭。不過薛雲海和衛衡的性子、身分都更相近，若論起來，自然是已經有了功名的衛衡更好。」

老夫人便笑了笑。「你既這麼覺得，考察他們一番也就是了。咱們選的這世子，以後是要繼承你的爵位建功立業的，自然是以軍事謀定為佳，你從這方面考察就行。再者，你只需告訴他們一個月內就要選出世子，都不必你多說，他們自然會各自現形。」

薛讓便道：「那煩勞母親傳達一聲，如今殿下正在大同，準備與襖兒都司開戰，我恐怕要幾日回不來了。」

老夫人頷首。「這自是可以的，只是我心中還有個問題。」

薛讓請母親先說。

老夫人繼續道：「襖兒都司部若是被滅，靖王殿下與皇上勢必產生嫌隙。當初皇上將靖王分封去西北，是為了抗衡蕭太后，現在蕭太后已滅，邊疆也已然平定，你說，皇上如何能再容忍靖王這般擁兵自重的親王？」

薛讓沈思。

母親看這些事情往往比他更準，他自然也思考過這個問題。「我總覺得皇上與殿下既是親兄弟，便不至於此。殿下一心護國，從沒有想登上大寶的想法，皇上若因此殘害手足，豈非太過陰狠？」

老夫人笑了笑。「咱們這位皇上，向懦弱無能，卻又十分陰狠。當年蕭太后雖說做過一些錯事，但怎麼也算是對他有恩，卻是說殺就殺，連她的親眷都沒放過，不過……」

薛讓疑惑，不知道老夫人這番停頓是什麼意思？

「不過咱們都能想到的事，靖王殿下會想不到？」老夫人道。

薛讓聽母親的話似有深意。「您的意思是……」

老夫人一笑。「所以，倘若靖王殿下真的滅了襖兒都司部，事情才當真玄妙。那我還真猜不到，靖王殿下在想什麼。」

薛讓卻道：「但殿下絕不是那種為了這些鬥爭，而對敵人手下留情的人。」

老夫人聽到這裡便是一嘆。「且看吧，人心難測。」

薛讓若有所思。

他算是靖王的心腹，如今出任京衛總指揮使，那往後隨著政局的動盪，這個位置肯定安穩不了。

母親的擔憂雖然只是猜測，但確實不無道理。

第二日，老夫人就把一個月內要選出世子的消息，告訴了薛家和衛家的人，大家自是更為緊張。

元瑾每日督促薛聞玉唸書，薛老太太也時常過問一二，畢竟現在只剩他和薛雲海了，再怎麼樣也是個人選。自然地，薛老太太對薛雲海還是更為重視，甚至將他接到自己旁邊的小院裡住著，每日看管衣食起居。

府裡新買了三塊葉玄卿墨，這是極難得的名墨，原本薛老太太是想買來分給三個孫子一人一塊，如今薛雲濤已落選，他那塊自然不必了。

元瑾聽說的時候，正為薛聞玉修書，便派桐兒去取回。

半個時辰後，桐兒卻兩手空空地跑回來。「娘子，庫房的人說，三塊都被大房的僕人拿走了。我去大房要，他們卻說聞玉少爺本就沒怎麼讀過書，用普通的墨就是了，沒必要用這樣的好墨……」

杏兒聽了有些憤憤不平。「本來就是買了一人一塊的，他們拿兩塊便是，怎地一塊都不留給少爺？」

「罷了，一塊墨的事。」元瑾手中正拿著一本極為珍貴的兵書，此書名為《齊臏兵法詳要》，是當年她在宮中時，太后跟她說過的一本書。此書的主人原是個行軍作戰的天才，曾為先皇征戰江山，立下汗馬功勞。他所著的這本兵書也十分精妙，集前人兵法之所長，又有他自己總結的一套對付韃靼等異族的辦法。

可惜後來此人因得罪先皇，被貶官到貴州，死在任上，而這本書也被列為禁書，據說是有謀逆言論，不得買賣宣發。

這一本還是元瑾花了五兩銀子，從徐先生的一個朋友手中秘密買來的。徐先生還告訴她，絕無第二本了。

若是一個月內就要選出世子，那定國公府必然會考察他們的兵法謀定。聞玉雖然有天分，畢竟不如薛雲海和衛衡進學的時間長，所以需要出奇制勝。倘若聞玉能習讀此書，那兵法上必能有所長進。

只是這書年深久遠，邊角有些破損，她正在修整。

桐兒見四小姐說罷，自然領命退下了。

這時，薛錦玉從外面走進來，語帶怒氣。「薛元瑾，妳為何平白將我的小廝打了一頓？他哪裡招惹妳了！」

元瑾抬頭看了他一眼，低頭道：「沒大沒小的，叫聲姊姊為難你了？」

薛錦玉根本不聽，走到她面前，一把奪走她手裡的書，扔在桌上。「妳給我說清楚！」

薛元瑾本想著忍耐，卻沒想到他這般過分，冷笑道：「你那小廝為難聞玉的事，你當我不知道？你來找我鬧，我今兒只是打了他一頓，明兒便是打死了扔出府去，也沒有人會說什麼，你信不信？」

薛錦玉咬了咬嘴唇。自從薛聞玉入選，薛雲濤又被淘汰後，這家中就有些變了。原來大家都是圍著他、寵著他的，如今卻一個個圍著薛聞玉轉。

就連府裡那些小廝，都覺得薛聞玉日後可能會成為世子，巴巴地去討好他。

但他明明才是正經的四房嫡子，薛聞玉一個庶子，憑什麼比他更受重視！

他仍有怒氣，但是元瑾要繼續修整書籍，壓根兒就不想理會他，還叫杏兒把他送出去，不許進來搗亂。

薛錦玉在外面遊蕩，想去和崔氏說這件事，崔氏卻在小廚房盯著她們做薛聞玉的午飯。自從那次毒蛇的事後，元瑾已經叮囑過崔氏，送去薛聞玉那裡的飯菜要她一直看著，直到薛聞玉入口才行，免得又被人動了手腳。

於是薛錦玉訕訕地離開了。

青蕊正陪薛元珍在院子裡乘涼，卻看到遠處有個人影走動。她輕輕點了下薛元珍。「娘子您看，那不是咱們錦玉少爺嗎？」

薛元珍舉起團扇擋住光，順著青蕊指的方向看過去，果真看到了薛錦玉。

「這大熱天的，他在外頭走什麼呢？」薛元珍有些好奇。「妳去把他叫過來問問。」

青蕊走過去，跟薛錦玉說了幾句話，便把薛錦玉帶過來。

薛錦玉卻抿著嘴唇，一副悶悶不樂的樣子。

「錦玉這是怎麼了，竟一副不高興的樣子？」薛元珍笑著說：「青蕊，把我的冰碗給錦玉吃吧。」

夏日大家愛吃冰碗，小小一碗，既清甜又涼快。

薛錦玉吃了個冰碗，便好受一些，對薛元珍道：「謝謝元珍姊姊的冰碗。也沒什麼，就是家裡的人都只圍著聞玉，我覺得不痛快罷了。」

薛元珍聞言，心中一動，笑道：「說來我倒是真的同情你呢。」

「為何？」薛錦玉問道。

「你本才是四房的嫡子，也不是不能去選世子，怎地你姊姊只幫著你那傻庶兄去應選，卻不幫你呢？」

薛錦玉聽到這裡，默默地捏緊了拳頭。

其實他心裡何嘗不是一直有這個疑問？只是以前他總覺得這傻子是選不上的，但現在連薛雲濤都被淘汰，這傻子卻還留著，他才知道原來不是不可能。

薛元珍一看就知道他早有不滿，又嘆了口氣。「說來你還是她親弟弟呢，她卻連你這個親弟弟都不幫。說到底，難道是你還不如個傻子？」

這話說得薛錦玉心中一震，臉色脹紅，竟不知道怎麼辯解才好。

但薛元珍已經不再說了，起身準備回去吃午膳，臨走前又道：「五弟，你可要好生想想才是。」

薛錦玉失神地回到四房，越想越覺得生氣，加上他發現今日的菜色不是他所喜歡的，更氣得摔了飯碗。

他的小廝嚇了一跳，忙問他怎麼了？薛錦玉卻不答，而是朝元瑾的院子跑去。

他要去找她問清楚，為什麼他還不如一個傻子！

他到元瑾屋裡時，發現四下無人，只剩一個棗兒。

薛錦玉徑直闖進書房裡，發現元瑾當真不在，但應該是才出去不久，她修書用的剪刀、削片都還放在桌上。

薛錦玉滿心的怒氣無處發洩，便把書案翻得亂七八糟，連抽屜都打開，就突然看到她方才修的那本書正放在抽屜裡。

薛錦玉心中突然有了個念頭。

她方才這麼對他，還打他的小廝，他不能就這麼算了！

薛錦玉知道她這本書是給薛聞玉蒐集的，否則何以修整得這麼用心？而且這書一定非常重要，否則剛才他搶這本書的時候，她不會那般生氣。

他拿著這本書，心裡生出了破壞的念頭。他將這本兵書揣在懷裡帶出去，棗兒跟在他後面，被他訓斥了回去。

他走到池塘邊，把這本書扔進去。

這樣發洩一通，他才好受一些，準備回去睡午覺。

元瑾從薛聞玉那裡回來，發現書不見了。

她把書房找遍了都沒有找到，正叫丫頭和婆子在屋裡搜的時候，棗兒回來了。

元瑾問了棗兒才知道，晌午時薛錦玉又來過一次。

她當即臉色就不好看起來，叫人去把薛錦玉帶過來問話。

薛錦玉來的時候滿臉不情願。「妳又想如何？」

元瑾卻是面色沈靜，問道：「我知道你方才來過。我放在書案上的書，你是不是拿走了？」

「誰要拿妳的破書？」薛錦玉卻把頭別向一邊不承認。

元瑾幾步走到薛錦玉面前，道：「你拿了就是拿了，現在把書交出來，我最多責備你兩句。你若是做了什麼別的事，那就別怪我了。」

薛錦玉聽到姊姊的語氣，難免有一絲害怕，卻仍嘴硬道：「我就是沒有拿，妳再問也沒有拿！」

元瑾已經肯定是他拿的，抓住他的手，冷冷道：「我問你最後一次，你再不說實話，我便把你的小廝打死了扔出去！」

薛錦玉面色游移不定，終於還是撐不住了，大聲道：「我就是拿了，怎麼樣！」

「現在在哪兒？」元瑾問。她怕的不是他把書拿走，而是他毀壞了，這樣她去哪裡找第二本出來。

「我已經扔進……池塘裡了。」薛錦玉說：「想要妳就自己去撈啊！」

元瑾聽到這裡，氣得手都有些抖。這弟弟平日乖張跋扈，她都念著他年紀小沒有計較，現如今卻為了幾句口角做這樣的事。這書是她找了許久無果，最後才透過徐先生找到的，她修整了好幾天，有些破損之處更是重新拿紙矇著抄了一遍。他說扔池塘便扔了，即便撈出來，那也不能用了。

元瑾頭一次對這個弟弟大動肝火，訓斥了一通。

薛錦玉畢竟年紀還小，嚇得紅了眼眶。

這樣一番動靜，自然引來崔氏。一看兒子這般模樣，立刻將他摟入懷中，問元瑾。「妳究竟是怎麼了？瞧把妳弟弟嚇的！」

「您自己問他！」元瑾不想再提。

薛錦玉一邊哭，一邊把過程說了一遍。「……她幫那傻子，都不幫我，明明我才是她的親弟弟，她為何有好事就想著那個庶子……我不服氣！不過是一本書而已，她為什麼要這樣罵我！」

元瑾聽到這裡冷笑。幫傻子卻不幫他，這弟弟可想得真有趣！

「這話是誰告訴你的？」元瑾沈聲問。

薛錦玉年紀還小，自己是想不出這樣的話，肯定有人在背後挑唆他。

薛錦玉便道：「我遇到元珍姊姊，她便是這麼說的。元珍姊姊是心疼我，她說過了，傻子都能入選，為何我不能！」

元瑾又是冷笑。她這好弟弟，簡直快比得上認賊作父了。

「薛元珍是為了你好？你當真以為，選世子是件容易的事？」元瑾說：「你可知道雲璽是怎麼被刷下來的？」

薛錦玉遲疑片刻，倔強地道：「他跟我有什麼關係！」

元瑾卻繼續說：「他是被薛雲濤的小廝絆倒，大哭不止，老夫人才沒考慮他。你又知道，你哥哥怎麼被他們算計的？薛雲濤見你哥哥被定國公賞識，在他的食盒裡放了毒蛇，要不是你哥哥聰明機敏，現早該被毒蛇咬死了！」

薛錦玉已是臉色發白。毒蛇這事，他曾聽小廝們提過。

「你覺得聞玉現在入選過得很輕鬆？」元瑾一句句地接著問他。「他每天寅正就起床唸書，下午要去國公府學騎馬、學射箭，晚上還有先生繼續給他授課。因為他沒讀過幾年書，不比另外幾人。幸好他足夠聰明，書讀過就能記得，但即便如此，他每天也只能睡四個時辰。他在讀書的時候，你可能還沒起床，你想去爭嗎？」

薛錦玉已經說不出話來，他求救一般地看向崔氏，卻發現母親竟也不幫他。

崔氏以前不知道，但這幾日跟著元瑾幫忙，她如何不曉得這選世子真的不是誰都能勝任的事。如果當初是送錦玉過去，可能還沒入選就被老夫人刷下來。即便僥倖入選，也可能面對著各方危險。幸好承受這件事的是元瑾和聞玉，如果是錦玉，他根本就承受不住。

所以即便一開始她也有這樣的心思，但看到薛聞玉的日常和可怕的天分後，她就完全放棄了這個想法。

元瑾步步緊逼，說道：「如今有旁人幫你努力，聞玉若成了世子，自然不會不管你，你只需坐享其成，你又有什麼資格抱怨？有什麼資格說他是傻子？」

「我……」薛錦玉已是一句話都說不出來。

「我從未指望過你能幫忙，只希望你別添堵就是萬幸。可你呢？聽信了薛元珍的挑撥，卻要來搞破壞？她要是真的為你好，回頭就應該告訴她哥哥，把這世子之位讓給你當，她會嗎？她跟你說那些話，就是希望能離間我們，而你卻當真蠢得被人家當刀使！你方才分明看到我在那裡修書，便知道這東西很重要，卻還蓄意毀壞！

「你之前千般、萬般不好，我從未想過怪你，想著你畢竟還小不懂事。現在你卻真的做出這樣的蠢事，當真是讓人寒心！」

最後一句說完，薛錦玉已是後退得靠著牆，眼淚積在眼眶裡，不肯掉下來。

他聽完元瑾的話，也有些後悔了，但他又不想說，只能盯著元瑾。

他知道，其實姊姊之前從未真的跟他計較過，但是今天她是真的生氣了。

元瑾深吸了一口氣，她是真的氣得狠了，所以才忍不住罵了他這麼多。

崔氏見兩姊弟僵持，走上前道：「錦玉，你還不跟你姊姊道歉？你知道她那本書修了幾天嗎？」

薛錦玉抿著嘴不說話。

元瑾搖頭道：「罷了，您帶他出去吧，我現在不想看到他。」

如今事態越來越緊張，各房都恨不得拿出最大的精力來應對。大房以極高的價格另請了個幕僚給薛雲海講兵法，但凡有名望的幕僚怎麼會願意來，就這個尚可的，還要一個月四十兩銀子，估計衛家那邊也沒閒著。

但她想為聞玉找的兵書卻沒有了，她該怎麼辦？

元瑾一時也有些疲憊。

她讓崔氏和薛錦玉先離開，她自己好生想想，又派人去問了徐先生。徐先生這次也真的無可奈何了，這本當真就是他竭盡所能找到的，再沒有別的了。自然，從水裡撈出來的那本，字全部暈開，的確不能用了。

薛聞玉安慰了元瑾幾句，讓她不必憂心此事。

元瑾想去找陳先生問問，但去了兩次，他都不在寺廟中，不知道去了何處？

過沒幾天，就傳來靖王殿下大敗襖兒都司部、得勝歸來的消息。

襖兒都司部是山西大患，如今得以除去，乃是民之大幸，因此整個山西行省都喜氣洋洋，皇帝還特地賜下黃金五千兩，嘉獎靖王得勝之功。

所以七月初二晉祠廟會開始的時候，便辦得格外隆重。

晉祠廟會是山西最大的廟會，百姓把聖母當作晉源水神祭祀，春夏祈雨，以禱豐年。每逢廟會時便格外熱鬧，周圍的大街小巷都高棚林立，而祠廟以及附近的街道農商雲集，貨品琳琅，人山人海。到了晚上，更是到處點燈，亮如星海。

崔氏見元瑾心緒不佳，便說帶她去廟會看看。

元瑾哪有心情逛廟會，她還沒想好怎麼解決兵書的問題，但還是被崔氏拉著帶出門。還說外祖母家正好在晉祠附近，順道帶她回去看看外祖母。

這次出行，崔氏還叫上了姜氏，以及薛元珠和薛雲璽，一行人加上丫頭、婆子十多人，坐了三輛馬車。除了薛聞玉，他要留在家中繼續讀書。

元瑾不想和薛錦玉坐同一輛馬車，便和薛元珠兩姊弟坐在一起。

山西土地貧瘠，風沙較大，夏天又熱得不得了，小孩子們正是聒噪的年紀，又遇到這樣好玩的事，一路上說個不停，還總是撩車簾看到了沒有，可元瑾的心情一直沒有好過。

因崔氏的娘家是鄉紳，就在鄉下，離晉祠倒是真的不遠。家裡幾十畝的玉蜀黍正好成熟，一眼看去，熱風吹來，那真是碧波萬里，讓人神清氣爽。崔家屋後還有一片沙果林，這時節枝頭纍纍地掛滿了紅黃色的果實。

崔老太太便叫僕人去摘了些回來，用井水冰鎮了給他們吃。

元瑾是第一次吃，這果子不過比李子大些，酸甜可口。

崔老太太笑咪咪地道：「過些時日會更甜，姊兒記得再來。」

姜氏出身商賈之家，從未來過鄉里，一開始難免被家中養的牲畜嚇到，但習慣後卻非常喜歡這裡。其他幾個孩子鬧著要親手去摘沙果，崔老太太便樂呵呵地派了幾個長工跟著他們去。

崔老太爺早早就去了，不過元瑾還有兩個舅舅，一家人都很熱忱，對於嫁去薛家的崔氏也挺好的。

元瑾坐在鋪了軟墊的椅子上，乘著夏日的涼風，聽身邊的崔老太太和崔氏說一些家長裡短，倒真的放鬆了心情。

崔氏又道這趟大家是來逛廟會的，崔老太太便讓大舅晚上帶他們去晉祠。大舅帶大家去了間酒樓，讓薛家眾人坐在酒樓臨街，看著抬聖母像的人遊街。只是大家怎麼坐得住，不一會兒薛元珠便央著要下去玩。姜氏不放心，叫上兩個婆子和元瑾一起陪她下去。

元瑾笑著戲弄她。「妳可別像上次一樣把我弄丟了。」

薛元珠笑嘻嘻地答應了，她想立刻下樓買香噴噴的蔥油烤餅吃。

另一頭，靖王坐在旁邊的酒樓中喝酒，定國公薛讓陪著他，侍衛將酒樓二樓封住，不許任何人進出。

薛讓喝了會兒酒，才開口道：「殿下，我有一事不明。」

朱槙看了他一眼，繼續喝酒。「問吧。」

「殿下莫怪我多嘴，您這次盡滅襖兒都司部精銳，是得勝歸來，陛下也賞賜您黃金五千兩，這山西百姓都奉您為神明。」薛讓壓低聲音。「只是萬一您哪天真的將邊疆清理乾淨，倘若陛下對您……有了別心，恐怕會無所顧忌。」

朱楨淡淡道：「你究竟想說什麼？」

薛讓道：「我實在是憂心殿下，想請殿下自己有防備之意。上面那位畢竟是天子，陰晴不定是常有的。」

朱楨卻沈默片刻，把著酒杯說：「你知道我和皇上是一母同出吧？」

薛讓道：「知道，您的生母是現今的淑太后。」

朱楨淡淡道：「其實前蕭太后當真不是多壞的人。當時她過繼皇上做了繼子，卻也沒有殺當年的淑貴妃，也就是如今的淑太后。皇上十歲前尚未過繼，而淑貴妃照顧不來兩個皇子，便將我交給當時的孝定太后養大。後來，皇上被過繼，孝定太后薨逝，我雖然回到淑貴妃身邊，淑貴妃的重心卻在即將繼承皇位的皇兄身上，故我雖是皇子，自小在宮裡是沒什麼人管的。這倒也沒什麼，我跟著宮裡的教習師傅走馬鬥鷹地長大，年輕時還過了一段荒唐日子，直到分封到西北。」

薛讓聽到這裡，不禁問：「您還曾有荒唐的日子？」

朱楨眼睛一瞇。「大概十六、七歲吧，時常迷茫，不知道自己該做什麼。」

薛讓實誠地道：「那我真想認識那時候的殿下。」

朱楨笑。「我現在不好？」

薛讓只能打哈哈。「給您岔開了，您還沒回答我的問題呢。」

朱楨繼續道：「後來我便想，找自己喜歡的事做吧，行軍打仗我是喜歡的，的確這也是我所長。這十年都在鑽研此道，不說戰無不勝，至少也有五年沒打過敗仗了。從此我便替皇兄鞏固疆土——所以，我只是做自己想做的事罷了，何必考慮太多。」

薛讓被雲裡霧裡地繞了一通，最後得出了個似是而非的結論，真是不知道該說什麼好。

朱楨卻不想跟他喝酒了，這傢伙喝多了會發瘋，於是他讓薛讓先走，自己一個人留下慢慢品酒。

薛讓離開後不久，下屬送來一封密信。

朱楨捏了蠟丸，打開一看，是淑太后寫來的。

除你皇兄心腹大患，功成卓越，何時回京？

朱楨漠然。

他除襖兒都司部固然是為了山西百姓的康定，卻也有淑太后的請求在裡面。淑太后幾次三番寫信告訴他，皇上近日為了襖兒都司部寢食難安，倘若他能除去，便是一件大好事。至於要怎麼除去，這並不是淑太后關心的。

只是如今一除，皇上怕是睡得更不安穩了吧？

朱楨示意屬下將旁邊的燭臺拿來，將這密信燒了，然後投在窗櫺掛的花燈裡。

一側頭，卻看到旁邊樓下站著一位熟悉的少女。微紅的燈籠光芒落在她臉上，襯得她面容明媚，眼眸清亮，清秀得如同三月枝頭的杏花。

她探頭探腦的，好像在找什麼？

朱楨看到她這樣子，便皺了皺眉。

她經常在寺廟裡迷路，這裡人多，難道又迷路了？

朱楨看了眼她身旁，也沒見誰跟著，便吩咐屬下。「找個店小二，將那姑娘請上來，就說是陳幕僚請她上來。」

第二十一章

不過片刻，元瑾就帶了個丫頭上樓，一眼就看到坐在靠窗位置喝酒的人，果然是陳先生。

恰好到了聖母遊街的時候，各大酒樓的人都下去看熱鬧了，所以二樓冷冷清清的。他獨自一人坐在窗邊，外面的花燈映照著他的側臉，繁華而又清冷。

「先生怎地不要個雅間？既是喝酒，外頭人多嘈雜，豈不是影響心情？」元瑾說完，卻反應過來——

還能因為什麼，不就是生活窮困？她也不多問了，招手叫了店小二過來。「煩勞給我和陳先生一個雅間，銀子我出。」

店小二一愣，二樓此座是殿下經常坐的位置，能看到三條街道交錯的地方，且也不會太吵，所以殿下才常坐在此處。殿下一來的時候，往往不許任何人上來。不過恰好趕著聖母遊街，酒樓的二樓都沒有人罷了，這位姑娘想必是不知道殿下的身分。

「這雅間……」店小二有些為難。殿下沒有表態，他一時不敢動作。

朱槙淡淡道：「既說要雅間，你們給個雅間就是了。」

店小二這才笑了。「那二位這邊請！」

元瑾看到這裡有些好奇，這店小二怎麼像是不大情願想給雅間的樣子？

她跟著陳先生進了雅間，才問道：「我瞧著人家似乎不願意給你雅間的樣子？」

「是嗎？」朱槙不甚在意，繼續端起酒杯。

元瑾便心生猜測，繼續問：「莫不是因你常在此處吃喝，拖欠人家酒錢不給，所以人家才不願意……」

朱槙聽到這裡時正在喝酒，差點被一口酒嗆住，有些哭笑不得。「我欠銀子？」

看來是被她說中了。元瑾笑了笑。「先生不必擔憂，今日你的花銷，我全包就是了。」

朱槙更是哭笑不得。但既然都已經偽裝成幕僚，又如何能告訴人家小姑娘真實的身分，恐怕說出來才會把她嚇到。

「怎麼能讓妳一個小姑娘出銀子？我每個月薪水雖然不多，但一頓茶錢還是付得起的。」說完招來店小二。「給她一壺碧螺春。」

元瑾卻把桌上的酒壺提起來，輕輕一聞。「原來是秋露白。此酒以秋天蘭草上的露水釀造而成，若不溫著喝，便是傷身了。的確是佳釀，這壺該有五、六年的窖藏了。」說著準備給自己倒一杯。

朱槙卻伸手攔住她的手。「妳小小年紀，如何能喝酒？」

元瑾心想，太后愛飲好酒，她從小就跟著喝，自然也能喝個三、五杯，更何況自那之後，她再也沒聞過這麼好的酒了。

不過他說得也是，她之前能喝，未必現在能喝。元瑾放下酒壺，等著她的那壺碧螺春上來，卻難免有些不捨。

朱槙也注意到她依依不捨的眼神，笑道：「放心，這裡的碧螺春也是極好的。」

不一會兒，店小二以一紫砂小壺，泡了一小壺釅釅的碧螺春上來。

元瑾端起來舉到鼻端，一股茶香撲鼻，微帶著清淡花香。品一口，茶味淡雅，如雨後山嵐，回韻有種微甜的果香，果然是好茶！

只是這樣的好茶、好酒，似乎不是尋常酒樓能買到的。

元瑾又看向朱槙。

他如往常一般衣著樸素，濃眉如刀，下頦乾淨，整個人有種俊雅之感。寬肩大手，卻是看得出身強體健，但氣質卻透出一股和氣，一副很好說話的感覺，面對旁人時常笑咪咪的。

只是她一時有了一絲疑慮，這樣極品的碧螺春，比之貢品也不差了，這酒樓是從哪裡買來的？

看來他並不像自己想的那般貧窮啊……

她暫沒說此事，而是問道：「對了，先生這幾日去哪兒了，我去寺廟找過你兩次，都不見你蹤影。」

前幾日襖兒都司部攻擊山西邊境，大同軍情告急，所以他要立刻趕去大同。朱槙道：「……老家出了點事，回去了一趟。」

老家有事？他二十七、八的樣子，應該也成家了吧？元瑾遲疑地問：「可是先生的妻兒……有什麼事？」

聽她這麼問，朱楨垂下眼把玩茶杯，依舊淡笑。「我沒有妻兒。」

怎地二十七、八了還沒有妻兒？抑或是妻兒發生了什麼事，所以沒有了？但不管怎麼說，總是人家不願意提起的傷心事。元瑾品著茶，遙望街外人群湧動，沈默不語。

其實她又何嘗不是如此？

前世種種，譬如朝露，去日苦多。總有意想不到的事在等她。

而她又能怎麼辦呢？對於那些背叛、欺騙她的人，她何嘗不想挫骨揚灰，只是無能為力罷了。

朱楨看著她。她在遇到他的時候，總是心事重重的樣子。

「妳可是遇到什麼事了？」他說：「小小年紀，可不要整天愁眉苦臉的。」

元瑾嘆了口氣。「不過是遇到不好的事罷了。」人總會遇到不好的事，這也沒什麼好抱怨的。

她收回目光看向他。「先生才華洋溢，為何屈居為一個普通幕僚？你若是去科考舉業或征戰沙場，決計是能出頭的，為何不去呢？」

朱楨本想讓她不要不高興，她反倒說到自己身上。他便說：「我自生來就不受家裡重視，所以倒也覺得無所謂了。」

元瑾聽了就笑。「旁人若是遇到這樣的事，便加倍出頭，非要讓那些不重視他的人好看。先生卻避世而居，反倒不沾染凡塵俗世了。」

朱槙聽了也一笑。

他不爭，那是因為他已經站在權力的頂峰，沒有再爭的必要。

自然，跟她說的話也是事實。

元瑾繼續道：「我見慣了利慾薰心的人，很不喜歡。先生不爭這些名利，清淨而居，當真是極好的。」

元瑾挺喜歡陳先生的，也有可能是因為他多次幫過她，而且永遠這般和煦，也很好說話的樣子，讓她覺得很舒服。

朱槙看著她清亮的眼神，突然問：「要是有一天，妳知道我不是妳想的樣子呢？」

「只要先生不騙我，我便能接受。再說你這般好性子，又能做什麼壞事不成？」元瑾笑道，又說：「對了，先生日後可喚我元瑾，莫要小姑娘地叫著了。」

朱槙笑容微斂。她不喜歡旁人騙她，看來他這身分，一時半會兒是不能說破了。

「妳還沒有告訴我，妳究竟有什麼煩惱的事？」朱槙繼續問。她若是有什麼小麻煩，他可以順手幫她解決。

元瑾正好想到被毀壞的書，說不定陳先生有門路呢。便道：「我倒是有一事想求先生再幫忙，不知道先生還肯不肯幫……」

她有一張白皙的臉，五官精巧，眼睛如澄亮的寶石般嵌在臉上，求人的時候便叫人不忍拒絕她。雖然這其實是她的表相，她之前沒有事求自己的時候，可不是這樣的，而是張牙舞爪，如同一隻小老虎。

朱槙看著她笑了。「要我幫妳什麼？」說著向後仰靠，雙手隨意交叉。「妳直說吧，上次輿圖的事妳也對我有恩，但凡說了我能做到，便不會拒絕妳。」

元瑾才問：「你可知《齊臏兵法詳要》一書？」

元瑾一問，朱槙便覺得有些好奇。「妳怎麼知道這本書的？」

其實這書很多將領都悄悄收藏，齊臏此人非常擅長攻克異族，對邊防極有意義。

「是一個先生告訴我的。」元瑾自然是隨意找了話搪塞。「他在教我弟弟兵法，十分需要此書，只是此書是禁書，我找到的一本也無意中被毀了。不知道先生有沒有？」

其實元瑾一說，朱槙就知道她在說謊，因為尋常人是不知道這本書的。自然，也因元瑾的確只是個官家小姑娘，若是個陌生男子向他試探，他早就將他抓起來了，因為很可能是邊疆部族的探子。想來她雖然有撒謊的地方，卻也與他干係不大。

朱槙沈吟道：「我手裡雖然沒有這本書，但我知道哪裡有。崇善寺藏經閣中就有此書，只是畢竟是禁書，寺廟從不外借……」

「這崇善寺的藏經閣，我似乎聽說過。」元瑾聽到他提起崇善寺的藏經閣，皺了皺眉。「聽說是崇善寺守衛最森嚴的地方，尋常人不得靠近，似乎是某個大人物藏書的地方……」

自然了，這是他的書房。

裡頭有許多機要秘信、軍事輿圖，所以守衛自當森嚴。

沒想到她竟知道藏經閣是崇善寺重地，那這倒是難辦了，他若是這時候提出自己可將這本書送她，她勢必會懷疑他的身分。

朱楨頗有些挖坑給自己跳的感覺，只能說：「那妳想就這麼算了？」

元瑾想了想，搖頭道：「不能，不過我倒有個主意。陳先生，這崇善寺的地貌你可熟悉？可以畫給我看看嗎？」

她想做什麼？

朱楨有不好的預感，但還是叫店小二拿來紙筆，將地貌粗略地畫出來。

元瑾發現他工筆勾勒，畫得竟然還不錯。

「藏經閣在何處？」她問。

朱楨比她高大許多，越過她的肩拾起毛筆，將藏經閣圈了出來。他的聲音溫醇平和，略帶磁性。「便是這處。」

元瑾聽他的聲音在自己頭頂響起，莫名有種不一樣的感覺，背心似乎麻酥酥的。她有些不習慣，往旁邊站了些，仔細看地圖。

「妳究竟想做什麼？」朱楨低頭問她。

「……自然是看看能不能偷到了。」

「偷？」朱楨有些哭笑不得。「妳不怕守衛森嚴？」

「我先打探一下，倘若守衛太森嚴，也只能算了。」元瑾說：「若是被人發現，我就說我是迷路的香客，誰知道我是不是呢？」

這倒也是，反正她也不是沒在寺廟迷路過。

「只是我一個人，難免對藏經閣不熟悉。」元瑾想了想，猶豫地看向他，低聲問：「陳先生，你能和我一起去嗎？」

朱楨嘴角微動。居然被人邀請去偷他自己的東西？

可看著她期待的眼神，他竟鬼使神差地答應了。「……好吧，妳明日來寺廟找我。」

第二十二章

夜裡下起了細雨，薛聞玉坐在窗邊，靜靜地看著窗外被雨浸潤的朦朧紅色。

「四少爺在憂心選世子的事嗎？」徐先生問他。

薛聞玉卻不答，於是徐先生又問：「那您可是在想四小姐？」

薛聞玉將手肘搭在窗邊，隨後輕輕點了下頭。

徐先生笑了笑。「四小姐不過離開了一日，您就這樣想她嗎？」他平日習書不是這樣的。

「那看來四小姐對您是非常好了。」徐先生說。

薛聞玉想了想，嘴角微挑笑了笑。「嗯。」

教了他這麼久，徐先生還是第一次看到他笑。

「四小姐怎麼對您好的呢？」徐先生繼續問。

薛聞玉說：「她說永遠不會離開我。」

徐先生卻笑了笑。「但如果四少爺一直如此的話，四小姐也許有一天就離開您了。」

薛聞玉聽到這裡，才看向了他。

「四少爺如果一直不與人交流，無法做到心智周全，四小姐恐怕也會頭疼您的。四少爺唯一能做的，就是成為能保護別人的人，四小姐便也能對您放心了。」徐先生說。

薛聞玉的目光閃了閃，似乎在思索徐先生的話。

庭院中傳來細密的雨聲，似近似遠。

徐先生看著薛聞玉輕嘆，心想他試探了這麼久，還是發現以四小姐作為突破，他最能接受。「倒不如四少爺自己日漸正常起來，讓自己變得強大，便想要什麼都有了，四小姐想要的您也能給她。您覺得呢？」

薛聞玉遙望著細雨，突然淡淡地說：「先生是在說世子之位嗎？」

徐先生驚訝於他終於開始同他真正對話。

「金鱗豈是池中物？四少爺才智不凡，而四小姐畢竟是女流之輩，很多事情若您肯出手，是非常簡單的。」徐先生道。

薛聞玉聽了一笑，將袖口上沾的一點碎屑拍掉，再將袖口弄得平整，繼續看著窗外的細雨。

薛雲海坐在周氏對面，薛元珍則坐在周氏身側替她捶腿。

周氏長吁了口氣。「你是說，國公爺更中意衛衡？」

薛雲海道：「本來國公爺就是更喜歡衛衡，只是老夫人喜歡我們家。但我近日似乎覺得，老夫人也漸漸覺得衛衡好了，所以兒子才有些憂心。」

周氏喝了口茶。「我之前也是憂心這個問題。若是在咱們薛府，你自然是能拔得頭籌，但跟衛衡比，我卻沒這麼有信心……」

薛雲海眼神微閃。「還有薛聞玉。」

周氏看向他，薛雲海就說：「自上次薛雲濤被淘汰後，我彷彿覺得，國公爺更喜歡薛聞玉了一些……」

周氏深深地皺起眉。

薛元珍卻微微一笑。「這傻子雖說有些天分，卻是不如哥哥你的。倘若沒有薛元瑾，他難不成還能留到現在？我看若是薛元瑾出了什麼意外，這傻子就留不成了。」

薛雲海看向薛元珍。這妹妹平日柔弱，沒料到妹妹會突然說出這樣果決的話。

周氏道：「你妹妹說得也有道理，咱們若是能把衛衡和薛元瑾一同除去，那便是再好不過了……」

薛雲海一時深思起來。

第二日天放晴，定國公那邊的授課還未開始，元瑾一行人便回到薛府。

下午，元瑾帶婆子去寺廟上香，她讓婆子在香客休憩的地方等待，一路沿著迴廊往前走，準備去陳先生的院子。

她一路上還在思索爭奪世子的事情。

如今時間越來越少，恐怕這幾日定國公就要下決定了。最大的問題是沒料到竟然這般快，聞玉的劣勢就是準備不夠充分，若能得到那本兵書自然會好很多。

陳先生住的院子種了些棗樹，正是枝葉繁茂的季節，枝椏上掛了些青色小果，纍纍綴滿枝頭，還不到能吃的時候。

她看到滿園的陰涼，心情才好了一些。罷了，如今也是一步步來而已。

書房的門開著，似乎正是為她留的。

元瑾拾階而上，看到陳先生正在寫字。竹製的槅扇支開，涼風透進來，他一手的袖子捲起，露出的半截手臂筋骨結實，卻有一道細長的傷疤。

「來了？」朱槙說：「妳似乎遲了一些。」

元瑾看了一眼那傷疤，倒也沒問。「那先生可寫完了？」

「見妳遲遲不來，我已經開始做事了。妳怕要等片刻了。」朱槙指了指院子那頭，廊廡角落下的那張竹椅。「那裡涼快。」

元瑾心想，他這意思是哪裡涼快就到哪裡待著嗎？她走過去坐在竹椅上，樹蔭如蓋，斑駁的陽光透在地上，她望著那些樹梢上青色的小果，竟漸漸有一絲睏倦，閉上了眼睛。

書房內一道暗門輕輕打開，來人走到朱槙面前，低聲道：「……殿下。」

「嗯。」朱槙擱下筆。「機密的東西都收起來了吧？」

「收起來了。」來人回道，靖王才叫他退下。

朱槙走出書房，見元瑾似乎睡著了。雪白的面容覆著長睫，幾縷頭髮貼在臉上。

他以為她睡著了，但在他接近的時候，她卻極為警惕地睜開眼。看到是他，她的神情才放鬆下來。

「走吧。」朱槙徑直走在前面。

元瑾見陳先生竟走到前面去了，就道：「陳先生，還是我走前面吧。既是我想要這書，怎能讓你打頭陣？」

朱槙欲言又止，雖然早知道她要來偷他的書，但因為她是邀請自己一起去……偷的，所以他也沒有撤下侍衛，心想直接帶她進去，也沒人會攔她就是，現在她居然想打頭陣？

「妳一個小姑娘，如何能打頭陣？」朱槙說：「就是傳出去，我也會被人恥笑的。」

「此事只有你我二人知道，怎會有第三人再知？」元瑾卻道：「你跟在我後面就是了。」說著就走到了前面。

朱槙拿她沒辦法，只能跟上去。

他心想自己跟緊一些，應該也沒事。

誰知元瑾又停下來，轉身看著他。

朱槙覺得有些莫名其妙。「又怎麼了？」

元瑾微嘆了口氣。「陳先生，你當真沒有……這方面的經驗啊！你我二人跟得太緊，豈非太過形跡可疑？你還是離我遠一些，旁人才不會懷疑我們是一夥的。」

朱楨失笑，不知道該怎麼說，畢竟人家元瑾說得很有道理，他只能點頭。「好、好，我離妳遠一些就是了。」

元瑾這才繼續往前走。她來之前已經計劃好了，看守藏經閣的護衛會在下午換一次班，這時的守衛最薄弱，能悄悄進去，但肯定不能成功離開，因為換人時間很短。

好在藏經閣左側有一座空置的後罩房，到時候偷了書便藏到那裡，從後窗翻出逃跑。若守衛太嚴，不能混入，也只能作罷，再想別的辦法。

藏經閣是一座兩層高的樓宇，掩映在寺廟恢弘的佛殿中，這裡也是崇善寺最僻靜的地方，少有香客經過。此處遠山蒼茫，山巔碧藍，而寺廟中檀香隱約，宛如佛音。

元瑾看到此處時，不免感慨崇善寺之恢弘。她有一瞬的恍惚，彷彿那日在重重廊廡迷路，看到屋簷下層層鏤雕的一百零八羅漢圖。

好處也是這裡建築極多，還種著鬱鬱蔥蔥的柏樹，容易掩藏。

元瑾先帶著陳先生藏在廊廡後，看到守衛藏經閣的兩個護衛離開後，才對他說：「你先在這裡等我，我去試探一番，看周圍是否還有暗衛。」

有時除了門口有護衛，暗中也有人盯著。一般機要之地都是如此。

朱楨聽了稍有些意外。這小姑娘還挺警覺的，竟知道防備暗衛。

自然，他這裡守衛極其森嚴，暗中肯定有護衛的。

朱楨很想給她減輕一些偷書的難度，便道：「我跟妳一起去吧，反正他們人也走了。」

元瑾搖頭，同他仔細分析。「我只是個年紀不大的姑娘，倘若真的被人發現，也不會被懷疑是壞人。但你一個身強體健的男子走出去，卻難免會被人懷疑，我怎能讓你以身犯險？再者我只是先探探，倘若真的有護衛，我便若無其事地離開就是了。」

她說的一切都很有道理。如果不是因為他就是藏經閣的主人，肯定無法反駁。

朱槙只能道：「……好，那妳當心一些。」

「你藏好就是了。」元瑾囑咐他。

朱槙笑著嗯了一聲。

元瑾走了出去，先看了看周圍，確認當真無人後，才神態自若地朝藏經閣的方向走去。

與此同時，暗衛看到有人接近藏經閣，立刻舉起手中的弓箭，凝神看著。若那小姑娘做出什麼事，便要準備射殺。

朱槙卻從廊廡後走出來，略一抬手，示意暗衛不必管，然後跟在元瑾身後。

暗衛看到竟然是靖王殿下，不明白究竟發生了什麼事？但靖王殿下並未說什麼，也就是不想他們出面，便只能先握著刀，緩緩退了回去。

元瑾見他跟了上來，皺了皺眉，低聲道：「我不是讓你藏好嗎？」

「這周圍也沒有人啊。」他說得若無其事。「走吧，去看看妳要的兵書在哪兒。」

他先走到藏經閣的門口。

因為藏經閣隨時會有人進出，並沒有鎖，朱槙推門就要進去，元瑾卻立刻攔住他，對他搖搖頭。「門上可能佈置了銅鈴，你直接推也許會響動。」她檢查了一番。「既是來偷東西的，便要小心謹慎。」

朱楨退開讓她檢查。

而暗衛聽到這姑娘的話，已是十分疑惑，不知道該說什麼好。

殿下這是……帶這位姑娘來，偷自己的東西嗎？

但殿下本人沒說什麼，他們也不能怎麼樣。

兩人進了藏經閣，元瑾關上門，只見藏書閣內部很大，樟木地板鋪地，磨得光滑溫潤，中間是一張長書案，兩側對開六張太師椅。對面供奉一尊千手千眼觀世音菩薩，而兩側圍繞無數博古架，上面擺滿了琳琅滿目的藏書，二樓樓梯卻是上不去的，一把鐵鎖將門鎖著，鎖還很新。

元瑾道：「都說這藏經閣守衛森嚴，我怎麼覺得十分鬆懈，竟輕而易舉進來了。」

她都懷疑是不是有人等著甕中捉鱉？但想想又覺得不可能，即便甕中捉鱉，捉住她又有什麼意義？

朱楨嘴角微動。若不是他一路跟著，她現在說不定連小命都沒了。

「妳快找書吧，趁下次守衛換人我們再出去。」朱楨說著，也走到書的附近處幫她找起來。

元瑾在這藏經閣中看到許多好書。她是愛書之人，可惜不能將之帶出去，只能放回去。

朱楨已經把她要的那本《齊臏兵法詳要》找了出來，見她拿著一本《鑄机閒評》看了片刻，便道：「妳喜歡就帶走吧。」

「說得好像這些書是你的一般。」元瑾笑道，但還是把書放回去，這些都是小巧，若叫人發現了才不好。

朱楨只能笑笑。

元瑾將這本《齊臏兵法詳要》貼身放好，發現窗外遠處天際泛起黛紫色，天光也暗了下來，她是該回去了。

她正想跟陳先生說多謝他今日幫忙，卻聽到腳步聲隱隱傳來，夾雜兵械相觸的聲音。

她臉色一變，拉著陳先生躲到博古架與牆之間。

這處空間十分狹窄，兩人幾乎是面對面站著，她擋在外面，讓他留在裡面。元瑾只到他的胸口，呼吸略急，臉蛋微微發白，眼睛謹慎地從博古架的縫隙盯著外面。

朱楨看她如此警惕，忍著笑，道：「妳放心吧，不會有事的。」

「你不要出聲，」她低聲道：「似乎是有人來了。若他們在這裡發現你我，那便說不清楚了。說不定……」

既然是守衛森嚴的地方，對闖進來的人恐怕也不會太客氣。說不定被杖打死了都不會有人管。

朱楨問道：「妳是害怕嗎？」

元瑾看向他。「倒不是怕這些人，只是怕連累了你。」

朱楨只是笑笑，他本是心情閒適，誰知卻聽到暗中有兩聲悶哼，隨後藏經閣的門被破開，一群人突然闖入。來人身著褐色短袍，腰間別著繡春刀刀鞘，一行五、六人，皆行動敏捷，悄無聲息。

朱楨瞬間臉色微變。

這不是他的人！

其中一人低聲道：「探子不是說他進來了，怎麼沒有人？」

「許是躲起來了。」另一人回道。

「速戰速決。」那人示意其餘人快速四下搜尋，甚至有兩人很快撬開了二樓的門進去。

朱楨聽到這裡，臉色瞬間很不好看。藏經閣當真有人闖入，並且是來刺殺他的。

方才那兩聲悶哼，便是暗衛被殺的聲音。

暗衛訓練有素，絕非簡單的賊人能輕鬆解決，這些人來者不善，且十分熟練，說不定外面還有接應的人在。

他有多年行軍打仗的素養，立刻就反應過來，這可不是隨意開玩笑的時候，也絕不是鬆懈的時候。既然這些人能闖入，外面就應當沒有他的人了。

元瑾看向他，發現他的情緒突然變得不一樣。

他豎手對她做了個噤聲的動作，隨即摟住她的腰轉過身，把她換到裡面，他擋在外面。

他從博古架的縫隙觀察這幾個人的身形和位置，迅速謀劃形勢和打法。

元瑾一瞬間被他半摟住，還能聞到他身上淡淡的松香，感受到略熱的體溫。不過他很快就放開她，仔細看著外面。

她有一些愧疚，自己當真連累了他，他卻還想保護她。

朱槙回過頭，看見她目光閃爍，便趁那幾人還沒搜到這裡，聲音壓得極低，對她道：「他們總會搜到這邊來的，一會兒妳先出去，立刻找個地方藏起來，知道嗎？」

此事本來是因她而起的，她怎麼能自己先走？她皺眉道：「是我連累了你，不能讓你為我冒險，應當你先出去，我會保護你的。」

她再想想有什麼辦法就是了，總之不能讓陳先生因為她而陷入危險。

「妳保護我……」朱槙聽得一笑，伸手摸了摸她的臉。

他這輩子，還從沒有被誰保護過。

她居然想保護他。

朱槙低聲道：「閉上眼。」

元瑾根本不聽他的，看著他道：「我說的是真的……」

看到有兩個刺客越走越近，他已經沒有時間和她多說，直接單手覆住她的眼睛。

元瑾只感覺到溫暖乾燥的手覆蓋她，隨後她便什麼都看不見了。

在她看不到的時候，朱槙臉沈如冰。

闖入他的地盤還妄想殺他，手底下的防衛竟也鬆懈了。人闖入這麼長時間，卻還沒有侍衛來。

在那刺客要搜到這裡來的時候，他側身藏在牆側，等刺客轉過身時，趁其不備，突然一腳將他踢飛！

他力氣極大，那人竟被踢飛出去，接連撞到兩個博古架，轟然一堆書落下來將他埋住。這樣的動靜太大，樓上的人也很快反應過來，一行人衝了下來。

朱槙的袖中滑出一把刀，瞬間握在手裡，這是他一貫防身用的。此刀長約兩寸，刀身長而彎，薄而鋒利。對著迎面撲來的人就是角度刁鑽的一刀，那人頓時面頸崩裂，血瞬間大量湧出。

樓上還有四、五人，而他還要護著一個人，是無法跟這些人打的，他也壓根兒沒想打。朱槙帶著她破門而出，才把她放開，轉而抓住她的手。

他與尋常時候不大一樣，此刻他身上的冷酷之氣極重，一向英俊溫和的臉上毫無表情，且身上有很多血跡，是方才他殺的那個人的血。元瑾雖然沒有看到，卻聽到了聲音。

那樣俐落的一刀入喉，幾乎是毫不猶豫。

他之前……應該殺過很多人吧？

一般人即便殺人，也絕對沒有這樣的果決和熟練。且他遇到危險，能極快反應過來，普通人不會對這種場面和驚險習以為常的。

朱楨沒有在藏經閣外停留，畢竟有膽子來刺殺他的，絕不會只派這幾個人，外面極有可能還有人接應。

侍衛也許馬上就到，但她不能留在他身邊。

朱楨將元瑾帶到無窗的後罩房，找了間屋子，讓她進去藏起來。「妳在這裡躲著，不要出聲，也不要出來，否則極可能性命不保。」

見陳先生立刻要走，元瑾拉住了他。「你還是同我一起留在此處吧，你如何打得過他們這麼多人！」

朱楨並不答應她的話，只是笑了笑。「妳留在這兒吧，不會有事的。」

他什麼都沒有告訴她，出去後將門關上，便沒有了聲息。

元瑾聽不到外面的動靜，也不知道他現在如何，畢竟就算他身手再厲害，如何能以一敵多？她雖然對寺廟內不熟悉，卻知道這些人絕不會是寺廟內的護衛。護衛怎麼會在藏經閣中亂搜，他們似乎……在找什麼人的樣子。

他們究竟是誰？又在找什麼？

還有，更讓她意外的是，一個普通的幕僚，怎麼會有這樣的身手？

元瑾坐在一個落灰的櫃子上，一邊思索這些問題，一邊盯著門，有些忐忑地等著陳先生回來。

她不能出去，這種時候一個弱女子便是累贅，她還是不要拖累他的好。

第二十三章

朱楨神色漠然地背手站在庭院中，身後的官兵手持火把，照亮黃昏微暗的天空。

此時藏經閣及附近區域皆被大批官兵包圍，地面上橫七豎八擺放著屍體，血將地面染紅。

寺廟被封，所有寺院中的人不得出入，而所有有接應嫌疑的人都被帶到這裡，惶恐地被侍衛包圍著。

有一名侍衛快步走到朱楨身邊，半跪下稟報。「殿下，已經搜盡了，人都在這裡。三個活口，其中一人吞毒自盡，另二人受盡折磨，什麼也沒說。」

朱楨看了看天空，嘴角露出一絲冷笑。

這世上還有膽子刺殺他的人，當真不多了。

外族探子想潛入邊境是不可能的，更遑論一路闖入崇善寺，所以絕非外族之人。

朝野上他並非全無對手。內閣幾個重臣都主張削藩，勸諫皇上很多次。藩王擁兵自重，對皇權來說就是威脅。皇上表面上對這種聲音極為反對，從不採納，每次他進宮時，他都是倒履相迎，賜下無數財寶、地產，以示對他的寵信和重視。但是對這些進諫的重臣，卻也一個都沒有貶官。

至於武官中，蕭太后薨逝，西北侯便已土崩瓦解。魏永侯雖有軍功在身，但年紀還輕。倒是忠義侯極不喜歡他，幾次三番上諫皇上罵過他。但他覺得那不過是小事，只要不在他面前罵，他就只當不知道。

這些人都是極有可能想除去他的人。但這麼訓練有素的，終是不多。

「繼續用刑。」朱楨冷淡道：「裴子清可來了？」

「已經傳了殿下的話，應該很快就來了。」

朱楨嗯了一聲，看了眼天色並不早了，想到還把小姑娘安置在後面的後罩房中。她方才想捨身救自己，倒的確讓人動容。

只是他暫時不能離開這裡，恐怕也不能去找她。

他叫來寺廟的住持。

住持本就在一旁等著，等靖王吩咐，才上前雙手合十。「殿下。」

「後罩房中有個小姑娘，你派個沙彌過去，將她送出寺廟。」朱楨想了想，又道：「應該有人同她一起來的，帶著她找到那人。」

住持應諾，親自找來平日最機靈的沙彌，將這事囑咐給他。

朱楨又叫來兩個侍衛。「你們二人暗中跟著，不要露面。」

侍衛們雖有些疑惑，卻也立刻抱拳去了。

朱楨側過身，冷漠地對手下道：「將方才審問過有嫌疑的一律抓入府牢，不可錯放。」

手下半跪，抱拳應諾。

「另，太原府閉城三日，一一查找可疑之人。」朱楨直接下了封城令。

在山西他說了算，因為他是靖王，他說封城，其他官員屁都不敢放。

元瑾在後罩房裡待了好一會兒。實際上她有好幾次想出去，但擔心外面那些人未走。她隔著槅扇看過外面，暮色已漸漸降臨，婆了一直等不到她，恐怕該著急了。只是陳先生為何還不回來，可是出了什麼意外？

若真是如此，那她還是得出去找找才行，總不能叫他因她枉送了性命。

元瑾思量再三，心想已經過去這麼久，寺廟的護衛再慢也該反應過來了，陳先生還不來，必定是發生什麼事了。

她決定出去，只是剛推開門的時候，就看到有個人迎面走來。她後退一步，才看到一顆光溜溜的腦袋，穿了件月白袈裟，約莫十三、四歲，面容還有些稚嫩。

是寺廟中的小沙彌。

小沙彌一看到她，便問：「這位女施主可是姓薛？」

元瑾沒有放鬆警惕，先是問他。「你在找誰？」

小沙彌才說：「有位先生叫我來找妳，說他如今走不開，但外面的賊人已經被殺，叫我送女施主離開寺廟。」

難道陳先生自己不能來，便叫了個沙彌來送她出去？
「這位先生姓什麼？」
小沙彌道：「這貧僧卻是不知的。」
元瑾斟酌片刻，又仔細打量這小沙彌一番，見他頭上的白色戒疤不假，才準備跟著他走。
路上，她想著陳先生方才救她的情景，又問：「那位先生可有恙？」
「無恙。」小沙彌道。
他沒事就行。
元瑾又想了許久。
倘若陳先生不是幕僚……那他是誰？實際上他表露很多次不對勁的地方，比如他身居陋室，卻能喝那樣上等的秋露白和碧螺春；比如他身手極好，之前卻從未顯露過。
她又問：「那先生當真是你們寺廟裡的幕僚？」
「這貧僧也是不知的。」
既是一問三不知，元瑾便也不再問了，只是她心中的疑慮未曾打消。
前面就是香客歇息的地方，婆子正站在門口，焦急地到處看著，一看到她過來，才趕緊衝過來拉住她。
「娘子究竟去哪裡了？這般晚回去，太太可要著急死了！」

「無事。」元瑾對婆子搖了搖頭。

小沙彌見將她送到，便雙手合十離開了。

元瑾同婆子走在路上，婆子絮絮叨叨地同她說話。「娘子不知道，這寺廟中今日發生了大事！」

元瑾心道她怎麼會不知道，這大事多半還和她有關。

「奴婢在那兒休息喝茶，一群官兵衝進來，把香客都制住了，挨個兒地盤問，有些還不顧人家掙扎拖走，他們見我不過是個老婆子，才未曾管我。有人把守在門口，不許我們走動，直到方才才開放。」

元瑾聽到這裡，覺得有些奇怪。那些賊人究竟是誰，怎麼會如此興師動眾，還驚動了官兵？

她問：「妳還聽到了什麼？」

婆子想了想。「奴婢似乎還聽說，今日靖王殿下也來了，可能是聽說發生了什麼，帶了大批官兵將崇善寺包圍，誰也不准進，連隻蒼蠅都不能飛進來呢。」

元瑾聽到這裡，表情微微一變。

靖王朱楨。

她如何會不知道這個人？這個人有超出她數倍的手段與謀略，在她身為縣主的生涯中，她從未勝過他。

而正是朱楨所主導的宮變，才讓太后被囚禁宮中，莫名薨逝。

後來蕭氏一族敗落，從此世上再無蕭家的榮耀。她對他的心情，敬畏中夾雜著憎恨。雖然她也知道，成王敗寇，政治鬥爭便是這般此起彼伏，並沒有誰對誰錯的說法，但還是忍不住將罪魁禍首歸咎於他。

但靖王朱楨的手腕、智謀，還是給她留下深刻的印象，讓她極為忌憚。

他當真到這寺廟中來了？

「娘子，您怎麼了？」婆子見她臉色不對，略有些擔憂。

元瑾淡淡道：「沒什麼。」

她正想繼續往前走，前面卻傳來急促而整齊的腳步聲，似乎有人正快速朝這邊而來。

婆子拉著元瑾避到一旁。

此時天色已暗，卻也未完全昏黑，元瑾能依稀看見，竟是裴子清帶著一大群護衛而來，行跡匆匆，面色凝重。

為何裴子清也來到崇善寺？

元瑾與婆子站在一側，本以為裴子清根本不會注意到她，誰知裴子清一眼掃過來，看到她，停頓了視線。

然後他低聲對身側的人說：「你們先去吧，替我稟報靖王殿下一聲，說我隨後就到。」

看來的確不錯，朱楨果真在此！

裴子清向她走過來。「妳怎麼會在這裡？」

「裴大人這是說什麼？」元瑾道：「難不成這崇善寺不是人人可進的嗎？」

「但不是在這個時候。」裴子清眼睛微微一瞇。

殿下在自己的地盤上遇刺，此事讓他極為生氣，勒令嚴查崇善寺，別說蒼蠅飛不進來，就是這路上也不知道有多少暗衛和巡邏的官兵，她們怎能隨意在裡面走動，就不怕被暗衛射成篩子嗎？

元瑾卻靜靜地看著他。

他背叛自己，成為靖王的人，竟還能好好站在這裡和她說話，越想就越令人生氣。

「裴大人方才行色匆匆，想必是遇到了什麼緊急的事吧？」元瑾笑著說：「既是如此，我也不耽誤裴大人了，裴大人又何必陪我在這裡浪費口舌？」

裴子清倒也沒有這般急。

殿下是傳他去刑訊刺客的，以殿下百密無疏的性格，刺客定然已經全部抓到，所以並不著急。

反倒是她，不知為何總是一副不喜歡他的樣子。如同現在這般，雖然笑著同他說話，實則她根本就不想和他多說一句，不過是敷衍他罷了。這讓他想起了縣主，她面對她不喜歡的人時，便是這樣的神態。

縣主其實涵養極好，就算不喜歡也不會表現在面上，而是非常禮貌而和煦，其實是對生人和熟人態度的劃分罷了。

曾幾何時，他也是縣主最信任的人。縣主在他面前是放鬆的，她可以笑、可以皺眉，甚至有時候會跟他說哪個大臣怎麼愚蠢、摺子寫得如何令人髮指。

一想到這裡，裴子清內心驟然一緊。

他覺得縣主彷彿仍然站在他面前，但是因為他的背叛、因為他害了太后，所以她才這樣對他。

如果她還活著，面對他一定是這樣的表情，和對待那些陌生人沒有區別，甚至更加不如。

一瞬間的痛苦莫名攫住了他，他發現自己竟然難以忍受縣主用這樣的態度對他，即便是想想都不行。

元瑾看著他突然蒼白的神情，向後退了一步，語帶微嘲。「裴大人這是怎麼了？」

裴子清卻從情緒中清醒過來。

她不是丹陽。

沒有人再會是丹陽。

他笑了笑，朝她走近一步。「沒什麼，只是想起一件事。」

「哦？」元瑾表現得既平靜也不好奇。

裴子清走近她，突然抓住她的手腕，緩緩問：「薛四姑娘，害薛雲濤摔下馬的人就是妳吧？」

之後他回去調查過。旁人查不出來，但他手底下都是錦衣衛，沒有查不出來的東西。只是那時戰事繁忙，他來不及找這個小姑娘問問罷了。

元瑾臉色微微一變，但很快就回過神來，笑道：「裴大人，沒有證據的話可不要亂說。」

「我不需要證據。」裴子清一字一句地道：「只需妳告訴我，這個法子究竟是誰告訴妳的？」

元瑾不回答，似乎根本沒有看著他。

裴子清語氣一厲。「到底是誰！」

第二十四章

「裴大人如此對待一個弱女子，說出去不怕被人笑話？」元瑾淡淡道：「這件事是誰做的，我並不知道。不過方才裴大人行色匆匆，當真不急著走，要浪費時間同我說話嗎？」

「妳若告訴我究竟是誰教妳的，我會給妳想要的任何東西。妳不是要幫妳弟弟爭奪世子之位嗎？我可以幫妳。」裴子清繼續道：「妳只需告訴我，是不是一個年輕女子？」

元瑾卻別開了眼睛。她當然能聽出來，裴子清是在找她。

「我不知道裴大人在說什麼。那法子是我從書上看來的。」元瑾只是道：「不知道裴大人找的又是誰？」

裴子清漸漸冷靜下來，或者是又一次失望了。

在那個情景下，她怎麼活得下來呢？想要殺她的人實在太多了。其實他都知道，不過是不想承認，不過是一直希望……她沒有死。

否則怎地連她的屍首都不敢去看。

他閉目嘆了口氣，淡淡地道：「罷了，妳走吧。」

元瑾也不看他，徑直轉身離去。

裴子清一個人沿著廊廡往前走。

夜色靜靜籠罩佛寺，寺廟屋簷下亮著一盞盞的燈籠。黑夜靜寂，周圍彷彿沒有人存在。

一如宮變的前夕，靖王找他過去問話的那夜。

那時候，靖王大概察覺到了一些不對勁，因為他在某些事情上變得猶豫不決。

靖王叫他過去，兩個人對坐在一張小几的兩側，靖王端起紫砂小壺為他倒茶。那是第一次，靖王殿下親自為他倒茶。他什麼都沒有說，只是叫他品茶。正是這樣的態度，才讓他心中不安。

「我不會逼你做什麼。」朱槙道：「這些事情，只有你自己才能衡量，不光是因為我，更是著眼於天下。太后若是不除，蕭家勢大，勢必動搖國本，甚至江山改朝換姓也不是沒有可能。」

裴子清當時自然知道，蕭家權勢強盛到人人忌憚的地步。

縣主是西北侯的女兒，蕭家除了太后和西北侯外最有權勢的人。她平日過的是什麼生活、別人如何對她阿諛奉承，他都一清二楚。別說普通貴女，就是公主、貴妃這些人在她面前，也要讓其一二。縣主甚至可以直接插手錦衣衛，為太后分理奏摺，手上還有一些密探。所有的繁榮和權勢累積到了頂點，都是極其危險的。

他沒有太多選擇的時間，他知道他並不能選擇縣主。

他低低嘆了口氣。「殿下您對我不只是知遇之恩，更是救命之恩。」

靖王抬頭看他，他笑道：「那日若不是殿下拉我一把，我恐怕是挺不過去的。」這樣的恩情，他不能不還。

當初他是侯府庶出的兒子，但家中的庶子實在不少。他的姨娘因是瘦馬出身，因此娘兒倆身分低微，受人欺辱。姨娘已年老色衰，再不得父親寵愛，只盼著他能好好讀書，出人頭地。

她辛苦攢了十兩銀子，希望他能去好的書院進學。因為家中的族學裡，主母請來的先生只對嫡兄上心，根本就對他不理不睬，這般下去，他也別想能有金榜題名的那一天。

少年的裴子清小心地揣著那十兩銀子，大冷的冬天裡，穿著自己最好的衣袍走在路上。誰知迎面一輛馬車突然將他撞到街邊，還沒反應過來，那馬車的僕人便跳下來，罵罵咧咧地說他自己走路沒長眼睛，衝撞貴人的車。

那人走了之後，他才從地上爬起來，街邊半化的黑色雪水泅染了他的衣袍，雪沫子沾得到處都是，他滿身的狼狽，能找到最好的衣裳也這樣了。但他沒有時間回去換衣裳，只能拍乾淨雪沫，忍著痛，一瘸一拐地一路走到書院門口。

等到要準備交束脩時，他一摸身上，才發現穩妥地放在懷中的十兩銀子竟然不翼而飛。他摸遍了全身，竟怎麼找都找不到。

那書院的小童鄙夷地看著他。本來他這滿身髒污的衣裳，看著就是個沒錢的，竟連束脩都拿不出來，還妄想到他們書院來讀書。小童語帶嘲諷。「你要找銀子去別處找，別擋著了後面的人！」

裴子清那時候還只是個好面子的少年，被眾多異樣的目光盯著，他面色僵硬，心中極度難堪。從書院出來後，他一個人走在街上，不知道該怎麼回去跟姨娘交代，他知道那是姨娘賣了最體面的幾件金器才攢夠的銀子，可能再也湊不到這樣一筆銀子了。

絕望而無力的感覺籠罩著他，他甚至想不回去罷了，死在外面了都好。

雪又下了起來，街上行人匆匆，紛紛揚揚的大雪淹沒了眼前的景色。他在一處破敗的屋簷下蹲坐下來，茫然地看著大雪。

他不知道該怎麼辦，也不知道前路究竟在何方。

他只是盯著大雪，眼中茫然地倒映著雪中的世界，但其實什麼都沒有。

這時，有一輛馬車噠噠地跑過來，少年的裴子清看了過去，駕車的是個衣著乾淨整齊的小廝，他跳下來道：「方才看公子與那輛馬車衝撞，似乎是掉了銀錢，我家主人特地命我給公子送來。」

說罷遞過來一袋銀子，裴子清看那袋銀子，分明不是用他的錢袋裝的。

這是……特地給他送銀子嗎？裴子清有些疑惑。「你家主人是誰？」

小廝笑了笑。「我家主人還撿到了公子的文章，對公子十分賞識，想請公子一見，公子見了便知我的主人是誰了。」

為了來書院應試，裴子清是帶了一篇自己的文章。

那是他第一次見到靖王殿下。

靖王殿下非常賞識他的才華，還告訴他，他才氣不凡，不用被這些外物打擾。只要稍得提點，金榜題名便不是什麼難事。

於是靖王殿下開始接濟他，暗中派良師教導他，這讓他非常感激。

如果那天沒有靖王殿下的接濟，也許他會走到護城河跳下去也不一定。

只是在他第一次鄉試後，命運又發生了一個巨大的轉變。他的才華被一個人看中，要請他過去商議。

這個人就是丹陽縣主。

縣主很賞識他，告訴他科舉入仕實在太慢，還不如替她打點各方事宜，官職便不是什麼難事了。

但當時朝野中人人都知道，靖王殿下與太后不和，而丹陽縣主便是太后最親近的人，他既然已經投靠靖王殿下，如何還能答應她？所以直接拒絕了。

誰知靖王殿下得知此事後，派人找他過去，告訴他。「你需要答應。」

裴子清頓時就明白殿下的意思，殿下是想順水推舟，在太后身邊安插一個人。

相對於他金榜題名而入仕，殿下真正需要的，是想讓他去做一個探子。

他那時對殿下極為忠誠，殿下既然說了，他自然就去了。甚至還想好好地為殿下謀劃天下，讓他沒有後顧之憂。

其實他從始至終都在背叛縣主，因為他本來就是靖王殿下的人。縣主只是不知道而已。縣主對他極好，一路提拔他、重用他，讓他年紀輕輕就能身居高位，讓侯府眾人看到他都要小心翼翼地巴結他，讓他不必再看任何人的臉色。

她時常笑著跟他說：「你是我三顧茅廬才請來的，如今看來真是不虧。」

因為裴子清把她身邊的一切都料理得很好，還曾救她於危難之中。

他那時候聽著笑了笑，內心卻突然泛起一陣痛苦。

縣主這樣掏心掏肺地對他好，她又是這般美好，他怎麼會沒有別樣的心思？這樣的日子實在太美好，他身處高位，每日和縣主在一起都放鬆而愉悅。他甚至越來越貪婪，想能永遠和縣主在一起。即便知道就算是他如今的身分，也沒什麼資格娶縣主。

但他始終是靖王殿下的人，無論如何，殿下對他也有知遇之恩。

他只能勸自己，靖王殿下真正要對付的是太后，縣主不會有性命之憂。倘若失去了太后，他會娶她、會一輩子對她好。她不需要依靠別人，只需要依靠他就好了。

他必須選擇靖王，他根本沒得選擇。

所以，最終那一天終於發生了。他彷彿在做一件別人的事，根本不知道自己那樣做的後果是什麼。

後來縣主被人毒死在宮中，他迴天無力。

不只是他，太子殿下朱詢也是憤怒得失去了理智。

他屠盡了慈寧宮的宮人，並非因為慈寧宮曾是太后的寢宮，而是他們當中有人害死了縣主，可能還不止一個。

如果縣主還活著，肯定覺得他們都很可笑吧？

一個個都說在乎她，卻一個個背叛她。

裴子清看著前方，他還是無比地思念她，無比地……希望她能回到自己的身邊。

元瑾回到薛家時有些失神。

她喝了三杯茶才把那種感覺壓下來。

崔氏則擔心壞了，早派人去崇善寺裡找過她們，但崇善寺被封，無論如何都進不去，她也只能在家裡踱步。

聽到元瑾回來，她才趕緊過來，檢查女兒一番無事，才放下心來。「明日是定國公老夫人的壽辰，咱們都要去賀壽。妳堂姊她們早早就開始準備了，妳卻只知道跑去上香，還這時候才回來，真是氣人！」

老夫人壽辰？元瑾之前聽崔氏提過一次，不過那時候她正掛心兵書，所以沒注意罷了。

如今離世子選拔只剩一個月，恐怕大家都想在老夫人的壽辰上討老夫人歡心。

崔氏拎起女兒的一隻手看，慘不忍睹地嘖了一聲。她今天是去上香還是扒地，這身上、髮上怎地全都是灰？

崔氏回頭吩咐丫頭。「快叫廚房去燒水，給小姐好生洗洗！」

元瑾也看到自己一身灰，這是在後罩房裡鑽的。不過說到後罩房，不知陳先生現在怎麼樣了？他一個人住，要是受點傷恐怕都不能照應自己。

元瑾本想第二日再去寺廟中看看他，順便問問他那些刺客的事。但是鑑於現在元瑾越來越沒個女孩的樣子，崔氏第二日便不許她出門。元瑾只能派小廝去寺廟中替她帶話，說她後日會去寺廟中看他，叫他不要外出。

她已經撲空過好幾次，所以還是事先告訴他一聲比較好。

崔氏則抓緊這一天時間，將元瑾從頭髮到指甲好生整頓一番，免得明日在宴席上丟了自家的臉面。等第二日同薛府眾人一起出現在宴席上時，元瑾才又恢復了香白嬌軟。

她走出來的時候，其他幾房姑娘難免側目，隨著四娘子日漸長大，越發出落得好看。頭髮只梳了個簡單的髮髻，戴了個赤金寶結，淡青色交領白斕邊繡蘭花紋褙子、墨綠月華裙，襯得她如青蓮出水，格外清新動人。

元瑾的品味極好，只要崔氏不插手，她自然能穿得好看。

幾房姑娘自然也不差，薛元珍也是嬌美溫婉，珠玉裝飾、織金華服。薛元珊也長得秀氣，戴了整套的金頭面，只是容貌上遜色元瑾幾分，即便華服累身，也不能勝過她。

薛元珍上了馬車後，臉色微沈，問青蕊。「東西都準備好了嗎？」

青蕊道：「都準備好了。您放心，今日過後，咱們少爺便是穩妥的世子了。」

薛元珍嗯了一聲，聽到這裡她才放心一些。

本來也是如此。在薛家，她和哥哥才是身分最尊貴的人，這世子和小姐之位自然是屬於他們兄妹倆的。旁人若是來搶，那她自然不會容忍。

也不知怎的，她對薛元瑾總是有一種強烈的危機感，覺得她會搶走自己的東西。

而剛才一看到她，她就確定了。

她覺得薛元瑾危險，是因為她骨子裡透出一種跟其他姊妹完全不一樣的感覺，讓她有些忌憚。

薛元珍閉上了眼睛。

這次辦壽宴，去的不是定國公府別院，而是定國公府的主宅。薛家太太和娘子們仍在月門下了馬車，由薛老太太領頭，先去給老夫人賀壽。

要備選世子的男孩們這次也都來了，但和女孩們間有些劍拔弩張的氣氛不同，男孩們都笑笑鬧鬧的，薛雲海更是和衛衡交談得十分投入。

元瑾卻注意到，薛聞玉竟然也在和衛襄說話。雖然大部分時候是衛襄在說，他就是偶爾回應，或者笑笑表示他在聽。

元瑾覺得有些奇怪，她一直以為聞玉不會跟別人交談呢。

諸位賓客到花廳入座後，薛聞玉坐到元瑾旁側，元瑾側身問他。「你現在似乎和衛襄關係不錯？」

薛聞玉想了想，說道：「他是個聰明人。」

這是元瑾第二次聽到聞玉說衛襄是個聰明人，她抬頭朝衛襄看去，他原在喝酒，竟像突然有所感般地抬起頭，對她笑了笑。

元瑾心想，這怕是個生性敏銳的人。

她收回目光，這時候老夫人由拂雲扶著出來了。今日壽辰，大家都齊聚一堂為她賀壽，老人家也是容光煥發，笑容滿面。各家娘子、少爺們都紛紛站起來說了賀壽的吉祥話，又各自送了壽禮。

周氏送的是一對翡翠的手鐲，玉色極好，碧汪汪的，十分好看。沈氏因兒子落選，也沒什麼送東西的勁頭，便只送了一幅松鶴延年的字畫敷衍了事。姜氏則送了一尊三尺高的紫檀佛像。

崔氏為壽禮很傷腦筋，貴的她送不出來，便宜的人家定國公府怎麼看得上？所以憋著想了好幾日。

她思前想後，最後決定送一件……自己繡的檀香色杭綢褙子。

崔氏的繡樣不說多好，總是比元瑾好多了，這褙子上的鶴鹿同春圖還是栩栩如生的。她跟元瑾說這個主意的時候，元瑾並沒有反對。

當然，她還試圖讓元瑾自己來繡，元瑾只能告訴她。「妳要是想讓我去丟人現眼的話，我就繡。」

崔氏想到元瑾把蜻蜓繡成蝴蝶的繡藝，決定還是自己出馬好了。

老夫人見到這件褙子，倒是笑著同崔氏點點頭。「妳費心了，這鹿繡得極好。」

崔氏沒想到竟然還得了老夫人的誇獎。她有些激動，坐下來的時候差點坐歪了椅子。

元瑾悶笑兩聲，崔氏有時候還挺可愛的。

不過她四下看去，卻注意到今天的定國公府氣氛有些異常。

不僅定國公早早就出現在堂屋，穿著正式飛魚服，且護衛也是平日的三、四倍，加上屋內的佈置無不謹慎，甚至老夫人身邊的拂雲還一直盯著，若東西有什麼不對的地方，立刻就要丫頭擺正。

薛老太太也感覺到一絲異常，便去問了老夫人。

片刻，薛老太太回來後，謹慎地把她們都叫過來。「今日靖王殿下可能會過來赴宴。」

她這話一出，大家頓時譁然，精神一緊。

在這山西地界，誰會不知道靖王殿下？便是說句話，山西都要抖三抖的人。

周氏壓低了語氣，有些微抖。「娘，殿下當真會來？」

他們這樣的小家族，能與定國公家攀上這樣的關係，已經是今生有幸。沒想到竟還有這福氣，能與靖王殿下有個交集。

這可才是真正的大人物。

薛老太太嚴肅地點頭。「老夫人親口說的，豈會有假？你們到時候都給我警醒著，萬不可行差踏錯，打起十二萬分的精神，知道嗎？」

眾娘子、少爺們連忙應是。

薛老太太說完後，大家便開始悄聲討論。自然，其他旁支也知道了，堂屋裡頓時一片小聲說話的聲音。

元瑾表情木然，雙手在袖中輕輕握緊。

靖王朱槙……

當年他擁兵自重，對太后下令他班師回朝的懿旨充耳不聞的時候，她曾密派三十個人圍剿靖王。

她提前知道靖王那天會去狩獵，勢必不會帶太多人，便讓這些人埋伏在獵場周圍。靖王本已陷入包圍，三十人圍剿他一人，無論如何也該成功，他卻憑藉精湛的箭術，一箭射瞎了打頭之人的眼睛，隨後將他擄獲在手，以他來給自己擋刀箭。

其他人自然忌憚，竟讓他順利突圍，隨即有大量官兵在外接應。最後三十個人只順利回來兩個，其餘諸人全部被他抓獲。

那是她離刺殺靖王最接近成功的一次。

元瑾垂下眼，即便靖王今天真的到此又能如何？她除了憎恨他之外，也做不了別的事情。

她只能和一群忐忑而期待的人一起等著他到來。

因要等靖王來，薛讓和老夫人便不敢讓大家散去，就這麼一直等到午時，老夫人終於熬不住了，問向兒子。「殿下是否還來？怕是要開席了。」

第二十五章

薛讓如何知道，一時也猶豫起來，派了個人去問話。

不一會兒，那人傳消息回來。「靖王殿下那邊回話，殿下明日有個重要安排，故今天得處理公事，怕是來不了了。」

老夫人皺了皺眉。「如此的事，怎地不早些說！」

薛讓替靖王緩頰。「殿下公事繁忙，忘了這事也是有可能的。咱們先開席吧！」

眾人才得到消息，今日靖王殿下是不會來了。

大家有些失望的同時，倒也有些意料之中。畢竟這樣的大人物，能輕易見到才是奇怪。

元瑾揉了揉站得有些疼的腰，心道靖王真是仗勢凌人，約定好了竟也不來。

隨後眾人一起去宴席處就坐。

雖剛才發生靖王的插曲，不過宴席問還是很熱鬧。定國公府上的是羊肚鮑魚宴，除了八樣涼菜、十六樣熱菜，還有魚翅羊肚參湯、火腿鴿蛋煨鮑魚兩道主菜。

薛老太太剛接過魚翅羊肚參湯時，還笑道：「那今兒我這老婆子就麻煩一回，給大家分一分。」

旁邊上菜的嬤嬤有禮地笑著說：「老太太不必麻煩，這是每人都有的。」

原來後面的黑漆方盤上還放著許多湯盅，每人都有一份。

薛老太太頓時有些尷尬，畢竟她從未見識過這種世家的奢侈，所以鬧了笑話。幸好桌上還有姜氏打圓場，笑道：「我還正眼饞娘那份，還想幸好娘要分我，原來是每人一份的。」

桌上的人自然都是笑了笑，剛才的尷尬便沖淡了。

稍後上來的火腿鴿蛋煨鮑魚也是如此，拳頭大的鮑魚，端上來每人能分一隻。

薛家的人不是沒吃過魚翅、鮑魚，是沒見過這樣豪奢的派頭，更別提其他山珍海味和繁多菜目。

別說崔氏震驚得看了又看，就是薛老太太都吃得小心翼翼，生怕又發生剛才的事。

崔氏偷偷和元瑾說：「將來妳大哥要是當選世子，這樣奢侈和氣派的定國公府以後就是他的了。」

崔氏一副豔羨的口吻。

元瑾卻朝定國公的方向看了一眼，待選的男孩們和定國公一桌，衛衡、薛雲海都受到賓朋般的特殊禮遇，幾乎等同半個世子來對待。畢竟兩人都是熱門人選，但光看表面，卻不知道定國公中意的究竟是誰？

吃過了宴席，幾個少爺便去蓮陶館喝酒，據說那裡種了一片白蓮，這時候恰是白蓮盛開的好時節。只是既然男眷們要去，女眷們就只能留在宴息處的偏廳裡吃茶、品點心了。

薛元珠正和元瑾說方才席間的事。「……祖母這次丟臉了，臉色一直不好看，剛才因為一件小事把三姊訓斥了一通，我看到可是笑死我了。」

元瑾道：「妳偷溜過去看，不怕被祖母抓住？」

薛元珠捂著嘴說：「她煩心自己的事，才沒空理我呢！」

元瑾正和薛元珠說話，薛元珍的丫頭一一給在座的娘子們添茶，走過元瑾身邊時，不小心碰倒她的茶杯，茶水頓時灑在元瑾的裙子上。

薛元珠驚呼一聲，那丫頭連忙半跪下來，用手帕替元瑾汲著水，只是難免已經留下茶漬。

薛元珠連忙問道：「四姊可燙著了？」

元瑾搖搖頭，這茶水並不燙。

「呀！妳這丫頭怎麼笨手笨腳的，若是燙著四妹可如何是好！」薛元珍也看到了，走過來訓斥那丫頭一通，丫頭立刻跪下認錯。

薛元珍又關切地同元瑾說：「四妹的裙子成了這樣，倒不如去房中清理一下吧，也看看裡面燙傷沒有？若是燙傷了，我這姊姊也愧疚。」

元瑾道：「沒有燙著，便不必了吧。」

薛元珍卻笑了笑。「四妹何必同我客氣？這樣的事怎麼能馬虎！」

元瑾聽到這裡笑了笑。薛元珍突然對她如此殷勤，非要讓她去看看不可，根本是事出反常必有妖。

她在宮中長大，那些妃嬪勾心鬥角的戲碼看多了。這種無聊常見的手段，沒一千也有八百了。

她倒想看看薛元珍究竟要做什麼？

元瑾道：「那就去看看吧。」

薛元珍叫了個陌生的丫頭給元瑾帶路，送她出去。女眷們自己貼身的丫頭都留在抱廈，並沒有跟過來伺候。

她隨即又暗暗對席中的薛元珊示意一眼。

薛元珊輕輕點頭，跟在元瑾身後。

初秋的柳樹蔭下涼風拂面，丫頭領著她走在廊廡下，道：「四娘子，這池塘邊的房子特別涼快，您進去看看是否燙傷了。若是有什麼需要，就叫奴婢一聲，奴婢就在外頭等您。」

元瑾點點頭。

那丫頭便應諾去了。元瑾看了眼那房間，倒是沒瞧出什麼獨特之處。

她悄悄退到柳樹後，一直盯著房門的方向。

不過片刻，她便看到一個人走過來，在房門口探頭探腦的，似乎在朝裡面張望。然後從袖中拿出一把鎖，似乎準備將房門鎖起來。

元瑾冷冷一笑。原來是薛元珊！

她悄悄朝她走過去，在她背後道：「三姊為何鬼鬼祟祟跟在我身後？」

薛元珊被突然冒出來的聲音嚇了一跳，回過頭才發現居然是元瑾，她竟然沒有進去！

「妳為何突然出聲！」她習慣性地責備元瑾。「妳嚇著我了！」

元瑾笑了笑。「三姊方才想鎖門，是想把我關在裡面？」

薛元珊不回答，元瑾便朝屋中看了一眼。「這屋子裡……有什麼呢？三姊非要把我鎖在裡面不可？」

薛元珊目光游移，咬了咬唇。「自然是沒有什麼了！」

元瑾笑道：「這我可不敢信呢，倒不如三姊進去幫我看看？」

不等薛元珊說話，她突然將薛元珊推入房中，隨後關上房門掛了鎖。

若薛元珊沒有害她的心思，裡面自然安全。若她有，那也別怪她不客氣了！

薛元珊一開始還在裡面猛拍房門，叫喊不休。但不知為何，過了半刻鐘，卻又漸漸地沒了聲音。

方才元瑾開門時，就聞到屋子裡有一股熏香的味道。她聞過這種香，宮中人若有失眠者，多靠它入眠，只是方才的味道比日常用的濃烈十倍不止，恐怕是聞了就會讓人神智不清。

而剛才那個丫頭，卻一直沒有回來。

看來果然是個圈套了。

另一頭，幾位太太摸過了葉子牌，也到偏廳喝茶。

崔氏左看右看不見元瑾，便問薛元珍。「可見著妳四妹了？」

薛元珍才有些歉意地道：「方才丫頭不小心把茶水潑到四妹身上，四妹便去旁邊的蓮陶館歇息片刻。」說完也「咦」了一聲。「卻不見四妹回來，該不會是出什麼事了吧？」

周氏道：「妳剛才怎麼不說，我們總該去找找才是！」

一旁的沈氏也道：「不如我們一同去吧，反正現在也無事。我聽說蓮陶館那邊的白蓮開得正好。」

崔氏有些擔心女兒，心不在焉地點點頭。

姜氏在一旁喝茶，聽到這裡皺了皺眉。

周氏怎會突然對元瑾如此關心？此事恐怕有些蹊蹺。

她笑著說：「正好我也空閒，便陪四弟妹去看看吧。」

一行人便朝蓮陶館走去，等走到了廊廡下，四下寂靜，半個人都沒有。

方才領路的丫頭說：「四娘子便是在裡頭休息。」

姜氏看到這裡，心中咯噔一聲。

怎麼外面一個伺候的人都沒有？

崔氏卻毫無防備，說道：「既是如此，妳去敲門吧！」

「慢著。」姜氏向前一步。「四娘子許是在裡頭睡覺呢，咱們還是不要打擾的好。」她示意崔氏一眼。「四弟妹，妳說呢？」

崔氏記得元瑾經常叮囑她：「……三伯母平日不喜管事，但她一旦管了，就必定是大事，到那時候您一定要聽她的。」

崔氏雖然沒長幾兩腦子，但女兒的話還是記著的。

她不由得忐忑起來，究竟發生什麼事了，姜氏為何突然插手？

「若她還在睡覺，那還是算了吧。」崔氏道。

周氏卻笑了笑。「我看四娘子睡再久也該醒了，不如把她叫起來，我們一同去賞花吧。」

說著又示意那丫頭上前開門。

此刻元瑾正藏身在廊廡轉角處聽著，周氏如此急著要開門進去，那門內勢必有什麼見不得人的東西。倒是三伯母果然上道，如果不是她這時候已經脫身，三伯母就幫了她大忙。

姜氏雖然不知道有什麼蹊蹺，但和周氏對著幹總是沒錯的。她又上前一步攔住那丫頭。

「大嫂，元瑾既然要休息，妳又何必去強行打擾？」

沈氏在一旁冷笑。「三弟妹這也太多管閒事了，我們不過是看看罷了，妳何必在旁阻攔？」

幾個人說話的聲音不小，帶著裴子清路過的薛讓很快就聽到了。

「那不是薛家的幾個太太，在這裡做什麼？」薛讓皺了皺眉，這幾人似乎發生什麼衝突的樣子。

他低聲吩咐身旁的小廝去打探。

裴子清卻心不在焉。自從發現暗針那事後，他便不想在山西久留，只想快點把事情處理完回京，所以根本沒在意。

沈氏和姜氏卻爭執得越發厲害了。

姜氏想要阻攔，沈氏卻幫著周氏要進去，崔氏光攔著周氏已經脫不開身，沈氏甚至冷笑道：「三弟妹這般激動，這房中可是有什麼見不得人的事，所以妳們才攔著不要我們看？」

姜氏道：「二嫂執意要進去，我何嘗不是百思不解？」

沈氏目中冷光一閃。「那我偏要進去！」

說著，她背後的丫頭已經機靈地突圍而出，和一旁的精壯小廝一把將上鎖的房門用力撞開。丫頭走了進去，卻沒發出任何聲音，隨後只聽她聲音發抖地道：「太太……二太太！您快來看看啊！」

沈氏心道自己這丫頭演技還不錯，又冷笑道：「我看果然是有什麼見不得人的事！」

元瑾聽到這裡，知道沈氏她們的目的已達到，便從廊廡後走出來，笑吟吟地道：「娘、幾位伯母，妳們在這裡做什麼？」

姜氏聽到她的聲音，欣喜地回過身。

周氏看到她竟然從廊廡那邊走過來，面色一變，心中猛地一沈。

薛元瑾怎麼會在這兒？她不是應該在房中嗎？

崔氏看到元瑾，幾步朝她走過來，焦急地抓住她的衣袖。「阿瑾，妳方才去哪兒了？」

元瑾走上前。「我覺得在這裡納涼，這衣裳倒也能乾，便四處走了走。」她看到周氏和沈氏的陣仗，似乎有些疑惑。「幾位伯母怎麼在此處拉扯，可是發生了什麼事？」

沈氏也察覺到不對，如果外面這個人是薛元瑾，那裡面那個呢？

沈氏突然想起元珊也沒有回來……

她顧不得說話，一把推開姜氏，幾步衝進房中，隨後傳來她的驚叫聲。屋子裡頓時一片混亂，周氏、姜氏也跟著跑進去。

元瑾走在最後進了房，她還當真想看看屋內究竟是什麼！

只見屋內一片混亂，屏風傾倒，原是有個男子衣衫凌亂地坐在床上，竟然是衛衡！他也一副久睡剛醒的樣子，薛元珊已經被丫頭披了件斗篷，正在啜泣。但看她髮髻凌亂，便知道兩人之間定是發生了什麼。

原來如此。衛衡怕是喝醉了，在此處睡覺，所以薛元珍才設計她來此處，是想敗壞她和衛衡的名聲，這樣便可同時除去兩個人。

即便到時候大家有所疑惑，也會想到她之前喜歡衛衡，看到人家睡在此處，便情不自禁地想要算計人家，才特意製造這齣戲。到時候，旁人只會罵她不知廉恥，卻不會懷疑到薛元珍身上來。

崔氏和姜氏看到這裡，也是臉一陣紅、一陣白。她們作夢也沒想到，竟然是薛元珊和衛衡在這屋子裡！

沈氏慌亂地摟著薛元珊，問她可有大事？薛元珊只是啜泣不說話，沈氏便嗷一聲躥起來，似乎想要去打衛衡，卻被周氏趕緊攔住。

衛衡則面色陰寒，他自然也懷疑自己這是被人算計了。

方才他同其他幾人在蓮陶館喝酒，喝著、喝著就覺得頭暈，被扶到這房中來休息，誰知半路醒來就覺得口乾舌燥，這時候突然進來一個女子，他便失去了神智……

但此事實在讓人懷疑，他不是不能飲酒的人，怎地喝了點酒就神智不清了！

他抬起頭，發現元瑾跟在眾人身後進來，不由得別過了頭。他不怕被人算計，可是看到元瑾，卻不知為何覺得有些羞愧。

沈氏握著薛元珊的肩膀。「珊兒，妳怎麼在裡面？不應該是薛……」

周氏突然道：「二弟妹，妳現在應該好生安撫珊兒，說這些做什麼！」

姜氏卻在旁聽出了端倪。「二嫂方才說什麼？」

沈氏不肯再開口，周氏就對姜氏道：「三弟妹去找老夫人吧，這事不能就這麼算了！」

衛衡也知道自己是被人所害，並不多說，也對姜氏道：「煩勞這位太太，去請老夫人過來吧。」

薛讓和裴子清在不遠處聽到不對勁，已走了過來，看到兩人一前一後，衣裳淩亂地走出來，薛讓頓時就明白發生了什麼事，臉色也不好看起來。

其餘幾個太太、小姐看到定國公和裴子清竟然在場，表情一時慌亂，便屈身行了個禮。

裴子清看到站在最後面的元瑾。

由他方才聽到的經過，自然能猜到恐怕是那幾個人想算計她，結果算計不成，反被她算計了。

他朝她走過去，小姑娘應該是注意到他看著自己，卻只佯裝沒看到，徑直走了。

裴子清嘴角略微一挑。

她當真是非常不喜歡他啊！

自然，平白無故被人這樣威脅、冷遇幾次，沒有人喜歡得起來。

裴子清跟了上去，在她身邊低聲問：「她們方才想算計妳吧？」

「這事似乎與裴大人無關吧？」元瑾淡淡道。

她連這個不冷不熱的說話語氣都像極了丹陽。

裴子清卻不生氣，又笑了笑。「妳不要太戒備，我不會告訴旁人的。妳這般模樣，怕是算計回去了？」

元瑾心中一緊。裴子清察言觀色的能力實在可怕，雖然他現在並未當真，只是在同她玩耍罷了。

她停下來，看了裴子清一眼，然後輕聲說：「裴大人。」

裴子清正等著她說個子丑寅卯出來，她卻說：「您每天都沒什麼事做嗎？」

裴子清聽了失笑。元瑾不再理他，跟在崔氏等人身後去了正堂。

跟丹陽相比，小姑娘對他還有更多的不耐煩，像隻小刺蝟一般，戒備地忌憚著周圍，讓人不好靠近。想想卻是能理解的，畢竟出身不好，周圍想害她的人卻很多，自然要警惕起來，豎起刺扎人。

因為沒有一個人護著她，所以只能自己護著自己。

老夫人聽到這件事，自然是大動肝火。

府裡怎能發生這樣的事！就算她不是這些姑娘的直系長輩，也實在無法忍受。

老夫人問清楚來龍去脈後，單刀直入地問薛元珊。「妳如何會闖入他休息的房間？」

薛元珊聽到這裡，立刻指了元瑾出來。「是她，她推我進去的！是她害我！」

元瑾被她一指，很疑惑的樣子。「三姊說什麼呢，我什麼時候推了妳？」

「分明是妳看到我……」薛元珊說到這裡，突然覺得有一絲不對勁。

這事根本沒法說啊！

她為什麼會在那裡，那是因為她悄悄跟著薛元瑾過去的。她為何會跟著薛元瑾過去，那是因為要確認她進了房中，和衛衡發生了什麼。這樣一來，兩個人便都能從世子和小姐的競選中被淘汰了，這一切都是她和薛元珍想要算計薛元瑾。

這些話她能說嗎？她是講不清楚的！

老夫人察覺事情有一絲不對勁，對元瑾道：「妳來說吧！」

元瑾便繼續道：「方才二姊的丫頭潑了我一身茶水，便讓丫頭帶我去那處歇息，我還正好奇呢，偏廳不是沒有休息的地方，為何將我帶到那裡？隨後丫頭走了，我看荷花開得正好，就去賞了會兒，一時忘了時辰，等回來的時候，就看到伯母們都站在門前爭執……」

薛元珊聽到這裡更是激動，立刻要站起來。「妳胡說！分明是妳看到我跟著妳過去，所以推我進去的！」

老夫人眼中冷光一閃。「那三娘子，妳為何會跟著元瑾過去？」

薛元珊才發現，自己竟被老夫人抓住話中的問題。她這才明白過來，薛元瑾根本是故意的，她就是要引她自己說出這話！

薛元珊的聲音有些乾。「我跟著她……只是想去賞花罷了，我沒有別的意思……」

她這話一出，薛元珍深吸了口氣。

愚蠢！

薛元瑾說的話，在偏廳的人都可以佐證，但是她的話卻像是欲蓋彌彰，此地無銀三百兩。

老夫人將偏廳的人找來問，自然知道元瑾沒說謊。

因為這事還牽扯到薛元珍，她便看向薛元珍。「二娘子，妳的丫頭為何會把茶水潑到元瑾的裙子上？」

薛元珍立刻跪下。「老夫人，我那丫頭當真是不小心的。再者，領路的那丫頭我也不認識，至於元珊妹妹為何會突然去找元瑾，我也不知道。若說您疑心是我和元珊勾結陷害四妹，我實在冤枉……」說著眼眶已紅。

她幾句話便把自己摘了出去，這是早就想好的。

老夫人閉了閉眼睛，旁人也許還看不出來，她卻已經看出端倪。

怕是薛元珍和薛元珊想算計元瑾，卻莫名其妙把自己算計進去。但薛元珊畢竟已經失去清白，追究起來沒有意思。

老夫人又問薛元珊。「我再問妳，妳究竟是怎麼進去的？妳可要想好了說！」

薛元珊看了看薛元珍和周氏的表情，非常不甘心，卻也只能咬咬牙說：「是我自己……不小心闖入的，和四妹無關。」

既然她已經不再牽連旁人，老夫人也就不問了。她擺擺手，讓薛老太太來繼續問話。

薛老太太以為老夫人氣的是薛元珊的冒進，將她大為訓斥一番，甚至還訓斥了元瑾幾句，卻沒有怪罪薛元珍。

元瑾倒是不在意，罵她兩句少不了一塊肉。

至於薛讓那邊則是在問衛衡。可問來問去，只知是酒後亂性，至於那屋中，薛讓也派人去看了，但時間太長，什麼證據也沒有找到。

最後薛讓站在衛衡面前，看了在場的薛雲海、衛襄等人一眼，說道：「發生了這樣的事，衛衡，你便只能退出世子競選了。」

衛衡沈默，隨後行禮，什麼也沒說地答應了。

衛夫人很快就從衛家趕過來，知道兒子因為這件事，從此無緣世子之位，她如何能甘心？面色陰沈地大鬧定國公府，說一定是有人陷害她的兒，否則怎會出這樣的事情？她要求細查，絕不能就這樣算了！

第二十六章

最後是衛衡阻止了衛夫人，不再繼續鬧下去。

薛家一行人回到薛家，沒有人說話，各自散了回房。

剛進房門，周氏就叫女兒關上門，喝了碗參湯後，才長吁了口氣。「今日當真太險，若不是妳機靈，怕就被薛元珊拉下水了。」

薛元珍道：「分明只是讓她去監視薛元瑾，不知怎的卻把自己算計進去，也怪不得我們保全自己了。」

周氏又看向兒子，卻發現燭火下，薛雲海凝眉沈思，似乎有心事。

周氏以為薛雲海是因為害了衛衡而不舒服，便坐過去說道：「我兒，你可千萬別愧疚。這樣的榮華富貴，是個人便要好生努力一把，你用些手段也沒什麼，換作是你比衛衡有優勢，恐怕他也會這般對付你……」

薛雲海搖搖頭。「我不是愧疚，而是覺得有些不對。」

周氏問他哪裡不對？薛雲海斟酌片刻，才說：「我給衛衡倒的那壺是特製的酒，方才我出去吩咐小廝的時候，那酒壺卻不見了。我回頭找，也沒有找到……」

周氏聽得心裡一緊，只得安慰他。「既然方才沒人拿出來，那便是沒事。你不要想這些，好生繼續練你的騎射就是了。」

薛雲海沒有說話。

周氏知道兒子要比她謹慎得多，微微一笑，安慰道：「幸而一切都是值得的，如今沒了衛衡，誰還是你的對手？我看只等一個月後，國公爺宣佈人選就是你了。」她又拉過女兒的手。「我們元珍便也可以做這個定國公府小姐了。」

薛雲海才點點頭。母親說得也是，若是被要緊的人撿去，方才就應該拿出來了。

但薛元珍一想，又道：「不過女兒還是擔心，今日的事會讓老夫人對我起疑。衛顯蘭不提了，可老夫人本就喜歡薛元瑾……」

周氏也覺得可惜，今天沒有藉此機會除掉薛元瑾，的確是個遺憾。

她道：「不過是個庶房，娘總能找到機會除了她。妳也不需太擔憂，妳祖母心中真正中意的人是妳，最後總會幫妳的。」

就在這時，沈氏上門來了。

周氏讓丫頭請她進來。

沈氏一進來就眼睛紅腫，坐下連茶都不喝，直接道：「大嫂，我家元珊可是因為幫你們才這般的，妳不能放任不管！」

周氏心中冷笑。

因為她？

還不是薛元珊自己太蠢，否則哪裡還需要她費心？

她叫薛雲海兄妹退下，才道：「二弟妹，少安勿躁。」

沈氏聽得一急。「發生這樣的事，妳叫我如何能安？」

周氏嘆了口氣，問道：「那妳是如何打算的？」

沈氏道：「衛衡既與珊兒發生這樣的事，自然是讓他娶了珊兒，否則我家珊兒日後該嫁誰去？我來找大嫂，也是希望大嫂能助我一臂之力，珊兒怎麼也是我家嫡出的，不差他什麼。」

周氏心想沈氏是不是腦子有點不正常？

薛元珊的父親不過是個知州，人家衛衡的父親卻是從二品的陝西布政使。她不過出身小小的永通縣沈家，人家衛夫人卻是太原世家出來的嫡長女。她女兒薛元珊品貌、端行沒一個突出的，人家衛衡卻是玉樹臨風，少年舉子。

這叫不差什麼？

「不然二弟妹先請個中間人去打探一番，有這個意頭，我再幫妳說說項。」周氏道：「咱們總不能就這樣平白地去。」

訂親的事自然要媒人出面，周氏說得有道理，沈氏也只能先認了。

一開始的時候，沈氏的確十分慌亂，但後來經貼身嬤嬤一提醒，她突然想到，元珊若能嫁給衛衡，何嘗不是一樁好事？衛衡這般家世、才貌，若是尋常的談婚論嫁，元珊自然無法匹配。但現在出了這樣的事，衛家就是不認也得認！

便是想到了這個，所以她才坐沒一會兒，便火燒火燎地來找周氏。此事因為周氏想要算計元瑾而起，自然也該她出出力。能幫元珊嫁入衛家，這個忙便不算白忙活了！

薛府幾房都沒人歇息，深夜還在合計今天發生的事。而定國公府裡，薛讓與老夫人對坐飲茶，談論起薛家的事。

「……兒子看來，今日的事與薛雲海有脫不了的干係。今兒雖沒找著證據，但衛襄私下給了我一個酒壺，我聞著有異香，只是那酒壺並非直接在薛雲海那裡找到，無法定論，故也沒有拿出來。」

老夫人沒想到薛家那些人的手段越來越過分。「這樣心思陰毒的人，我們府裡也不能要的。」老夫人捻動手中的佛珠串。「定是他不會有錯。只是這話先別提，等到最後直接定下人選就是了。」

薛讓明白老夫人的意思，如今只剩薛雲海實力最強，他自然覺得自己最有機會。最後知道不是自己，那才是瞠目結舌。

「那還剩下兩人，侯爺意欲選誰？」老夫人問道。

薛讓略思索後道：「眼見著剩下兩個是不好。但兒子卻覺得，這會兒隔岸觀火還能保全自身，才是最好的。」

老夫人點頭。「衛襄心細如髮，聰明機智，聞玉天賦極高，也是甚好。看侯爺喜歡誰了。」

元瑾一直在家中被崔氏按著做女紅，一直到晌午後崔氏睡午覺，她才能得空出來。

元瑾想著給陳先生帶點東西，也不知道他愛吃什麼？正好入秋了，家中有螃蟹，故特地提了兩串大螃蟹過來。

誰知她到的時候，發現陳先生不在，她只能提著兩串螃蟹坐在門口的台階上，百無聊賴地等著他回來。

這人真是，明明跟他說好了不要亂走，怎地還是不見蹤影？

元瑾等了一會兒，有些不高興了。

大熱天的，她提的螃蟹也活不了多久。

她想起陳先生還常去另一個院子散步，便準備去找找看。

誰知她沿著小路走到那院子門口，卻發現有兩個帶刀侍衛守在那裡，侍衛一看到她，便十分警覺地問：「妳是什麼人？」

元瑾皺眉。怎麼會有侍衛在這裡？

她正想轉身離開，後頸卻突然被人悄無聲息地砍了一個手刀，頓時身體綿軟地癱倒下來。

外面蟬聲聒噪，朱槙正在屋中和薛讓商量事情，就聽有人在外跪地稟報。「殿下，外面有人鬼鬼祟祟走動，屬下已經將人抓住了。」

自發生上次刺殺的事，為了殿下的安全，崇善寺的守衛比以前多了三倍不止。

朱槙淡淡道：「有探子你們抓去審問就是了，來問我做什麼？」

那人猶豫了一下。「似乎是個不大的姑娘，倒也不知是不是探子。」

聽到是個不大的姑娘，朱槙皺了皺眉。

難道是元瑾來了？他本想和薛讓說完事情再去，沒想到她今天居然來得挺早。

他立刻往外走，臉色有些不好看。「她人在哪兒？」

他身邊新調來一批侍衛，還沒見過元瑾，自然不知道要放行，竟然還把她當成探子抓起來。

那人見殿下突然慎重起來，心裡頓時有了不好的預感。殿下似乎還挺看重此人的啊……

他的語氣有些結巴。「……小的給她綁了手，正放在外面。」

朱槙跨出門，果然看到他們把元瑾放在地上，手被繩索綁著。

他半蹲下將她的繩索解開，只見她細嫩的手腕上已經勒出紅痕。這般睡在地上如何是好，朱槙猶豫了一下，還是將她打橫抱起來。小姑娘小小軟軟的一團，衣帶垂落在他的手上，輕若無物，他甚至能聞到她身上淡淡的清甜香味。

她縮進他懷裡時，還無意識地蹭了蹭他的胸膛。雪白精緻的小臉蛋，像隻小貓般柔軟。

朱楨突然感覺到所謂軟玉溫香在懷的酥軟。他如苦行僧般過了這麼些年，竟突然有了一種想要什麼東西的感覺。

如此姣美、如此溫軟，但她醒的時候，又像小老虎般張牙舞爪，甚至還會想要保護他，雖然是自不量力。

朱楨看著她白皙清嫩的面容，輕輕地嘆了口氣。

他最近越來越常被這小姑娘影響情緒，竟還生出這樣的念頭。這對他來說不是一件好事。

他不是那種喜歡信任別人的人，他喜歡一切在他的掌控中，包括情愛。

朱楨將元瑾抱進廂房，放在羅漢床上。

他走出來後問：「方才是誰傷她的？」

侍衛中有個人跪下。「殿下，是卑職……」

朱楨便淡淡道：「去領三十棍軍罰。」

薛讓在屋內聽到了經過，只是走出來的時候，已經不見侍衛們說的那個小姑娘。

他還真的有點好奇，殿下住在寺中，又忙於戰事，他還以為他是不近女色的，沒想到是自己養了朵小嬌花。果然，男人啊，心裡總還是有那麼點事的。他以前還擔心殿下正當壯年，精力充沛，沒個女子在旁伺候終究不好。

不知道那姑娘長什麼模樣，竟連殿下都如此疼惜，手下誤傷了還要領罰？

薛讓笑道：「殿下，我是不是打擾您了？」

朱槙看了他一眼，就知道這廝心裡又在冒壞水了。

「一個小姑娘罷了。」朱槙道。

薛讓仍然笑著說：「小姑娘才生嫩可人呢，您看裴大人平日這般正經，還是總對我旁家的一個小姑娘另眼相看，我問他要不要娶來做妾，養在身邊豈不是好？他偏偏還不答應。」

朱槙對手下的風流韻事並不關心，但薛讓這般說話的口吻，卻讓他叮囑了一句。「你這口無遮攔的個性，進了京城可要改改！」

薛讓應是，也不敢把玩笑開太過，畢竟對方可是靖王殿下。

元瑾醒來時，聞到屋裡傳來陣陣螃蟹的香味。

她睜開眼，發現自己躺在陳先生的躺椅上，他在一旁看書，桌上擺著煮好的螃蟹，切了一碟細細的嫩薑絲、一小壺香醋、一壺黃酒，這些都是用來配螃蟹的。

元瑾覺得後頸陣陣生疼，揉了揉，想起方才的事。

朱槙見到她的動作，問道：「頭疼？」

元瑾沒有說話。

朱槙放下書看著她，笑了笑，問：「生氣了？」

元瑾才忍不住問：「不是說好了今日等我，你究竟去哪兒了？」

朱槙道：「沒想到妳來得這麼早，出去轉了兩圈，回來看到妳竟被兩個陌生侍衛扣下。便跟他們說妳是來找我的，就把妳抱回來了。」

他把煮好的螃蟹推到她面前。「來，吃吧，妳帶來的。」

元瑾搖搖頭，她現在不想吃。

她看著門外拉長的日光，又想到那天藏經閣中發生的事，他驚人的身手和殺人如麻的那種漠然，又想到今天遇到的兩個侍衛。

「先生，你當真是個普通幕僚？」她突然問。

朱槙沈默了片刻，小姑娘不喜歡別人騙她，他也想過是不是要告訴她真實身分？但正是因為出了那天的事，他反倒要繼續瞞著她。如今他身邊危機四伏，很難說清楚有哪些政治勢力在博弈，京城中有太多人盯著他了。

知道得太多、介入太深，對她並不好。

她可不像他，身邊隨時有精兵和暗衛守護。

「我並非普通幕僚。」朱槙坦言。「我曾經上過戰場，也殺過很多人。只是過去的很多事，現在也只是過去罷了。」他微微一頓。「妳只需知道，我絕不會害妳就是了。」

他說這些話的語氣是非常平和的。他的過去像一個個深深的謎團，糾纏著這個人長成這樣的骨血、這樣的氣質，每一部分都相互交融，複雜難分。人的過去都是如此，無論是疼痛或是喜悅，都是你的骨血肉。

他住在這寺廟中，深居簡出，清貧安寧，若不是經歷過許多世事的人，應該做不到吧？

元瑾問：「先生似乎經歷過一些不好的事？」

朱楨笑了笑，看她認真地看著自己，輕輕道：「人不是總會經歷不好的事嗎？」

元瑾也曾說過這句話。人總會經歷不好的事，沒有誰更特別。

朱楨看她的表情突然沈寂下去，喝了口茶，笑了笑。「妳還小，以後就不要說這樣的話了。」

他拿了一隻蟹，拆了蟹腿遞給她。「吃吧，涼了便不能吃了。」

元瑾接過蟹腿，看到他開始拆蟹蓋，才回過神來問道：「你給我吃腿，自己吃黃？」

朱楨卻道：「蟹黃性寒，妳是姑娘家，應該少吃一些。」

元瑾卻將他手中的螃蟹奪過來。

朱楨有些錯愕。「妳的螃蟹不是帶來給我吃的嗎？」

「方才等你半天，我後悔了。」元瑾把蟹腿、蟹黃都拿了，笑道：「先生喝些黃酒就好。」

朱楨也笑，伸手便來奪。

元瑾想藏到身後，卻很快被他按住手，幾乎是摟在懷裡，然後奪走她手裡的螃蟹。

男女之間的體力相差太大，更何況她面對的還是個身手極好的精壯男性。元瑾被他按住便不能動，臉色一紅，但他已經拿到螃蟹坐了回去，還笑她。「妳這點力氣，還是不要從男子手裡搶東西的好。」

算了，本來就是帶給他吃的。元瑾也不在意，不過除了陳先生的身分，她還有別的事想問他。

那天藏經閣出事，婆子告訴他，後來靖王也到寺廟中來了。

陳先生既一直在寺廟中，又直接面對了那些刺客，應該會見過靖王吧？

她其實很想知道，陳先生是怎麼看待靖王的？她自然了解靖王的手段、脾性，但那都是紙上空談，靖王本人是一次也沒見過。知己知彼，百戰不殆，她很想了解這位導致一切發生的人。

元瑾問道：「先生可知道靖王？」

朱槙正在吃螃蟹，被她問得猝不及防。

他頓了頓。「……知道一點吧。」

元瑾又問：「那先生覺得靖王是個什麼樣的人？」

朱槙一時不知道該怎麼說。

若問他是個什麼樣的人，那真是太複雜了。罵他的、讚譽他的、恨到想掘他祖墳的、感激到給他修功德祠的，實在太多。

於是他說：「……應該是個好人吧。」

元瑾就笑了笑。靖王不會是個好人，坐在這些位置上的人，都不可能是什麼好人。

「妳問他做什麼？妳和靖王有什麼過節不成？」朱槙問道。

元瑾道：「隨便問問罷了。昨日定國公府壽宴，靖王殿下本說要來，我們一行人等了他一個時辰，他都沒有出現。一個坐擁山西、西北軍權的藩王殿下，卻是言而無信。」

原來昨日定國公府辦壽宴，她也去了。

朱槙向後仰靠在椅子上，笑了笑。前日她突然讓人來傳話，說今日要過來，他只能把今日的事挪到昨天處理，昨日自然不能去了。

那還不是為了她違約了。

「妳似乎和定國公府很熟悉。」朱槙問：「可是定國公府的旁系？」

微斜的金色夕陽下，他的臉龐英俊而平和。

「您問這個做什麼？」

「我聽說定國公府最近正在旁系裡選世子。妳幾次來請我幫忙，應該就是為了妳弟弟選世子吧？」朱槙道。

元瑾有些警覺。畢竟選世子的事，實在不得不慎重。

「妳別擔心，若我會告訴旁人，早便告訴了。」朱槙也知道她在想什麼，小姑娘以前毫無保留地信他，是因為他是個住在寺廟中與世無爭的落魄幕僚，若是聽到他竟然知道這麼多事，勢必會猶豫起來。
其實他之前沒有仔細查過她的背景，直到上次被刺殺後，才讓人把小姑娘的情況一一摸透。
包括她有幾房親人、父母如何、家族如何。總的來說，元瑾活得挺艱難的。這爭奪世子之事，雖於他來說是小事，但對於一個小家族來說，的確是個改變命運的大好機會。
既然如此，他不妨幫她一次。
就算不論別的，光輿圖那件事，就有足夠的理由了。
元瑾自然也知道這個理。「也不是疑你，只是這世子爭奪的事……大家機關算盡，我不得不小心。」她看了他一眼。「先生不會生氣吧？」
朱槙笑著搖搖頭。
「本來如此複雜的事，先生也不必知道，反而擾了你的清淨。」元瑾就鬆了口氣，笑了笑。
朱槙將另一隻螃蟹遞給她。「不提這些了，還是先吃螃蟹吧。」
元瑾伸手要去拿，他卻略微一拿高。
元瑾有些搆不著，撈了幾下撈不著，最後只能抓著他的手臂，從他手上取下螃蟹，還瞪了他一眼。
朱槙卻笑了笑，將自己方才剝好的螃蟹放到她面前。「吃這個吧，時辰不早了。」

元瑾看到夕陽西下，的確不早了，她把那隻螃蟹吃完，便準備要離去。

臨走前，她猶豫地看向陳先生，他坐在照進窗扇的夕陽中，臉龐有種儒雅的英俊，宛如一尊佛像，與歲月無爭，讓人一見便覺得釋然。

元瑾突然問：「一直叫你先生，卻不知你的名字？」

朱槙想了片刻，才告訴她。「我單名一個慎字。」

這也不算騙她，他字「慎之」，這是當年孝定太后親自給他賜的字，他體會這個字用了十年。

陳慎，原來是這樣的名字。

「我知道了，那便先走了。」元瑾同他告別，最後才道：「對了，你也不必幫我說話，你在定國公那裡本就不受重視了，不必因我招惹麻煩。」

「好。」朱槙笑著答應她。

朱槙面帶微笑，直到看到她消失不見，他臉上的笑容才淡下來。

朱槙招手叫下屬進來，吩咐道：「去把薛讓叫過來。」

第二十七章

薛讓在隔壁房中等了一個多時辰，才有人過來通傳說殿下叫他過去。茶都已經喝過兩壺，他帶著一肚子沈甸甸的水去見殿下。

朱楨坐在窗邊，正單手倒茶。夕陽映照他的半身，俊挺的面容以及睫毛都覆上一層光暈。

若不了解殿下，一定會覺得他性格平和無害。

朱楨一眼瞄了過來，道：「來坐吧。」

薛讓走上前，看到殿下伸出骨節分明的手，把茶推到他面前。「喝茶？」讓殿下給他倒茶，一定不是什麼好事。

薛讓心裡一跳，面上已露出笑容。「殿下您饒了我吧，方才灌兩壺茶了！」

朱楨笑了笑，收回手給自己倒了杯茶。「我聽說你們府中最近在選世子？」

薛讓點頭，沒想到殿下竟也關心他家中這點小事。

「殿下也知道，亡妻之後，我本就沒什麼心思。」薛讓笑容滿面的臉上，稍微露出一絲疲態。「上次在戰場上受傷，若不是殿下相救，恐怕我連命都保不住。不過也正好藉此推脫了母親，不再給我找妾室，最後便決定從旁支中選個孩子過繼。」

朱楨嗯了聲，又問：「人選中可有個人叫薛聞玉？」

薛讓一時有些驚訝。殿下怎麼會突然提起聞玉？

「的確有。」薛讓道：「殿下可是認識他？」

朱楨卻沒有回答，只是喝了口茶，抬頭道：「你覺得選他如何？」

薛讓一怔，立刻回過神來。原來殿下是想讓他定薛聞玉！

這是為何？殿下向來是不管他們的家事的。

當然，殿下開口，他就不會拒絕。別說在這山西，殿下的話猶如聖旨，何況殿下對他恩重如山，還曾救過他的性命，他自然不會拒絕。

「這是自然的，既然殿下開口，那便是他了。」薛讓道：「本來我也是滿意他的。只是不知道他是哪來這般榮幸，能入殿下的眼？」

朱楨笑了笑。「旁的你就別問了，定下這人就好。我近日會離開一陣子，你不必來寺廟裡找我。」

薛讓滿是疑惑地離去後，朱楨望向窗外沈寂的夕陽。

她既費盡力氣想讓她弟弟入選世子之位，他幫她一次就是了。

他年少的時候，第一個看重的人是孝定太后，可孝定太后年邁，在他很小的時候就去了。隨後他回到母親身邊，那時候他對母親的感情還是陌生而憧憬的。

母親麼，總是和旁人不一樣，可母親眼中只有皇兄，從小都如是教導他：「你哥哥是太子，位置凶險，楨兒一定要記得，無論什麼時候都要幫著皇兄。」

皇兄有個頭疼腦熱，母親都心疼得不得了，他高燒得差點死了，母親都不知道，還是當時太妃來看他才發現的。

其實從那時候開始，他對人性就充滿了不信任。他本也不想信任任何人，雖然表面上他仍然笑咪咪的，對一切人事都很和氣，其實內心冷酷而戒備。後來陸續發生的一些事，也只是加重了這樣的認定而已。

但是她依賴他、信任他，沒有靖王這層身分，她接近他沒有複雜的目的，只是純粹的喜怒哀樂。

並且，她還想保護他。

這些年，再沒有人想保護他。

朱楨知道，他對元瑾的心思已經太多了。

但是他不喜歡再如年少一般，對什麼人太過在意，牽動心神。

他希望自己能在幫了她最後這次後，就此重回靖王的身分，不應再這樣演戲下去。

她畢竟也只是個小姑娘而已，若真的在他身邊留下來，應該會見識到他很多可怖的一面吧？因為從本質上來說，他真的不算是個良善的人。

小姑娘的弟弟既然被選為世子，她從此有定國公庇護，想必生活也無礙了。那他也盡可放心，便不去擾亂她的生活。

朱楨低垂下眼，繼續喝茶。

希望如此吧。

薛讓回府後，立刻就去了老夫人那裡，將靖王所說的事告訴她。

老夫人驟然一驚，平復了片刻才道：「殿下欽點聞玉，可是因賞識他的緣故？只是聞玉在哪裡見過殿下？」

「這卻是不知道了。」薛讓說：「不過既然是殿下欽點，那自然就是他了。」

老夫人頷首。「本來我也喜歡聞玉這孩子，上次宴席薛家和衛家的那幾個去喝酒，只有聞玉去練騎射。這孩子是沈得住氣的，知道那些刁鑽詭計都是虛的，唯有好好認真才是真實的。況且他天賦異稟，年齡不大不小，倒當真沒比他更合適的。」

薛讓也覺得如此，便跟老夫人商量。「要不明日告訴他們？」

老夫人搖搖頭。「殿下既然說了，你不妨今晚就派人去告訴薛家吧。明兒個大家來，聞玉就直接是咱們府的世子了。」

薛讓有點躊躇。「這樣是不是太快了？」

「這樣的事宜早不宜遲。」老夫人笑道：「既定下了便去說吧，也免得怠慢了殿下的那番話。」

一想到薛聞玉即將成為自家世子，薛讓倒也高興。就算自己生，也未必能生出這般有天分的。

他叫來府中大管事薛平，將這事吩咐給他。「你去薛府傳話，就說我們已經選定聞玉。」

薛平問：「便是薛府的四少爺？」

薛讓聽了就笑道：「正是，以後可是咱們府上的世子爺了。你叫上幾個小廝，搬幾疋上等的布料、玉料，趕緊去吧！」

薛平很快應諾。他們也很喜歡聞玉少爺，不說別的，他出身不高，平日對他們這些下人都格外客氣，怎麼讓人不喜歡？

他親自帶人去挑了上好的布料和玉料，幾擔子挑著，繫上紅綢便往薛家去了。

薛家那邊很快就有人看到定國公府的動靜，飛快地跑去告訴薛老太太。

「……老太太，國公府的人朝咱們這兒來了！」

薛老太太本在看繡樣，不緊不慢道：「慌什麼，又不是沒來過。是來給老夫人傳話的？」

那人上氣不接下氣地道：「不是，抬了好些東西過來，似乎是世子人選出來了！」

薛老太太一愣。「世子人選……怎地這麼突然，你確定沒看錯？」

「沒看錯，千真萬確！那擔子上還繫著紅綢呢，便是送開門禮的！」小廝道。

薛老太太面上出現掩飾不住的喜色，忙叫人扶她起來。「快把大房的叫起來，去門口迎接！」

人選既定，她自然就覺得是她最看重的長孫薛雲海。

她忙著整理衣裳，又道：「再吩咐廚房備下酒席，人家來得匆忙，定還沒有吃晚膳呢！」

下人們一應地全去了。

大房最快得到消息，周氏三步併作兩步去兒子的書房，滿面笑容地告訴他這件喜事。

「你趕緊出來，隨我去前廳。世子的人選出來了，國公府的人正往咱們家來！」

薛雲海還有些疑惑。「當真？不是還有三個人選嗎？國公府現在就來人了？」

周氏道：「那衛衡都被淘汰了，憑衛襄和薛聞玉兩個，如何跟你比？娘思量著，正是因為衛衡被淘汰，國公爺才想立刻定下你呢！也免得夜長夢多，再出什麼岔子。」

薛雲海仍然覺得有些不真實，腳下輕飄飄的。

周氏又道：「我的兒，你還不快些，這樣的大喜事！」

薛雲海才鎮定了心神。的確如此，衛衡都淘汰了，不是他難道還有旁人？

他整理好衣裳邁步出去，周氏趕緊叫婆子跟上，一時樂得不知該如何是好，跟丫頭說：「叫帳房先生先寫封信，告訴大老爺這件喜事！」

因這事來得突然，薛老太太沒通知另外幾房，領著周氏和煥然一新的薛雲海、薛元珍二人去了正堂，等待定國公府的大管事來。

大管事薛平穿了件暗紅長袍，面帶笑容，手裡拎著幾個盒子走進薛府，對薛老太太拱手。「恭喜老太太，國公爺叫我來傳話，選了您家孫兒為定國公府世子，還請少爺出來一見。」

薛老太太滿面笑容，立刻帶著薛雲海上前一步。「雲海在這兒，恭候大管事多時了！」

薛平抬頭看到薛雲海，笑容略微一僵。

怎地只讓這個少爺出來！

這薛家可真是……分明有兩個孫兒入選，卻只叫一個出來見人，難道是覺得另一個不夠格不成？

他又拱手一笑。「不是這位。不知道四少爺聞玉現在何處？」

薛老太太笑容一僵。他竟然是來找薛聞玉的！

周氏和薛雲海等人的笑容立刻消失。

薛老太太問：「國公爺選的，難道是薛聞玉？」

薛平道：「正是四少爺。既四少爺不在此處，可是在自己的院子裡，我去傳話便是了。」

薛老太太雖衝擊不小，卻又很快回過神來。「既是聞玉，哪裡煩勞大管事去找他，我將他叫來就是了。」說著吩咐下人。「去把四少爺叫過來！」

「老太太。」薛平立刻阻止下人，笑道：「雖說聞玉少爺還是您府上的四少爺，但日後卻是我國公府上的世子爺，我這做下人的，怎有讓世子爺出來見我的道理，豈不是壞了規矩？該我去見他才是。」

薛老太太面色一僵。這大管事分明是提醒她，如今薛聞玉已被選為定國公府世子爺，容不得他們怠慢。

她強顏歡笑道：「那我給管事帶路便是，這邊請。」

這個時辰，四房正和往常一樣在吃飯。

杏兒從外面跑進來，小臉通紅，氣喘吁吁道：「四娘子、四娘子，定國公府……來人了！說……說……」

元瑾正給薛聞玉挾菜，問道：「說什麼了？妳別急。」

杏兒終於把那口氣吐出來。「說世子爺人選已經出來了，選了咱們四少爺！」

聞言，崔氏打翻了一碗湯，腦海中一片空白，隨後問：「這怎麼可能？妳沒聽錯？」

「千真萬確，老夫人讓人過來傳話，讓咱們準備著！」

元瑾也失神了片刻，筷子都忘了下，還是薛聞玉給元瑾碗裡挾了一筷子雞絲。「姊姊吃。」

「還吃什麼飯，快趕緊起來！」崔氏著急地拉起薛聞玉，又問了一次。「當真沒錯？國公爺選了聞玉？」

不能怪她再三確認，誰都覺得最後入選的會是薛雲海，怎麼突然變成薛聞玉呢！

杏兒再次點頭。「真的、真的，我的太太，您看咱們是不是要準備一下？」

崔氏其實仍然沒反應過來，但她立刻點頭，仔細瞧薛聞玉的衣著是否得體。

「我看應該給他換件新衣裳。」她理了理薛聞玉這件棉袍。「這衣裳也太不好看了！」

薛聞玉嘴角微動。他長這麼大，崔氏從來沒關心過他穿什麼。

這樣突然來一下，實在太詭異了。

元瑾也站起來，眼下的確要趕緊準備，畢竟人家馬上就要上門了。

她走上前把薛聞玉拉到自己身邊。如果要讓崔氏給薛聞玉準備衣裳，那還是算了吧。

「衣裳來不及換了，給聞玉打盆水來洗把臉吧，總不能灰頭土臉地去見人。」

元瑾拉著薛聞玉往外走，過門的時候卻被門檻絆到，差點摔了一跤，還是薛聞玉眼疾手快地伸手扶住她。

「姊姊當心門檻。」

屋內的小丫頭們俱捂了嘴笑。四娘子看著一向老成，沒想到也有這樣手足無措的時候。

元瑾咳嗽一聲，叫丫頭打水來。

她的確是有些失態了。

這並不僅是因為聞玉將要成為世子，而是她不必困在這樣的地方，也不會只是個無能為力的庶房娘子。將來聞玉也許會成為定國公，也許他們都會去京城，她便能重回那個地方，說不定還能……為太后和父親報仇。

他們自然都不懂她的激動。

不懂她困在囹圄中，突然得到生機和豁口的感覺。

元瑾恢復冷靜後，帶著薛聞玉去見定國公府大管事。

崔氏在屋子裡團團轉了幾圈，薛青山還在衙門裡，她決定立刻派人去將他叫回來。發生了這麼重要的事，還處理什麼公事！

薛聞玉見到大管事薛平，倒是沈得住氣，和薛平說話的態度也是和煦有禮，不卑不亢，這叫薛平暗中讚賞，國公爺這人當真沒選錯。

他放下禮，叮囑薛聞玉。「四少爺明日來國公府，先拜見老夫人和國公爺，擇了好日子，真正記入族譜。」

薛聞玉頷首應下，薛老太太便叫正好過來的姜氏領薛平等人去宴息處吃晚飯。

薛老太太回頭看了薛聞玉一眼。

她心裡自然更屬意嫡出的薛雲海，畢竟是她的血親。而四房這孩子，與她十分陌生。說難聽些，她並不覺得四房這孩子能在她的掌控中，但既然結果都已經出來，她也沒有辦法。

薛府中，得知入選的是薛聞玉，各房的反應也都不同。

姜氏得知了消息，自然早早地送禮給四房。

她自然高興了，押對寶不說，大房、二房都吃癟，她心裡非常痛快。

她甚至和崔氏相談甚歡，討論起定國公府的生活該是什麼樣子，準備給薛聞玉多出點主意，好讓他日後應對得體。

而二房則是十分低迷。

今兒在沈氏請了媒人去衛家說項後，衛家已經傳來話，他們家認為衛衡是被薛家算計，所以才和薛元珊失了清白，不願意衛衡娶薛元珊為妻。任由媒人怎麼說，衛夫人就是眼皮子都不動一下。只有一句話，想嫁進來可以，但也只能是個妾，正妻是休想的。

聽到這樣的話，差點把沈氏的鼻子氣歪了。

她女兒是嫡出，怎能與人做妾！

本還指望若是大房得了這個世子，能幫她女兒說項，嫁入衛家。如今押錯寶，自然是沒這個可能了。

薛元珊當即就撲到被子上，嗚嗚地哭起來。

她心高氣傲，如何能去做妾！

沈氏拍著女兒的背安慰，急得嘴角起疱，卻沒有半點法子。

原惦記人家衛家的富貴，如今只能做妾，自然是不願意的。但薛元珊若不嫁衛衡，也沒有旁人會要她了。

而大房一行人回到屋中，沒有人說話，一切都靜得可怕。

直到周氏終於忍不住，一把將桌上的整套茶具掃到地上摔得粉碎，才打破沈默。

薛雲海臉色發白，嘴唇幾度開合，都不知道該說什麼。

薛元珍抓住母親的手。「娘，您先別生氣，咱們仔細合計，是不是那大管事傳錯話。怎會不是哥哥呢？那四房的傻子，憑什麼和哥哥比！」

周氏嘆氣，她何嘗不希望如此。「既是定國公的大管事來傳話，怎會出錯？」

薛元珍原還抱著一絲妄想，聽到這裡方知妄想也沒有了，她也忍不住紅了眼眶。「那這世子、小姐的位置，就全是四房的了？」

她如何能甘心？她才是薛家一等一的嫡女，薛元瑾算什麼東西，憑什麼跟她搶！

薛雲海也有些頹然。「妹妹，既是到了這一步，也不得不認命了……」

「不……」周氏眸中突然閃過一絲光芒，她看向薛元珍。「妳哥哥的確沒有法子了，但妳未必沒有！」

薛元珍一愣，不明白母親的話是什麼意思？

周氏站起來，在原地走兩圈，突然定住步子。「妳出身比薛元瑾好，又是妳祖母親生的孫女，她又一貫疼妳，若是她肯出面，這事未必不能成。妳一會兒就去妳祖母那裡，好生哭訴妳哥哥這事，她不會坐視不理的……」

薛元珍聽到這裡，已經心中狂跳，手心冒汗。

她沈思片刻後點點頭。「女兒明白了！」

一天的鬧騰過去，姜氏才帶著薛元珠他們離開，薛錦玉掛在崔氏的胳膊上也昏昏欲睡。

元瑾終於能坐下來，和薛聞玉說幾句話。

「這次入選，倒是有些蹊蹺。」元瑾道：「我倒是不懷疑你會被選中，只是怎麼這麼突然？倘若定國公早已做好打算，那昨日就該說了，為何拖到今天晚上，才派人來告訴我們，是不是還有什麼我們不知道的原因？」

薛聞玉雙手托著下巴，看著她。「我以為，姊姊會很高興。」

元瑾笑了。「我自然高興了，不僅是為我高興，也是為你高興。你這般好的天分，若只是個庶子，實在可惜了。」

只是這個疑慮還是存在她心中。

薛聞玉才笑了笑。「妳高興便好，我是怎麼選上的，並不重要。」

說得倒也是，只要能選上就好了。

這時，薛老太太的丫頭來傳話，請元瑾過去一趟。

薛聞玉皺眉。「這麼晚了，她找妳去做什麼？」

元瑾搖頭示意她也不知道，不過左不過是聞玉入選的事。

她讓聞玉好生睡覺。這幾月他實在累著了，幸好一切都是值得的，雖還沒有正式記入族譜，但人選已經確定是他。

她帶著柳兒，挑了盞燈籠，一路走到薛老太太的住處。

這時前面隱約走來兩個人，柳兒將燈籠舉高了些，竟是薛元珍和她的貼身丫頭青蕊。

薛元珍看了她一眼，元瑾笑道：「二姊。」

「四妹。」薛元珍柔聲喊道，兩人便這樣擦身而過。

柳兒納悶道：「怎地這麼晚了還過來，難道也是被老太太叫過來的？」

元瑾搖頭，前面丫頭已經給她挑了竹簾，讓她進去。

屋內點著幾盞蠟燭，將裡頭照得明晃晃的。這似乎是薛老太太的習慣，她總是喜歡周圍明亮些。

元瑾屈身行禮。「祖母，您找我？」

薛老太太盤坐在炕床上，面色沈靜。她手裡拿著一串翠綠的翡翠珠子，映著琉璃盞中透出的燭光。

「找妳過來，是想和妳說說聞玉的事。」薛老太太指了指旁邊的軟墊。「來坐吧。」

元瑾坐下後笑了笑。「聞玉這次入選的確突然，幸而他這幾個月的辛苦沒白費，我也算是沒辜負他的天分，好歹助他選上了。您想同我說什麼？」

薛老太太聽到這裡，嘴唇微微一抿。

其實這次薛聞玉會入選，有太多是元瑾的功勞。若不是元瑾，單憑薛聞玉自己，是絕對走不到今天的。她平日為這個弟弟多麼勞心勞力，她都知道，不然光四房那幾個吃白飯的，能成什麼事？

但方才元珍來找過她，抱著她委屈地哭了一場，說她哥哥如此努力，仍是落選了，她實在傷心。

薛元珍是她最疼愛的孫女，當初還親自養過幾年，薛老太太如何不心疼？這親生的和收養的，始終還是有差別的。

她最後摸著元珍的頭告訴她，她會幫她解決，讓她不要擔心。

而且薛老太太還有一些自己的顧慮。

四房非她所出，雖然薛青山對她一向孝順，對幾個哥哥也很盡心，但難免元瑾心太大。且薛聞玉除了聽他這姊姊的話，旁人的話是一概不聽的。倘若兩姊弟入選，薛老太太並不能肯定他們會在她的掌控中。

她放下翡翠珠子，說道：「妳可還記得，當初我同意聞玉入選時曾告訴妳，妳必須答應我一個條件。」

元瑾思忖，當時薛老太太的確說過這話，她覺得無非是讓聞玉入選後要聽她的話之類的，便答應了。

她點頭。「我自然記得。」

薛老太太嘆氣。「當初聞玉心智還不正常，同別人正常說話交流都做不到，但我也沒有駁斥你們，不許你們去，可是如此？」

她為何提起這個？元瑾道：「這都是祖母的恩情，孫女自然是記得的。」

「既然妳都記得，那便好。」薛老太太嘆了口氣，抬起頭看向她。「倘若現在我想讓妳履行這個承諾，妳可不會反悔？」

元瑾依舊笑道：「您先提就是了，我是您孫女，有何不好說的？」

薛老太太才嘴角一挑，盯著元瑾慢慢道：「我現在想讓妳退出定國公府小姐的位置，把這個機會讓給元珍。」她的語氣微微一頓。「妳可答應？」

元瑾聽到這裡，面上的笑容頓時消失了。

——未完，待續，請看文創風731《嫡女大業》2

2019年3月出版

我的老婆是仙姑

文創風 727～729

重生本就是見鬼的事，但真見鬼了，該怎麼辦——

「呵呵，小丫頭天賦異稟，不如拜入我門下當仙姑？」

「蛤?!我、才、不、要！」

天靈靈，地靈靈，小人退散，福星到來！／俊寶

重生第一天就見鬼，姜雅再淡定也不淡定了，
先是有願未了的女鬼，接著是心懷不軌的厲鬼，這世界會不會太熱鬧 ?!
還因此救下玄學大師，包袱款款下山纏著收她做入門弟子。
嗚……她不要，就算天賦異稟，也不想天天跟鬼打交道啊……
「師父……我怕鬼……」
「……入我玄門還怕什麼鬼 ?! 」
聽說仙姑體質是福報加身，神選中了她，她只好硬著頭皮展開捉鬼人生——
但修練沒有最難只有更難，初學藝的她不是差點被鬼抓走，就是被鬼威脅，
幸好有驚無險，心臟越練越大顆，還協助軍方辦案，立下大功。
可是考驗未完待續，自家的買地計畫，竟又讓她捲入另一場靈界風波……

醇愛如酒·深情雋永／千江水

2015年8月出版

嬌寵小妻

一個被情傷透、哀莫大於心死的女人，
再次遇上這個男人，
他一步步溫暖她冷透了的心，義無反顧地全心愛上……

文創風 322 1

未到四十她便百病纏身，死時兒子正在娶親。
錦朝覺得此生再無眷戀，誰知醒來正當年少，風華正茂。
當年她癡心不改，如今她冷硬如刀，情啊愛啊早已拋得遠遠。
有她在，顧家不能再任姨娘、庶女興風作浪，
前世所有她不管不顧所失去的，她都要一一找回來、好好守著，
就連她的心，也得守得緊緊，再不許為誰丟失……

文創風 323 2

顧錦朝心若明鏡，重生後還有什麼是看不明白的？
那些詭計、心機，她看得一清二楚，她有的是耐心跟姨娘、庶妹鬥，
被離間而跟她離心的唯一嫡親弟弟，她要找回來；
真心愛她的母親，她要好好守護，
至於外頭那些對她的流言評斷，都隨它去吧……

文創風 324 3

即使娶她是帶有某種目的的，
但不能否認，一開始他確實對她很好，而且是不動聲色的好。
如果不是存了心思，則根本不會發現。
原來他娶她，也是想對她好的。一想及此，她的心便十分難受，
當年陳三爺在朝堂上縱橫捭闔一生，卻被她所累。這世她依舊讓他陷入兩難……

文創風 325 4

沒想到自己竟是要美人不要江山的人，這原本是他最看不起的一種人，
卻不得不承認，他想護著她，把她納入自己羽翼下，或者經常看到她。
想著她在顧家的日子，就覺得不如讓顧錦朝嫁給他好了！
她就由自己護著，誰都欺負不了。
卻擔心她該不會不答應吧？他畢竟不年輕了……一向自信的他，竟患得患失……

文創風 326 5

明知如今她對兒子的癡戀早已過去，只是兒子對她單方面的妄念，
但他的妒與懷疑就像一把慍火在心中燒，燒久也就熾烈了，
他變得多疑，一把怒火就怕燒傷了她，偏偏她還硬要往他身邊湊，
他不是不願意信任她，而是太在意、太愛了……
既然他躲不開她、也不想躲，那麼也許該想個法子徹底了結……

文創風 327 6 完

她一向看不起那些依附男子而活的女子，就算嫁人了，只想自己活得好就夠了。
等到真的全心全意地依賴三爺了，
才發現她還是當初那個一心一意癡執的自己……
所以啊，這輩子無論會遇到多艱險的境況，她都要守著他，
因為是他，她願意毫無保留地全心再愛一次。

文創風
730

嫡女大業 1

國家圖書館出版品預行編目資料

嫡女大業 / 千江水著. --
初版. -- 臺北市 : 狗屋, 2019.03-
冊 ; 公分. --（文創風）
ISBN 978-986-328-979-1（第1冊 : 平裝）. --

857.7　　108000573

著作者　千江水
編輯　王冠之
校對　黃薇霓　周貝桂
發行所　狗屋出版社有限公司
地址　台北市104中山區龍江路71巷15號1樓
電話　02-2776-5889～0
發行字號　局版台業字845號
法律顧問　蕭雄淋律師
總經銷　知遠文化事業有限公司
電話　02-2664-8800
初版　2019年3月
國際書碼　ISBN-13　978-986-328-979-1

本著作物由北京晉江原創網絡科技有限公司授權出版

定價250元
狗屋劃撥帳號：19001626
網址：love.doghouse.com.tw　E-mail：love@doghouse.com.tw